Anne Wernet

La Moustache d'Hitler

Roman historique

ISBN : 979-10-388-0136-3
Collection : Hors Temps
ISSN : 2111-6512

Dépôt légal : mai 2021

Éditions Ex Æquo
6 rue des Sybilles
88370 Plombières Les Bains

www.editions-exaequo.com

Préface

Publier un premier roman est toujours une aventure ! Que ce soit pour l'auteur, pour qui tout est nouveau, que pour l'éditeur, qui fait une sorte de pari ! C'est le chemin que j'ai choisi d'emprunter en publiant ce roman d'Anne Wernet, auteure qui débute. Son texte, qui relate un aspect méconnu de l'histoire allemande et de l'Histoire en général ne pouvait pas me laisser indifférente ! Moi qui ai fait 4 ans d'études d'allemand, mêlant civilisation, histoire et langue, je dois bien avouer que je n'avais jamais entendu parler de la Résistance allemande (hormis par l'engagement de Sophie et Hans Scholl) Sujet tabou s'il en est ! Sujet digne d'intérêt donc pour ma collection Hors-Temps.

L'auteure a choisi de romancer plutôt que de vouloir à tout prix coller aux faits historiques et cette option est audacieuse. Elle permet à la fois d'être libre dans l'écriture, tout en restant fidèle au contexte, aux lieux, et aux personnages, le tout étant bien documenté !

Vous allez plonger dans la partie obscure de la Deuxième Guerre mondiale, avec son cortège d'horreurs et de drames humains ! Vous croiserez des êtres abjects et odieux, mais vous serez emportés par la lumière et l'humanité qui se dégagent des personnages créés par Anne ! Des jeunes gens héroïques à peine sortis de l'enfance, mais qui prouvent que l'engagement face à la dictature n'est pas un vain mot.

Catherine Moisand
Directrice de la Collection Hors-Temps

24 juin 1941, Rastenburg, Prusse-Orientale

Debout sur le marchepied du wagon, il avait l'air furieux. Totalement hors de lui. Les poings serrés le long du corps, le Führer était crispé de colère. Son visage était complètement déformé par la tension nerveuse. Ses sourcils surtout, sévèrement froncés, révélaient à Himmler la frustration de son supérieur. Même s'il ne s'était pas attendu à une arrivée chaleureuse, il avait fortement espéré que le bain matinal dans le luxueux *Badewagen*[1] aurait détendu le Führer. Incontestablement, il s'était trompé. Celui-ci le fusillait du regard, sans bouger. Au bout de quelques secondes interminables, Hitler descendit du train, s'approcha de son protégé, le salua promptement du salut nazi sans lui adresser le moindre mot. Puis, il monta à ses côtés à l'arrière d'une voiture blindée. Le chauffeur, un garde SS, démarra en trombe, suivi de près par trois autres véhicules de protection.

Hitler était arrivé par le train à huit heures précisément. Exceptionnellement, le Führer avait préféré voyager de nuit et *Amerika* avait englouti rapidement les quelque trois cents kilomètres qui séparaient Berlin de Rastenburg. D'habitude, les déplacements prenaient un air de fête, chaque entrée en gare rassemblait les foules agglutinées sur les quais pour venir saluer le Führer à la fenêtre de sa voiture. Hitler adorait ça. Il en avait fait un temps fort de ses campagnes de propagande. Des fanatiques ou des curieux hurlaient son nom, le saluaient d'une main levée avec fierté. D'autres étaient davantage subjugués par l'impressionnante bête d'acier dans laquelle le Führer circulait. 1 200 tonnes tirées par deux puissantes locomotives qui ne semblaient pas souffrir de ce poids, pouvant mener le convoi à plus de 120 kilomètres par heure.

---

[1]. La voiture-salle de bain du train d'Hitler.

Le cahier des charges avait été déroutant par sa complexité, mais les industriels n'avaient pas lésiné sur les efforts. Entourés des meilleurs ingénieurs, ils avaient brillamment répondu aux attentes du Führer. *Amerika* était bel et bien le train le plus sécurisé du monde. Mais, depuis le début de l'opération Barbarossa, rencontrer la populace en transe sur son passage était devenu secondaire. Seule la guerre comptait.

Concentré sur la stratégie de conquête, même dans le véhicule, le Führer n'avait toujours pas décroché une parole à Himmler, qui attendait patiemment. Malgré l'habitude, cette sensation de mépris lui était insupportable. Après quelques minutes de secousses tolérables, résultats d'un chemin rocailleux volontairement négligé afin d'en dissuader son utilisation, les deux hommes arrivèrent à l'entrée de la *Wolfsschanze*[2]. Le nouveau QG d'Hitler était encore en chantier, mais des soldats surveillaient déjà la « Tanière du loup ». Himmler passa aisément le premier cercle de contrôle, une bande large de deux kilomètres qui entourait le QG. Des hommes de la SS étaient en train d'y installer des mines. Personne ne devait pouvoir entrer. Le Führer se félicita d'avoir à son service des hommes aussi dévoués. Goebbels en avait fait une affaire personnelle. Le ministre de la Propagande utilisait depuis 1933 tous les moyens pour valoriser le Führer. La deuxième zone de sécurité était réservée aux baraquements des soldats et on bâtissait des logements pour d'éventuelles visites officielles. Enfin, après plus d'une demi-heure, Himmler fit arrêter le véhicule au centre de la Tanière. Le bunker venait juste d'être achevé, un immense bloc de béton armé indestructible couvert de rondins de bois et de feuillages pour tromper les plus tenaces qui auraient résisté aux mines et aux futurs barbelés.

Le Reichsführer[3] sortit de la voiture, en fit le tour par l'arrière et ouvrit la portière au grand maître. Pour la pre-

---

[2]. Principal quartier général d'Hitler pendant la Seconde Guerre mondiale, à partir de l'invasion de l'URSS.

[3]. Titre donné aux plus hauts dirigeants nazis, qui entourent Hitler.

mière fois depuis leurs retrouvailles, celui-ci le remercia du regard, ce qui détendit Himmler. Ensemble, ils pénétrèrent dans le bunker. Malgré le début de l'été, il faisait frais et humide. Les rayons du soleil entraient à peine par de petites ouvertures. Les yeux des deux hommes mirent quelques secondes à s'adapter à cette curieuse luminosité avant de découvrir la décoration de la pièce. La commande d'Hitler avait parfaitement été respectée. L'intérieur du bunker était la copie conforme du bureau de Napoléon Ier à Fontainebleau, que la Wehrmacht[4] avait d'ailleurs spolié pour meubler la Tanière du loup. Un mince sourire de satisfaction apparut sur le visage d'Hitler. Il avait de l'admiration pour les empereurs et les empires, quels qu'ils soient. Évidemment, il avança le premier dans la pièce et se dirigea vers le fond, où un petit salon était installé. Il s'assit dans le fauteuil le plus large et invita Himmler à le rejoindre d'un geste de la main. Les deux hommes ne s'étaient échangé toujours aucune parole, signe d'une tension palpable.

Rapidement, une jeune femme blonde de taille moyenne entra dans le bunker. Les cheveux tirés en arrière et attachés en chignon lui donnaient un air austère. Sans prononcer un mot, elle déposa sur la petite table basse de quoi se désaltérer : un cognac français pour Himmler, et une bouteille de *Fachingen* pour le Führer. Son eau préférée. Hitler remercia la servante tandis qu'Himmler la regarda s'en aller. Un sourire pervers se dessina sur le visage rond du Reichsführer, mais il s'effaça dès qu'Hitler engagea la conversation :

— Les chiffres reçus ce jour par la Wehrmacht ne me conviennent pas du tout. L'armée ne fait pas assez de prisonniers…

Il marqua une pause, se pencha sur une assiette remplie de pâtisseries, se servit un strudel, le regarda fixement et enfin ajouta d'une voix grave et sérieuse :

— Pas assez de morts.

Puis, il croqua avec voracité dans le strudel.

---

[4]. Nom de l'armée allemande sous le IIIe Reich.

Indubitablement, l'échange allait être dur. Ce que confirma l'index qu'Hitler glissa sur sa moustache en brosse à dents. Toujours de haut en bas. Petite coquetterie annonciatrice de sévérité. Depuis 1933, Himmler connaissait son Guide et ses réactions dans les moindres détails. Il avait appris à les apprivoiser. Se redressant sur le fauteuil, prêt à mener un combat argumentaire, il essaya de justifier les difficultés de son armée :

— Même si la Wehrmacht a bien préparé l'offensive, le terrain est complètement méconnu. Les troupes ne peuvent pas avancer aussi vite en Russie qu'en France ou en Belgique, où les généraux pratiquent les territoires depuis des années.

Le Führer finit d'abord d'avaler la dernière bouchée de son strudel, puis rétorqua, un peu énervé :

— Avec toutes les sommes que nous engageons, que j'engage, la Luftwaffe[5] doit être capable de faire un bon repérage aérien !

— Ce sont évidemment nos pratiques. Malgré tout, la reconnaissance aérienne prend du temps et les pilotes soviétiques sont d'excellents tireurs de ligne. Il faut avancer avec prudence. Avec tout le respect que je vous dois, mon Führer, je suis obligé d'insister : nous avançons moins rapidement que sur le front ouest, mais les troupes progressent malgré tout. C'est l'essentiel. Le Reichsführer Goering supervise les actions et il mène sa mission admirablement bien.

Hitler détestait qu'on cherche à lui tenir tête, et encore moins Himmler. Ils avaient tissé des liens d'amitié forts, mais cela complexifiait parfois le rapport hiérarchique. Et Hitler était incontestablement le chef suprême.

— Je ne pense pas qu'admirable soit un mot approprié. Il n'y a rien d'admirable à ce qu'un général de mon armée fasse avancer ses troupes. C'est juste son travail. Votre travail, mon cher Himmler ! Et j'en veux plus. L'opération Barbarossa devait être une surprise pour l'Armée rouge…

---

[5]. Nom de l'Armée de l'Air allemande.

L'irritation du Führer était de plus en plus vive. Himmler s'empressa de réagir :

— Et ça a été le cas, mon Führer. Les Soviétiques ne s'attendaient pas à notre attaque.

Hitler prit une profonde inspiration afin d'essayer de canaliser sa colère. Puis il éleva la voix :

— Comment pouvez-vous affirmer cela alors que j'ai ouï dire qu'un de nos soldats, un membre de la Wehrmacht, nous a honteusement trahis ? Est-ce bien cela ? Expliquez-moi donc.

Persuadé que cette histoire n'était pas arrivée jusqu'au Führer, Himmler cacha néanmoins son étonnement afin de montrer qu'il gardait le contrôle de la situation.

— Effectivement, nous avons perdu la trace d'un de nos hommes. Mais rien ne nous dit qu'il soit passé à l'ennemi.

— Vous me confirmez donc l'existence d'un déserteur ? C'est inadmissible !

— Je suis entièrement d'accord avec vous sur ce point, mon Führer. Cependant, la rumeur d'une attaque imminente circule déjà depuis plusieurs jours dans la Stavka[6]. Et Staline n'y croyait pas. Le déserteur ne change rien à la surprise. En quarante-huit heures, la Wehrmacht a quand même déjà bien percé le front nord-ouest. La Lituanie est entièrement conquise. Nous pouvons considérer que cette opération de grande envergure est un véritable succès.

Les deux hommes se regardaient nerveusement. Aucun ne souhaitait donner raison à l'autre.

— Staline est furieux que nous n'ayons pas respecté le pacte de non-agression signé en 1939. Il se sent humilié personnellement. Il va tout faire pour se venger. Il ne faut pas croire que les Soviétiques n'ont pas la capacité de riposter.

— Il est évident, mon Führer, que Staline va engager les représailles. Peut-être qu'eux-mêmes envisageaient de nous attaquer. Ils lisent quand même la presse internationale en Russie, ils connaissent notre positionnement. En Allemagne,

---

[6]. Quartier général des forces armées soviétiques.

les communistes ont été les premiers arrêtés, avant même les Juifs. Forcément, Staline devait s'attendre, tôt ou tard, à cette invasion. Cependant, nos forces sont nettement supérieures. Trois millions de soldats allemands, et les Finnois, les Roumains et même les Hongrois qui s'associent à nous…

– Et en face, près de trois millions de rouges qui détestent notre société hiérarchisée. Pour eux, la bourgeoisie que nous représentons doit disparaître. Ne sous-estimons pas ces bolcheviks. Et surtout, n'oubliez pas, Himmler…

Le Führer marqua une pause, se pencha vers son interlocuteur et reprit d'une voix excessivement calme et saccadée :

– C'est moi qui vous ai installé là où vous êtes. J'ai confiance en vous, mais je ne supporte pas l'arrogance et le dédain. Entendez-vous ?

Hitler attendit une réponse qui prit la forme d'un simple hochement de tête, puis se redressa dans son fauteuil et continua plus posément :

– L'ennemi n'est pas si faible. Ne l'oubliez pas. C'est pour cette raison qu'il faut augmenter le nombre de prisonniers de guerre. Il faut épuiser leurs réserves avant qu'ils ne s'organisent. Après une longue marche forcée, vous leur faites construire des camps et beaucoup mourront d'épuisement. Ça fera déjà de la vermine en moins.

Ayant repris l'ascendant dans la conversation, Hitler se détendit. Le paradoxe entre la violence de ses propos et la tonalité de sa voix ne choquait pas Himmler. De la vermine, c'est ainsi qu'il considérait lui aussi les communistes. Hitler prit son verre de *Fachingen* de sa main droite et fit tournoyer l'eau à l'intérieur. Il resta pensif quelques secondes, en observant les mouvements de l'eau, puis le vida d'un coup sec. Puis il ajouta :

– Avec l'avancée territoriale, notre travail pour imposer la domination de la race aryenne s'intensifie donc. Qu'en est-il actuellement ?

– Pour cette mission de masse, nous avons créé quatre nouveaux bataillons de Einsatzgruppen[7], bien différents de ceux que nous avons utilisés depuis l'Anschluss[8]. Le problème était sensiblement différent en Autriche. Il fallait surtout sécuriser les territoires occupés...

– Évidemment, ici, ça va beaucoup plus loin qu'une surveillance de territoire...

Himmler laissa à peine le Führer terminer sa phrase qu'il développa. Le sujet le passionnait :

– J'ai toujours en tête le traité que nous avons signé. Chaque bataillon est divisé en Sonderkommandos[9], ils sont donc « autorisés, dans le cadre de leur mission et sous leur propre responsabilité, à prendre des mesures exécutives contre la population civile ». Ils achèvent leur formation spécifique, ils sont pour ainsi dire prêts à organiser les tueries en masse.

Alors qu'Himmler se mit à rire nerveusement, Hitler le fustigea du regard. Sous son apparence débonnaire, l'homme en face de lui était un véritable boucher. Ses joues rondes et sa fine moustache n'y changeaient rien. Il ne pouvait plus se permettre ce type d'erreur. Himmler sentit un frisson lui parcourir l'échine et regretta ses paroles sur-le-champ. Il n'était pas novice pourtant. Il savait que certains mots ne devaient jamais être utilisés. Il attendit une réaction plus vive qui n'arriva pas. Hitler avait encore d'autres questions et poursuivit d'un ton ferme :

– Ne me décevez pas, mon cher Heinrich. Ne me décevez pas ! Vous savez ce que vous risquez.

---

7. « Groupes d'intervention » chargés de l'assassinat des opposants réels ou supposés au régime nazi, notamment les Juifs à partir de l'invasion de la Pologne.

8. Annexion de l'Autriche par l'Allemagne nazie en mars 1938.

9. « Commando spécial » chargé des exécutions de masse dans les villages sur le front Est.

Oui, il le savait. À tout instant, Hitler pouvait supprimer tous les crédits que le Grand Reich réservait à l'Ahnenerbe[10], l'institut chargé de prouver la supériorité de la race aryenne. Si les deux dirigeants étaient très attachés à ce projet, pour Himmler c'était le but de sa vie.

---

10. « Héritage ancestral », institut de recherches nazi créé par le Reichsführer.

Juin 1941, Güls, proche banlieue de Coblence

Anna traversa la rue après avoir vérifié d'un bref coup d'œil que la chaussée était libre. Il ne lui restait qu'une petite centaine de mètres pour arriver au cimetière, mais la pente était très raide. Elle avança sans difficulté malgré la chaleur précoce de l'été. L'habitude. Cela allait faire bientôt deux mois qu'elle empruntait quotidiennement le même chemin, rituel indispensable au maintien du souvenir et à la lutte contre son chagrin. À chaque fois qu'elle approchait du lourd portail vert en fer forgé, elle était émerveillée du contraste qui s'offrait à ses yeux. Le gris des quelques tombes et la tristesse des cœurs se perdaient dans les couleurs de la végétation. Le long du mur qui permettait d'accéder au cimetière, les chagrinés étaient accueillis par des roses trémières qui semblaient leur tendre la main, avec à leurs pieds une multitude de coquelicots dans lesquels les premiers papillons venaient bourdonner. La vie. Anna poussa la grille fermement et prit soin de bien refermer derrière elle. D'abord parce qu'il le fallait. Un gros panneau avec plusieurs consignes strictes le lui rappelait. Ensuite parce qu'elle ne souhaitait pas être dérangée.

Le cimetière n'était pas très grand, miroir du village où tout le monde se connaissait et se côtoyait dans le respect. Pour cette raison, l'accident avait été un choc dans le bourg. Il était si jeune, si beau. Il avait toute la vie devant lui. Il avait commencé des études de philosophie et aimait partager ses connaissances, échanger, débattre. Parfois les discussions étaient houleuses, surtout celles du vendredi soir, au café *La Liberté*, quand quelques-uns avaient peut-être un peu trop bu. Mais cela finissait toujours par des accolades et des rires aux éclats. Et puis, ce fut définitivement fini. C'était un soir d'avril, il faisait encore particulièrement sombre malgré les jours qui s'allongeaient. Franz venait d'arriver de Munich par le train. Il voulait passer quelques moments chez ses parents vieillissants, pour profiter d'eux et les aider aussi dans les tâches du quotidien, pendant la période de fermeture de l'université. Il avait six kilomètres à parcourir pour rejoindre le village et était déjà bien engagé sur la route qui longeait la Moselle quand il se fit faucher violemment par une voiture de la SS. Personne n'avait rien pu faire. Il était mort sur le coup. Tout le village était venu à son enterrement, et certains même de bien plus loin si bien que l'église avait été trop petite pour la cérémonie. Bien sûr, Anna était présente. Anna et Franz étaient amis presque depuis leurs naissances et malgré l'éloignement géographique, les deux complices restaient proches. Anna ne croyait pas à l'accident.

La sépulture de Franz était au bout de la dix-huitième travée. Anna les compta consciencieusement les unes après les autres en se dirigeant vers la tombe. À la dix-huitième travée, elle tourna à gauche et longea pendant plusieurs dizaines de mètres les monuments, ramassant spontanément les pots de fleurs qui avaient pu se renverser à cause du vent. C'était surprenant et troublant de voir se révéler l'attachement des humains aux morts. Il n'y avait aucune logique. Parfois, les tombes semblaient très vétustes, les personnes décédées depuis de très longues années, et pourtant elles restaient très fleuries, comme si quelqu'un venait s'y recueillir fréquemment. Dans d'autres cas, c'était l'inverse. Un corps fraîchement refroidi et une stèle vide de décoration. Une vie qui semblait avoir moins compté. Anna était émue de ces spectacles qui s'offraient à elle. Comme si elle s'immisçait dans leur intimité, par une brèche dans la pierre pourtant si dure. Il lui arrivait même de sentir les larmes lui monter aux yeux. Dans ces cas-là, elle secouait la tête vigoureusement pour les sécher et pour essayer de mêler ses pensées mélancoliques à d'autres, plus joyeuses. Après encore quelques pas, elle arriva devant la tombe de son ami. Elle s'agenouilla. Puis, baissant la tête après avoir fait un furtif signe de croix, elle ferma les yeux quelques secondes. Elle essayait de se remémorer un souvenir différent chaque jour. Cet instant-là, elle se rappela le jour où elle s'était perdue dans les bois et commençait à avoir très peur et très froid. Elle avait à peine huit ans. Une partie de cache-cache qui aurait pu bien mal se terminer, quand elle vit arriver tout un groupe l'appelant avec l'énergie de l'espoir pour la retrouver. En tête, son papa. Et derrière lui, son ami. Elle était sauvée. Enfin, elle se releva et se frotta vigoureusement les genoux poussiéreux que sa robe en carreaux de Vichy rouge et blanc n'avait pas recouverts. Alors, elle sortit le bouquet de son panier en osier et le déposa sur la sépulture. Puis, elle tourna les talons, prête à partir. À côté, il y avait une tombe complètement détruite par le temps, sur laquelle avait été posée une pancarte où on pouvait lire « *Cette concession est échue. Veuillez vous adresser à la mairie. Service de l'état civil.* » En regardant de près, on pouvait voir le cercueil en bois grignoté par les mites. Anna ne s'y était jamais risquée jusque-là. Elle ne savait pas vraiment si elle croyait en Dieu, mais dans le doute elle se disait qu'il ne fallait pas déranger les morts. Ce jour-là pourtant, elle avait eu des instructions qu'elle respecta scrupuleusement. La jeune femme s'abaissa prétextant le besoin de nouer le lacet défait de sa chaussure. Puis, elle plongea rapidement la main dans la crevasse formée par l'effondrement de deux blocs de pierre et fouilla. Elle dut lutter pour ne pas trembler de dégoût. En quelques secondes, elle sortit ce qui semblait ressembler à un papier, mais n'osa pas regarder. Après avoir jeté l'objet dans son panier, Anna se releva et chercha du regard le portail en fer forgé. Il n'y avait personne d'autre dans le cimetière. D'un calme douteux, elle se dirigea hâtivement vers la sortie.

La place était encore déserte quand Anna arriva, mais elle savait que très vite elle serait gorgée de monde. Déjà à l'accoutumée le centre-ville de Coblence était très dynamique malgré les patrouilles de la Wehrmacht de plus en plus fréquentes. Mais ce soir, l'inauguration allait attirer la foule. Elle sortit de la place par une petite ruelle et trouva facilement un endroit pour garer sa bicyclette, juste devant une petite librairie. Constatant son ouverture, elle s'étonna. Il était tard, mais surtout c'était l'une des rares boutiques de livres dans laquelle on pouvait trouver encore des auteurs contestés par le régime. Ils étaient rangés sur une étagère spéciale, bien en retrait des autres rayonnages, derrière toute une collection de bibelots en tout genre. Il fallait connaître le mot de passe pour y avoir accès. Devenus rares, ils ne passaient plus qu'entre une minorité de mains bien prudentes. C'était surprenant que le régime ne l'ait pas encore forcé à la fermeture. Grâce à cette petite librairie qui résistait, Anna avait pu lire des ouvrages d'exception. Elle avait dévoré le roman d'Erich Maria Remarque, *À l'Ouest, rien de nouveau*, dans lequel se révélait l'horreur de la guerre, bien différemment des idées diffusées lors des camps de jeunesses hitlériennes auxquels Anna avait dû participer. Le livre avait échappé aux autodafés de 1933. D'abord à Berlin, puis dans toutes les grandes villes universitaires d'Allemagne, des partisans du régime avaient brûlé des livres sur les places publiques. Depuis qu'Hitler était au pouvoir, on ne pouvait plus penser par soi-même. Si Goebbels avait été le commanditaire de ces autodafés, très vite, des jeunes et des moins jeunes, endoctrinés, ou illuminés par les nouvelles idées, avaient coopéré, parfois même avec fierté. Ainsi, Anna, si petite à l'époque, avait regardé par la fenêtre des gens de son village quitter avec lourdeur leur maison, un gros de tas de livres pesant sur leurs avant-bras. Elle avait vu, puis respiré la fumée montant du centre du village. Elle n'avait pas tout compris à ce moment-là, mais aujourd'hui elle se sentait entière en lisant les lignes de ces différents ouvrages. Elle n'était pas allée au bout de l'œuvre de Karl Marx, elle manquait sérieusement de culture politique pour tout comprendre. En revanche, elle avait été subjuguée par les appels à la révolution de Rosa Luxemburg, tant par ses écrits que parce que c'était une femme, éprise de liberté, prête à tout pour la défendre.

Après un bref signe amical au bouquiniste par la devanture, Anna revint sur ses pas pour rejoindre *Jesuitenplatz*. Le grand jour était enfin arrivé, rassemblant comme prévu, un nombre incommensurable de gens de tous âges. Beaucoup d'enfants accompagnés de leurs parents étaient impatients de voir ce qu'il se cachait sous la grande couverture rouge surveillée de près par des soldats en arme. À vingt heures précises, la cérémonie commença. Sous les grands yeux écarquillés des bambins, perchés sur les épaules de leurs solides papas, le maire dévoila le trésor. Un petit plaisantin de bronze en culotte courte, dressé sur une fontaine, regardait la foule d'un air moqueur et se mit à cracher de l'eau sur les spectateurs éberlués. Des éclats de rire se firent entendre puis des applaudissements vigoureux vinrent accueillir la nouvelle fontaine du *Schängel*[11]. Pendant que les soldats se chargeaient de contrôler la foule qui se précipitait pour se faire arroser, Anna avait le champ libre. Elle repéra assez aisément l'homme décrit sur le papier. De loin, il avait l'air vraiment quelconque et se fondait dans la foule. Mais les mots avaient été précis. « Sous le troisième arbre du fond de la place. Une veste brune fermée par des boutons rouges ». Elle les avait appris par cœur avant de déchirer le papier en mille morceaux, de les déposer dans un mouchoir usagé, et d'enfouir la boule au fond d'une poubelle publique. Maintenant, il fallait être prudente. Anna se faufila entre des personnes plus ou moins excitées pour rejoindre l'homme sans l'atteindre. Une fois leurs regards croisés, elle le suivit prenant grand soin de maintenir la distance conseillée. « Jamais moins de trois mètres ». Ensemble sans l'être vraiment, ils circulèrent assez librement dans des rues anormalement vides jusqu'à une petite impasse. Anna attendit. L'homme entra dans une maison au fond de la cour et ferma la porte derrière lui. Anna leva les yeux et vit les rideaux des fenêtres du premier étage se fermer. Elle sut que c'était le signal. À son tour, elle se dirigea d'un pas décidé vers la porte de l'habitation, puis l'ouvrit.

Face à elle, un groupe de personnes difficiles à distinguer l'incitait à entrer rapidement. Elle s'avança sous leurs regards circonspects. En fermant la porte, Anna se rendit compte que sa main tremblait. Jusqu'ici, elle n'avait pas eu peur. Mais cet

---

11. Surnom désignant les personnes natives de Coblence.

instant était déterminant. Elle se demanda s'il n'était pas trop tard pour reculer. Elle pensa à Franz et rejoignit le petit comité. La pièce était sombre et exiguë, faisant visiblement office de cuisine et de salle à manger. Le mobilier était sommaire : une table, six chaises, une cuisinière. Sur un buffet massif, des assiettes en porcelaine étaient exposées, unique signe particulier de richesse qui apportait une touche bourgeoise dans cet intérieur rudimentaire. Les assiettes avaient dû être fabriquées dans les usines de la famille Hutschenreuther, dans le sud de la Bavière, Anna reconnaissait ce style. Sa grand-mère avait les mêmes, des fleurs bleues très travaillées et des rebords qui gondolaient sur lesquels Anna aimait passer ses petits doigts d'enfant, rêvant à des vaguelettes qui l'emportaient au bord de la mer. Elle ne savait pas vraiment chez qui elle était, mais préférait ne pas poser de questions, mettant en pratique les quelques règles évoquées par son ami avant l'accident. Un premier homme se présenta succinctement. Il s'appelait Willy Staub, c'était lui qu'elle avait suivi. Grand, mince, une allure élégante, il était le chef de cette antenne du 07. Il devait avoir la petite vingtaine même s'il ne dit rien à ce sujet. Willy fit un tour de table, présentant successivement Josef et Arnold, deux jeunes recrues de dix-huit ans, Silvie, l'autre présence féminine du groupe et enfin le Père Ernst, qui servait d'intermédiaire pour les jeunes de sa paroisse soucieux de participer à la révolution balbutiante. Anna se rassura d'être avec d'autres jeunes de son âge. Dans sa dixhuitième année, elle ne connaissait rien d'autre de la résistance qui s'organisait que les arrestations et les accusations de trahisons menées par le Führer et ses acolytes. Les présentations faites, Willy entra immédiatement dans le vif du sujet :

— Bien, je vais essayer d'être clair. Vous faites maintenant partie du 07. Le 07 est une organisation de résistance qui cherche à lutter contre le régime nazi par différents moyens. Les têtes du groupe sont à Hambourg, mais tout le monde est amené à être mobile pour réduire au maximum les risques de démantèlement du réseau et pour nous protéger tous en tant qu'individu. Malgré cela, nos actions sont dangereuses et vous devez en être pleinement conscients. On est de plus en plus nombreux dans le réseau, près de 3000, répartis sur l'ensemble de l'Allemagne, plus encore avec les territoires annexés, même s'il nous est difficile d'avoir une idée précise. Ce qui est certain, c'est que plus nous nous rallions les uns aux autres, plus nous avons des chances de battre ce régime. Pour le moment, comme vous débutez, je vais vous attribuer des tâches simples qui sont malgré tout passibles de lourdes sanctions. Mais sachez qu'à l'avenir, vous pourrez être sollicités sur des actions plus violentes. Il y a des choses qui se préparent, et vos actions accomplies sont des maillons d'une chaîne qui permettra la réussite. Elles sont donc très importantes. Mais, je ne peux pas tout vous dire. Dans le 07, on se fait confiance. Est-ce que c'est clair pour vous tous ?

Anna et les autres acquiescèrent de la tête, sans piper mot, surpris par l'incroyable assurance de cet homme à peine plus âgé qu'eux. Ils étaient impatients de savoir la suite et peut-être aussi un peu paralysés par l'inquiétude.

— Silvie, tu vas commencer par taper des tracts à la machine, on les glissera dans les poches des vestes les jours de marché. Tu viendras quand tu pourras, en passant par l'arrière de la maison. Je te montrerai tout à l'heure, il y a un autre accès par une petite ruelle assez sombre et peu fréquentée. Le matériel est déjà en place, on pourrait commencer demain, d'abord ensemble, puis tu seras seule.

Silvie avait écouté consciencieusement et chercha une réponse révélant sa motivation :

— D'accord, je m'occuperai donc de la production des tracts. Est-ce que tu sais combien d'exemplaires il faudra ?

— Le plus possible. Mais tu t'organises comme tu peux, surtout sans changer tes habitudes pour ne pas éveiller des soupçons. Vous, Josef et Arnold, vous allez être chargés de la distribution. Et ce n'est pas une mince affaire. Dans un premier temps, je vous donnerai des lieux et des dates, mais très vite, vous devrez être capables de vous organiser seuls. Il faut que l'information circule rapidement : le Führer et tous ceux qui tournent autour de lui ne sont pas là pour notre liberté.

— C'est entendu ! répondirent simultanément les deux amis.

— Toutes les missions sont risquées, mais la distribution de tracts est l'une des plus périlleuses. Vous agissez dans des lieux publics où la police est présente en permanence. Je préfère que vous l'entendiez. Il est encore temps de changer d'avis…

Willy attendit un geste ou une parole de la part d'Arnold et Josef, mais ils étaient tous deux déterminés. Ils ne reculeraient pas. Le Père Ernst, silencieux, mais très attentif aux échanges, constatait avec émotion la motivation de ces nouvelles recrues.

Enfin, Willy se tourna vers Anna, intimidée. Il fronça les sourcils et quelques rides précoces apparurent autour de ses yeux.

— Toi, Anna, tu vas travailler avec moi. Pas très loin d'ici, deux personnes poursuivies par la Gestapo[12] sont cachées par le 07. Ils attendent qu'on leur fournisse des papiers et qu'on les aide à passer la frontière. C'est difficile à organiser et surtout cela prend du temps. En attendant, il faut que nous organisions leur ravitaillement. Cela peut être l'affaire de plusieurs jours, voire de plusieurs semaines… Te sens-tu capable de mener à bien cette mission ?

Anna ne réfléchit pas, la réponse fut immédiate. Oui, elle s'en sentait capable. Enfin, elle se sentait assez en confiance avec ce groupe fraîchement rencontré pour en être capable.

— En attendant que je revienne vers toi, tu vaques à tes occupations habituelles. Fais comme si nous ne nous étions jamais rencontrés.

Anna acquiesça. Elle se demandait combien de temps elle allait devoir attendre, mais elle n'osa poser la question. Sur ces derniers mots, la troupe se sépara.

---

12. « Police secrète d'État », police politique du IIIe Reich chargée de traquer les opposants.

La nuit était maintenant tombée. La foule sur *Jesuitenplatz* s'était dispersée, mais le *Schängel* continuait d'arroser quelques personnes alcoolisées, plus âgées que celles présentes pendant l'inauguration. Anna n'eut aucun mal à récupérer sa bicyclette et rentra rapidement chez elle. Sa veilleuse accrochée sur le guidon étant un peu capricieuse, elle avait pédalé de toutes ses forces pour se sentir vite en sécurité. Elle déposa son vélo dans l'écurie et en profita pour caresser la vieille jument de son père, maréchal-ferrant. Il l'avait sauvée d'une mort certaine quand son propriétaire ne souhaitait plus s'en occuper et depuis, elle coulait des jours tranquilles. Ensuite, Anna se dirigea vers sa chambre en essayant de faire le moins de bruit possible. Son père était un homme gentil, honnête et respectueux. Il ne passait pas son temps à surveiller Anna ni à vouloir la marier rapidement pour qu'elle ne soit plus à sa charge, comme c'était le cas dans de nombreuses familles du village. Au contraire, il l'encourageait à apprendre, à être autonome et à faire ce qu'il lui plaisait. Néanmoins, depuis l'accident, il était devenu plus inquiet et avait parfois du mal à s'endormir sachant sa fille dehors. Anna ne souhaitait pas le réveiller. Elle se déshabilla, posa sa robe délicatement sur le valet et se faufila sous les draps. Elle s'endormit rapidement malgré l'excitation, bercée par le son des cloches qui sonnaient minuit. Étonnamment, ses pensées étaient davantage tournées vers ce jeune homme dynamique et déterminé que vers la future mission qu'il lui avait attribuée.

3 juillet 1941, Lioubavitchi, petit village proche de Smolensk, Russie

Katy Douchenko sortait du fenil, du foin pour les lapins à la main, quand elle entendit des cris au loin qui se rapprochaient d'elle. Katy plissa les yeux pour essayer de distinguer une silhouette. Rapidement, elle reconnut sa fille qui courait sur le chemin de terre en direction de l'isba.

« Maman, viens immédiatement à la maison ! Vite ! C'est très important ! »

La surprise lui fit lâcher toute la paille qu'elle portait, mais malgré l'insistance de sa fille, elle ne put s'empêcher de la ramasser avant de la rejoindre. Katy se redressa non sans difficulté, le poids d'une vie entière à travailler la terre pesait sur son dos. Ses jambes arquées peinaient à mouvoir son corps trapu. Elle courut lentement vers la maison de bois.

Quand Katy Douchenko entra, le parquet grinça. Si toutes les isbas se ressemblaient dans le village, faites de rondins de pin empilés les uns sur les autres, soutenus par quelques piquets, de la corde et comblés par de l'argile, celle de Katy et de sa fille était une des seules à bénéficier d'un aménagement au sol. Son mari qui travaillait dans une scierie non loin de là avait réussi à récupérer assez de planches pour en fabriquer un. Cela évitait la poussière et l'humidité de la terre battue et les préservait de quelques maladies. En revanche, impossible de traverser la pièce en toute discrétion, et cela valait même pour les rongeurs de toutes tailles qui parfois venaient profiter du frais de l'isba. Après les premières frayeurs, Katy et sa fille s'étaient habituées.

Katy, épuisée par sa petite course, s'affala dans un vieux fauteuil poussiéreux pour écouter. Sa fille restait debout, la main posée fermement sur la table. Son regard révélait le sérieux des annonces qu'elle s'apprêtait à faire. Elle prit sa respiration et enchaîna un flot de paroles continues que Katy eut du mal à suivre.

C'était la première fois depuis le début de l'invasion que Staline s'était adressé à son peuple. La fille de Katy avait pu écouter tout le discours dans l'usine à Smolensk. Toutes les ouvrières avaient d'ailleurs dû cesser le travail afin de pouvoir l'écouter. La situation était vraiment inquiétante.

« *Un grave danger pèse sur notre Patrie* »[13]. Lioubavitchi était un petit village collé à la Biélorussie fraîchement envahie. Ils étaient donc les prochaines cibles de la Wehrmacht.

« *L'ennemi est cruel, inexorable. Il s'assigne pour but de s'emparer de nos terres arrosées de notre sueur, de s'emparer de notre blé et de notre pétrole, fruits de notre labeur.* »

La fille de Katy avait toujours eu des facilités pour mémoriser, des comptines d'abord, puis des poésies, et aujourd'hui, elle avait retenu quasiment tous les mots de Staline, qu'elle répétait à sa mère. Le discours était long et celle-ci, tendue entre angoisse et colère, n'en retenait que quelques bribes.

« *Il faut aussi qu'il n'y ait point de place dans nos rangs pour les pleurnicheurs et les poltrons, les semeurs de panique et les déserteurs ; que nos hommes soient exempts de peur dans la lutte et marchent avec abnégation dans notre guerre libératrice pour le salut de la Patrie, contre les asservisseurs fascistes.*

Il faut immédiatement réorganiser tout notre travail sur le pied de guerre, en subordonnant toutes choses aux intérêts du front et à l'organisation de l'écrasement de l'ennemi.

Les kolkhoziens doivent emmener tout leur bétail, verser leur blé en dépôt aux organismes d'État qui l'achemineront vers les régions de l'arrière.

Dans les régions occupées par l'ennemi, il faut former des détachements de partisans à cheval et à pied, des groupes de destruction pour lutter contre les unités de l'armée ennemie, pour attiser la guérilla en tous lieux, pour faire sauter les ponts et les routes, détériorer

---

[13]. Discours radiodiffusé de Staline appelant à la « Guerre patriotique » contre Hitler le 3 juillet 1941.

les communications téléphoniques et télégraphiques, incendier les forêts, les dépôts, les convois.

Dans les régions envahies, il faut créer des conditions insupportables pour l'ennemi et tous ses auxiliaires, les poursuivre et les détruire à chaque pas, faire échouer toutes les mesures prises par l'ennemi.

Toutes les forces du peuple pour écraser l'ennemi !

En avant vers notre victoire ! »

Au fur et à mesure qu'elle écoutait sa fille, Katy Douchenko bouillonnait intérieurement. Sa récolte ? Elle la donnait déjà depuis bien longtemps à l'État, s'organisant pour survivre en évitant la famine. Du bétail ? Plus rien. Le régime était venu un matin pour récupérer toutes les bêtes du village et les parquer dans les fermes collectives. Elle avait réussi difficilement à dissimuler quelques lapins qu'elle élevait en toute discrétion.

Katy n'aimait pas le communisme. Katy détestait Staline au moins autant qu'Hitler. De son point de vue, ils n'étaient pas tellement différents. Mais cela, elle ne le disait à personne. Elle gardait tout au plus profond d'elle-même. Elle avait perdu toute confiance en l'être humain depuis la mort de son mari, trente ans auparavant, dénoncé injustement comme tsariste par un voisin communiste un peu envieux. Elle s'était retrouvée seule, enceinte de quelques semaines. Mais elle gardait un goût prononcé pour les questions politiques qu'elle suivait du mieux qu'elle pouvait, avec les maigres informations soutirées çà et là. Alors là, vraiment, les mots de Staline dans la bouche de sa fille l'agaçaient. Devoir donner ses récoltes à l'un ou à l'autre de ces monstres lui était complètement indifférent. Et quel retournement de veste ? Staline qui jusqu'ici respectait scrupuleusement le pacte de non-agression germano-soviétique et qui allait jusqu'à fournir des matières premières à la Wehrmacht ! Katy Douchenko se leva pour se servir un grand verre d'eau qu'elle but d'une traite. Il fallait faire passer l'ironie de la situation qui était bloquée dans sa gorge. Elle ne savait pas comment enfouir son rire nerveux naissant autrement. Aucun soupçon ne devait peser sur elle, pour le bien de sa fille. Le verre vide, elle réussit à reprendre un air triste et angoissé.

Finalement, de ce long discours propagandiste, elle avait retenu l'essentiel : les hommes de 16 à 60 ans, les femmes de 18 à 50 ans devaient s'inscrire dans des groupes de défense civile. Katy allait à nouveau être seule.

Sa fille partie diffuser les nouvelles aux autres habitants, dans la petite isba, le silence régna subitement. Katy Douchenko pouvait supporter beaucoup, mais la solitude, elle n'en était plus sûre.

4 juillet 1941, Coblence, Allemagne

Quand Silvie ouvrit la première fois les yeux, elle se sentit incapable de bouger. Le sommeil s'était fait attendre, et elle avait passé la nuit à réfléchir à la mission qu'elle exécutait depuis quelque temps. Et le jour ne s'était pas encore levé.

Sa vie avait basculé depuis son entrée dans le 07. Des tracts, encore des tracts, toujours des tracts. Elle ne pensait plus qu'à cela. Tous les jours, sauf le dimanche, elle quittait la boulangerie de Madame Schmitz à midi pile. Employée en tant que vendeuse depuis quelques mois, ce travail était essentiel pour subvenir à ses besoins et à ceux de sa famille. Puis, elle enfourchait sa bicyclette et pédalait jusqu'au repère du 07. Dans la petite maison, elle avait vraiment pris ses marques. Dès qu'elle y entrait, elle accrochait sa besace au petit portemanteau juste derrière la porte. Puis elle se dirigeait vers la commode, ouvrait le premier tiroir et prenait une feuille sur chacun des deux tas bien séparés. Les superposant, elle se concentrait pour rédiger de sa plus belle écriture les textes qui lui parvenaient par Willy. Il fallait appuyer fort sur la pointe du stylo noir, afin que le papier carbone dépose une couche d'encre sur la face lisse de la deuxième feuille. La feuille de papier couchée devenait alors le miroir de l'autre morceau de papier. À ce moment précis, elle devait être rapide. Il ne lui restait plus beaucoup de temps avant de retourner à la boulangerie. Son travail lui permettait de ne lever aucun soupçon sur son activité clandestine. Elle plaçait alors la feuille de papier fort sur le tambour du duplicateur et ouvrait le second tiroir de la commode. Elle en sortait une liasse de papier tirage qu'elle déposait sur le plateau de la machine. Dans le dernier tiroir de la commode, plus profond, plusieurs bouteilles d'alcool à brûler lui permettaient d'achever le travail. Elle en utilisait une par jour, pour remplir le réservoir de la machine. Enfin, il n'y avait plus qu'à tourner la manivelle. La rotation du tambour pressait la feuille de papier fort avec les feuilles de tirage qui, imbibées d'alcool, s'imprégnaient des mots déposés sur la matrice.

« *Où que vous soyez, empêchez que ne se développe cette machine qui divise les Allemands et anéantit les peuples. Résistez. Rejoignez-nous.* »

Avec ce procédé, Silvie pouvait dupliquer près de 200 tracts par jour. Ce qui était très loin d'être négligeable. En revanche, quand elle quittait la maison, l'odeur nauséabonde du vieil alcool bon marché lui restait dans les narines tout l'après-midi, rendant son service à la boulangerie bien moins évident que le matin. À plusieurs reprises, sa patronne l'avait houspillée. Mais Silvie tenait bon. Pour les Juifs, pour les résistants morts, pour l'égalité et la liberté. Et surtout pour donner un sens à sa vie. C'était sa révolte.

Cette nuit, la colère l'avait envahie. Elle ne comprenait pas pourquoi elle ne pouvait participer à la distribution de ses tracts. Enfin, raisonnablement, elle le comprenait. Tout lui avait été soigneusement expliqué. Les paroles de Willy tournaient en boucle dans sa tête. *Les tâches et les personnes doivent le moins possible se mélanger. C'est plus complexe pour les recherches de la Gestapo. Le moindre soupçon est un aller simple pour Dachau. Quasiment impossible d'en sortir vivant. Le père Ernst y a vécu l'enfer pendant de longs mois. Il a miraculeusement été libéré. Conforté dans sa foi, il s'est engagé dans la Résistance, encourageant ses paroissiens à faire pareil. Nous sommes la Résistance, et notre premier devoir est de ne pas se faire prendre.* Willy avait été clair et Josef et Arnold désignés pour cette action. Malgré tout, elle trouvait cela injuste.

Quand elle se leva enfin, il était près de 10 heures. Après avoir enfilé une petite robe légère, elle descendit dans la cuisine prendre un petit-déjeuner. Ses parents la regardèrent, résignés. Déjà leur fille n'avait pas voulu poursuivre sa scolarité, s'engageant dans le premier emploi trouvé, et voilà que maintenant elle se mettait à traîner au lit, inconsciente demoiselle. Alors qu'il y avait tant à faire à la ferme. Et deux bras supplémentaires les auraient bien aidés.

Silvie ne les salua pas, elle se sentait incomprise et attendait d'avoir assez d'économie pour quitter le foyer. Leurs regards noyés de reproches lui étaient insupportables. Elle baissait les yeux chaque fois qu'ils étaient ensemble, accentuant la gêne et la colère des trois membres de la famille. Elle s'assit sur une chaise en bois et se prépara une bonne tartine de pain et de beurre. La confiture de framboise était une production de la maison, elle était délicieuse. À tel point que Silvie se fit une deuxième tartine, puis une troisième. Sa gourmandise commençait sérieusement à se voir, ajoutant une inquiétude supplémentaire à ses parents qui ne pourraient même pas lui trouver un fiancé si elle poursuivait sur le chemin de la disgrâce. Et en plus, elle était rousse. Silvie avait beau essayer, elle ne comprenait pas l'énergie dépensée par ses parents pour la marier absolument avec un jeune du village. Elle ne comprenait pas pourquoi ils n'acceptaient pas son désir de vivre une autre vie. Elle comprenait encore moins comment son mariage était une priorité dans les quelques rares discussions alors que la Wehrmacht avait envahi la France, et s'attaquait maintenant à toute l'Europe de l'Est.

C'est ainsi que Silvie tenait. Par le sarcasme et le mépris.

Quand Silvie eut fini, elle emprunta à sa mère un panier pique-nique. Il faisait beau, elle allait rejoindre des amis au Deutsches Eck[14]. Elle le remplit de trois tomates, une saucisse de viande assez grande pour être partagée et une miche de pain. Elle rajouta un couteau et une jolie nappe. Puis elle remonta dans sa chambre, avec le panier. Elle souleva le tapis au pied de son lit, fit basculer du doigt une lame de parquet qui permit de mettre en évidence une petite cachette. Silvie y glissait tous les soirs les tracts produits dans la journée. Le

---

14. « Coin allemand », nom d'un promontoire à Coblence où la Moselle rejoint le Rhin.

paquet fut soigneusement emballé dans la nappe et le tout reposé dans le panier. Elle redescendit les escaliers.

« Au revoir, à tout à l'heure », cria-t-elle en claquant la porte.

En moins de dix minutes, elle rejoignit ses amis. Loin d'être en retard, elle était malgré tout la dernière. À la confluence entre la Moselle et le Rhin, le Deutsches Eck était le lieu de rendez-vous de tous les habitants de la ville et des alentours. Des personnels de l'Orpo, la police du maintien de l'ordre public, allaient et venaient le long des quais, surveillant les faits et gestes de la population. Facilement reconnaissables avec leur uniforme vert, leur présence partout en Allemagne avait considérablement augmenté depuis 1936.

Pour être plus tranquilles, Willy décida de louer une barque. Il fallut attendre quelques minutes afin de pouvoir accéder à la location. Le ciel ensoleillé avait donné envie à d'autres personnes endimanchées d'oublier la guerre le temps d'un après-midi. Quand enfin ils purent monter à bord de l'une des barques, les garçons s'installèrent spontanément près des rames. Pour Silvie et Anna, il ne restait que la banquette de devant. Elles s'en contentèrent sans rechigner, d'abord parce qu'elles deux faisaient beaucoup de vélo, mais ne maîtrisaient pas du tout le maniement des rames, et surtout parce qu'en réalité, elles n'étaient pas là pour se divertir. L'embarcation prit la direction de la Moselle, il y avait assez peu de courant ce jour. Très vite, le groupe se trouva suffisamment isolé pour que Willy puisse parler librement.

— Alors Silvie, tu nous as apporté des tracts ?

Silvie sortit la nappe de son panier, la déplia et montra fièrement l'épais tas de feuilles.

— Il y en a presque deux mille ! Je suis contente, mais j'aurais voulu en produire davantage.

— Tu plaisantes ? dit Willy. C'est vraiment beaucoup déjà. Tu as dû travailler d'arrache-pied. Merci !

Arnold ne disait rien, mais était vraiment impressionné. Difficile pour lui de détourner le regard de Silvie. Il trouvait la jeune femme si jolie avec ses cheveux auburn et ses yeux verts qui pétillaient quand elle riait aux éclats. Ses joues s'empourprèrent quand Silvie, remarquant l'insistance de son regard, lui rendit un petit sourire malicieux.

Le sérieux de Willy mit fin à leurs échanges silencieux en interpellant les garçons d'un ton solennel :

— Josef, Arnold, grâce à l'intense productivité de Silvie, vous allez pouvoir passer à l'action. Vous commencerez demain sur le marché de Güls. Mais attention, cette fois, c'est très sérieux. Ce ne sera plus un entraînement. Il ne faudra surtout pas vous faire remarquer. Vous risquerez votre vie, et celle de votre famille. La Sipo[15] est bien plus sévère que l'Orpo. Les petites bagarres ne l'intéressent pas. Les fonctionnaires de la Sipo recherchent des criminels, des ennemis de l'État… des résistants… En d'autres termes, la Sipo nous recherche activement.

Willy insistait lourdement afin de faire prendre conscience à l'ensemble du groupe les risques de leurs actes. Sur ses conseils, Josef et Arnold s'étaient précautionneusement entraînés à distribuer des papiers vierges depuis deux semaines dans différents lieux publics. Ils avaient élaboré plusieurs techniques, la plus simple avait été de glisser les papiers dans les bannières des bicyclettes stationnées dans la ville. Arnold avait très vite été à l'aise, mais pour Josef, c'était plus compliqué. De grosses gouttes de sueur sur le front avaient accompagné ses gestes au début. Maintenant, il semblait se maîtriser.

— Après Güls, on ira à Lahnstein, dit Arnold. Il y a un groupe nazi qui prolifère et je pense qu'il faut leur couper l'herbe sous le pied avant qu'il ne soit trop tard.

— D'accord ! Je n'ai pas eu cette information, mais tu as l'air de savoir de quoi tu parles, Arnold. De toute façon, vous allez vous organiser comme bon vous semble, vous connais-

---

15. « Police de sûreté », créée en 1936 par Himmler, incluant la Gestapo.

sez mieux les villages que moi. En revanche, c'est moi qui continuerai à vous fournir les tracts faits par Silvie, c'est plus sûr.

Josef et Arnold approuvèrent.

De son côté, Anna patientait. Elle n'avait pas revu Willy depuis la soirée de l'inauguration du *Schängel*. Elle avait attendu, guetté le moindre changement dans ses journées. Mais rien. La déception avait commencé à l'envahir. Elle était tellement motivée pour défendre Franz et tous les autres… Et la liberté. Étonnamment, elle s'était rendu compte aussi qu'elle avait hâte de revoir Willy. Cette pensée la dérangeait. Et elle avait patienté. Un dimanche, un enfant assis à ses côtés lui avait proposé un bonbon au citron au beau milieu de la messe. Elle avait accepté sans comprendre et l'avait glissé dans la poche de son gilet. Ce n'était ni l'endroit ni le moment de grignoter. Plus tard, cherchant un mouchoir dans son veston, elle avait retrouvé le bonbon. Souriante à l'idée de dévorer cette petite douceur, elle l'avait ouvert délicatement. Quelle surprise en découvrant des mots sur l'emballage. Un lieu. Un jour. Une heure. Aujourd'hui. Enfin, elle allait être active. Enfin, elle allait le revoir.

Sur la barque, Anna prit les devants :

— Alors, Willy ? J'ai attendu ! J'étais prête ! Pourquoi ne m'as-tu pas contactée plus tôt ?

— Oui, Anna, désolé, mais la mission prévue pour nous deux a évolué. On a eu une chance incroyable, car les deux dissidents que je cachais ont pu avoir finalement des papiers bien plus tôt que prévu. C'est un ambassadeur danois à Hambourg qui leur a octroyé la nationalité danoise et ils ont pu s'y réfugier. Mais j'ai dû d'abord les accompagner jusqu'à Hambourg, par le train, et le réseau ferré est infesté de soldats de la SS. J'ai pensé que c'était trop risqué pour ta première mission.

Anna haussa les épaules et son visage s'assombrit. Elle aurait voulu qu'on lui fasse confiance. Mais Willy avait eu raison, elle n'avait jamais quitté Coblence. Partir pour Hambourg dans ces conditions aurait probablement été un premier engagement ardu. Alors Anna se dérida, un léger sourire apparut :

— Tu as certainement eu raison, Willy. Même si j'aurais fait ce que le 07 exige.

Willy remarqua à cet instant qu'elle commençait à avoir les traits d'une femme. Puis, il secoua la tête pour faire disparaître ses pensées parasites.

— Le choix que j'ai pris est sans commune mesure avec celui que je fais maintenant. La mission qui s'annonce pour toi semble bien plus périlleuse…

Curieuse, Anna était tout ouïe. Les autres aussi d'ailleurs. La barque, immobile au milieu de la Moselle. Le soleil commençait à chauffer les crânes, mais tous avaient emporté de quoi se protéger. L'attention monta d'un cran. Willy poursuivit :

— Vous avez dû voir dans les journaux que la Wehrmacht a envahi l'URSS ?

— Évidemment, tout le monde ne parle que de cela ici. Avec beaucoup d'incompréhension, mais aussi de fierté. Ils ne comprennent rien et cela m'exaspère. L'URSS peut faire beaucoup de dégâts. Pour nos pauvres soldats envoyés de force sur le front, il n'y a pas de quoi se réjouir. Pour éradiquer le nazisme, je vois cela comme une bonne nouvelle !

Arnold était le plus informé. Il adorait la géopolitique, les relations internationales, le communisme naissant, la lutte ouvrière et surtout il détestait Hitler. Il détestait ses projets pour l'Allemagne.

— Je suis bien d'accord avec toi, Arnold. Pour le moment, les journaux annoncent une avancée rapide, mais je sais de source sûre que sur le front de l'Est, ce n'est pas si simple. Il se passe des choses atroces, inimaginables. Les Allemands font creuser des tranchées aux populations juives, les fusillent et les enterrent dedans. Pareil pour les communistes.

Les quatre autres restèrent abasourdis. Bien sûr les exactions étaient connues, la politique raciale était officielle avec les lois de Nuremberg imposées depuis 1935. D'ailleurs, Josef lui-même en avait fait les frais. Père catholique, mère juive, ils avaient subi de nombreuses fois des humiliations publiques jusqu'à ce que la mère de Josef se décide à rejoindre sa sœur partie plus tôt aux États-Unis. Depuis bientôt quatre ans, Josef grandissait seul auprès de son père.

Willy poursuivit :

– Un des témoins de ces atrocités a réussi à s'enfuir. Il est activement recherché par la Gestapo. Leurs enquêteurs sont sur cette affaire en Ukraine et dans l'est de l'Allemagne. Mais nous avons une longueur d'avance sur eux. Un groupe de résistance polonais a réussi à se mettre en relation avec le 07, il nous somme de protéger ce témoin. Il arrive demain…

En un instant, Anna comprit enfin comment elle allait pouvoir être utile.

– Je sais où nous pouvons le cacher, le coupa-t-elle. Dans la grange, chez mes parents. Mon père ne s'aventure plus jusqu'au fond. Quant à ma mère, la pauvre, elle passe ses journées à l'usine. Le soir, elle est tellement exténuée qu'elle s'endort sur le canapé.

Willy prit du temps pour réfléchir. Anna, Silvie, Josef et Arnold restaient silencieux, attendant une réaction de la part de leur chef de file. Après quelques minutes interminables, Willy répondit :

– Ta proposition est osée, Anna. Mais très intéressante. J'avais réussi à récupérer les clés d'une vieille boutique inexploitée, mais cela t'aurait obligé à faire de nombreux allers-retours pour nourrir Aleksander. C'est peut-être plus discret si tu l'héberges chez toi. J'accepte ta proposition. À Coblence, la Gestapo est de plus en plus présente. La maison du fond de la cour est étroitement surveillée. D'ailleurs, Silvie, jusqu'à nouvel ordre, tu n'y vas plus.

– Ce n'est pas vrai ? Je n'y vais plus ? Mais… Mais qu'est-ce que je peux faire d'autre alors ?

– Pour le moment, tu dois te faire discrète. Nous aurons bien besoin de toi plus tard.

Puis Willy se tourna vers Anna :

— Alors, c'est la nuit prochaine Anna, qu'on emmènera le témoin chez toi. Ne dis rien à ton père surtout. Est-ce que mes consignes conviennent à tout le monde ?

Les jeunes hochèrent la tête en guise de réponse. Midi était passé. Les ventres commençaient à gargouiller. Arnold et Josef reprirent les rames et emmenèrent l'embarcation proche de la rive, à l'endroit où un grand saule venait pleurer jusque dans la rivière. Ils allaient pouvoir profiter de l'ombre naturelle de la végétation et partager tranquillement leur pique-nique.

Quand ils eurent fini, ils retournèrent au Deutsches Eck. Après avoir remercié le loueur, qui s'empressa de proposer le bateau à un autre groupe, les cinq s'embrassèrent et se séparèrent. Cinq anonymes parmi la foule des badauds. Ils apparaissaient tellement semblables aux autres qui se promenaient sur les quais. Une journée extraordinairement banale.

Cela faisait des années qu'elle n'avait plus grimpé sur la mezzanine. Elle dut d'abord prendre l'échelle qui servait traditionnellement à cueillir les mirabelles à la mi-août quand la météo le permettait. Puis elle l'appuya contre la grosse poutre et monta fébrilement. Étrangement, l'espace était plus grand que dans ses souvenirs. D'habitude c'est l'inverse. Elle en avait encore fait l'expérience quelques semaines auparavant. Sa cousine Emi était venue la voir et ensemble elles avaient décidé de revisiter le *burg*[16] Eltz qui avait bercé leur enfance et les avait fait longtemps rêver. C'était un château à flanc de colline, surplombant la Moselle, avant que la rivière ne vienne se jeter dans le Rhin. Perché au milieu d'une grande forêt de chênes et même d'arbres exotiques que l'humidité de la vallée permettait de faire pousser, il semblait être sorti d'un conte de fées. Petite, Anna avait adoré la grande salle du Trésor où elle jouait à cache-cache derrière de grands fauteuils recouverts de velours parme. Avec Emi, elle n'avait pas pu se cacher. Les fauteuils n'étaient plus aussi gigantesques, et en quelques

---

16. « Château fort ».

pas, Anna pouvait traverser la pièce. Bref, c'était dur à accepter, mais en grandissant, tout devenait moins impressionnant.

Maintenant, il fallait se mettre au travail, malgré l'appréhension. Elle s'était peut-être précipitée en proposant de protéger le témoin à son domicile. Mais elle ne le regrettait pas. Enfin elle allait pouvoir se sentir utile, pour Franz, et allait montrer à Willy sa détermination. Un sentiment étrange émergeait en elle. À côté de Willy, elle avait une boule au ventre. Le risque sans doute. Cela ne pouvait pas être autre chose, elle ne l'avait finalement vu que deux fois.

Elle regarda autour d'elle, des toiles d'araignées lui gratouillaient le visage. Elle ne s'effraya pas, mais les balaya de la main. Il y avait un peu de paille, mais pas assez pour en faire un duvet confortable. Il faudrait compléter. Une vieille malle traînait au fond, toute poussiéreuse, et à l'intérieur… Rien. Ce serait parfait, se dit-elle, pour que le témoin puisse mettre quelques affaires personnelles. Anna se demanda comment pouvait voyager une personne qui devait quitter dans l'urgence son pays natal. Elle n'avait pas très bien compris où en était la Wehrmacht et où se passaient toutes ces atrocités, mais elle savait que c'était à plusieurs milliers de kilomètres de sa grange. En revanche, elle était certaine que le témoin serait en sécurité chez elle.

Elle redescendit doucement de l'échelle, elle aurait tout le lendemain pour préparer. Elle remit l'échelle à sa place et s'approcha de sa jument pour tout lui expliquer à l'oreille. Lokki allait devoir cohabiter. Il fallait qu'elle le sache.

4 juillet 1941, Palais de Wittelsbach, siège de la Gestapo, Munich

Himmler avait fait spécialement installer le téléphone rouge dans son cabinet. Il souhaitait pouvoir tout contrôler depuis son bureau, à Munich.

– Je viens aux nouvelles. J'espère qu'elles seront favorables. L'opération progresse-t-elle comme prévu ? Le Führer attend mon bilan.

Le général Alfred Jodl était très expérimenté. Engagé en août 1914, une blessure à la cuisse l'avait obligé à abandonner le front. Guéri, il avait repris les armes et était même devenu lieutenant en 1916. Depuis, il n'avait pas quitté l'armée, grimpant les grades un par un. Il avait rencontré le Führer pour la première fois assez tardivement, en 1939. Récemment promu au rang de général d'Artillerie, il était un élément essentiel dans les décisions sur le front de l'Est.

– Les troupes avancent vite. La Wehrmacht est en Ukraine, elle arrive bientôt à Kiev. Plus au nord, la Biélorussie est déjà conquise.

– C'est parfait. Comment se passe la gestion des nouveaux territoires conquis ?

– J'ai actuellement cinquante commissaires qui travaillent pour quadriller méthodiquement les territoires conquis et y imposer le nazisme, par la force. Chacun aura à sa charge une portion à gérer, il devra y organiser méthodiquement l'éradication des ennemis de la race. Les maires des villages ont deux possibilités : coopération ou déportation. Bien sûr, on ne leur dit pas.

– Il n'y a donc aucune forme de résistance ? Comme si ces peuples attendaient l'asservissement du Grand Reich.

— Les populations sont plutôt dociles. Elles ont peur. Pour le moment, la plupart coopèrent. Nous avons réussi à exproprier des terres et commençons la construction de nouveaux camps.

— Très bien. Exactement comme prévu !

L'homme au bout du fil marqua une hésitation, prit une courte inspiration et ajouta :

— Nous avons quand même eu une petite difficulté... À Rivne... La Wehrmacht a ratissé la ville dès le 28 juin. Les Einsatzgruppen ont commencé leur mission. 400 Juifs ont été éliminés dans la forêt de Sossenki, qui borde la ville. La population ne dit rien. En revanche, on n'a pas mis la main sur le maire de la ville. Ni sur son fils...

— Ils sont introuvables ? Je croyais que vous aviez les meilleurs réseaux de renseignements à vos côtés ? Il faut absolument les retrouver ! Il ne faut pas que tout s'ébruite. Je ne veux pas de fuite ! Vous avez compris ? Pas... de... fuite !

Himmler bouillonnait. Des massacres en Pologne, en Ukraine, mais le moins d'information possible en Allemagne.

— Il nous faut plus de moyens.

— Plus de moyens ? La Wehrmacht concentre à elle seule les trois quarts du budget du Grand Reich. Débrouillez-vous.

Himmler raccrocha. Il n'avait en théorie aucun ascendant sur le général Alfred Jodl, mais il ne supportait pas qu'on puisse contrarier ses plans. La théorie de la supériorité de la race aryenne, il y croyait. De toutes ses forces, de toutes ses tripes. Il en avait fait sa priorité. Plus que le Führer en personne. Il allait prouver à l'Europe allemande et au monde entier que la supériorité aryenne est incontestable.

5 juillet 1941, Coblence

Ce lundi, Anna se leva à l'aube, avant le chant du coq. Willy l'avait prévenue : le transfert devait avoir lieu cette nuit. Il fallait que tout soit prêt.

Elle ne sortit pas de sa chambre, car elle ne voulait pas que ses parents s'interrogent. Son objectif de la journée : trier ses affaires afin d'en monter quelques-unes sur la mezzanine de la grange. Elle souhaitait accueillir son protégé dans les meilleures conditions.

En temps normal, cela aurait pu aller très vite, car finalement, elle n'avait pas grand-chose. Mais en ce jour particulier, la tâche était complexe. Anna inspectait minutieusement chaque breloque avec toujours en tête la même question : « que pourrait-il faire de cela ? ».

Anna n'avait aucune idée de combien de temps le réfugié allait rester. Elle ne savait rien de lui. Ni qui il était, ni d'où il venait et encore moins ce qu'il avait exactement vu. L'Ukraine, elle avait compris, mais rien de plus.

Elle commença ses investigations par les tiroirs de son bureau. Le premier débordait de lettres qu'elle avait pu recevoir à de diverses occasions, surtout à ses anniversaires. Les Allemands étaient friands des cartes de vœux. Elle ne trouva rien susceptible d'intéresser son invité. Elle s'apprêta à refermer le tiroir quand elle s'en souvint. Elle glissa alors sa main dans le tiroir semi-ouvert, tout au fond, sous le gros tas de cartes et s'émerveilla de le retrouver. Le papier bleu avait été plié plusieurs fois, à tel point qu'il était minuscule entre ses doigts. Elle le déplia avec soin et beaucoup d'émotion. Deux enfants dessinés se tenaient la main, ils étaient entourés d'un cœur fait au crayon de mine et au-dessus était écrit « Pour ma meilleure amie, de la part de Franz ». Tenir ce dessin entre les mains la fit sourire sans apaiser sa peine. Elle se sentait vide depuis qu'il était parti. Soufflant de tristesse, elle reposa le papier sous le pot à crayon. Quand elle en aurait envie, elle pourrait regarder à nouveau les enfants se tenir la main.

Elle ferma alors le premier tiroir et ouvrit le deuxième. Là, les recherches étaient davantage productives. Deux carnets aux pages blanches. Elle en sortit un et le posa sur son lit. Elle garda l'autre dans le tiroir. Premier objet.

De son pot à crayons, trois stylos à bille qu'elle avait pris soin d'attacher ensemble avec un élastique.

Elle posa le tout sur le lit, avec le petit carnet. Elle ne pouvait imaginer une vie sans écrire, les mots soulageaient les maux. Elle se dit que son protégé serait content de pouvoir alléger ses pensées.

Dans le troisième tiroir, elle trouva un petit miroir qu'elle mit aussi de côté.

Ensuite, elle s'attarda sur la commode. Anna commença ses prospections par le tiroir du bas et en sortit deux draps blancs en coton et une taie d'oreiller. La taie était précieuse. Héritage d'une grand-mère originaire de Belgique, les contours étaient brodés de dentelle Renaissance qui formait des étoiles et des cercles emmêlés, laissant le rêveur à son imagination. Anna hésita un peu, mais elle n'avait pas d'autre drap. La taie finement brodée vint grossir le tas préparé sur le lit. Sur la commode était posée une petite boîte à bijoux. Elle l'ouvrit. Une danseuse en jupon rose se mit à tournoyer sur elle-même. Anna la regarda accomplir sa danse, puis elle sortit de la boîte une montre qui fonctionnait encore très bien. C'était un cadeau de sa communion, mais Anna n'osait pas la mettre de peur de la perdre. Pour une fois, elle allait être utile.

Le tas sur le lit commençait à être volumineux, mais Anna décida de rajouter un livre, même si elle n'était pas certaine que le réfugié sache lire l'allemand. Elle choisit un ouvrage qu'elle pensait universel et facilement abordable : *Les Fables* de Jean de la Fontaine. Plus tard, elle pourrait lui en apporter d'autres.

Satisfaite, elle s'habilla et emporta tous ces objets dans la grange avant que ses parents ne se réveillent. Elle alla chercher l'échelle, l'adossa à la mezzanine. Elle monta lentement, son cabas rempli de ses trésors sur l'épaule. Elle commença à préparer le refuge.

La tâche achevée, il ne lui restait plus qu'à attendre. Le lundi lui parut extrêmement long. Difficile d'organiser le quotidien tout en sachant que le soir même, un étranger allait être déposé chez elle en pleine nuit et qu'il allait falloir s'en occuper, à ses risques et périls. Pour passer le temps, Anna choisit de préparer des confitures. Les framboisiers avaient gâté la famille et sa mère était souvent débordée. Le patron de l'usine n'hésitait pas à rallonger ses journées au gré des obligations.

À vingt-deux heures trente, Anna monta dans sa chambre. La maison s'endormait, mais la nuit peinait à tomber. Dans quelques heures, le transfert allait avoir lieu. Elle s'allongea dans son lit et essaya de s'endormir. Impossible de trouver le sommeil. Elle se tourna et se retourna plusieurs fois. Elle éteignit sa lampe de chevet. Puis la ralluma. Puis l'éteignit à nouveau. Pour la rallumer quelques minutes plus tard. Finalement, elle décida de prendre un livre. Elle choisit *Au bonheur des dames*, d'Émile Zola. Même si elle l'avait déjà lu plusieurs fois, ce roman continuait de la passionner. À chaque lecture, Anna voyageait à travers les péripéties de Denise à Paris. Les grands magasins la faisaient rêver. Le livre l'accompagna plusieurs heures. Mais maintenant, par prudence, il fallait éteindre. Le moment approchait. Anna se leva. Dans la pièce, tous ses sens étaient en éveil. Par la fenêtre, elle apercevait la cour qu'il fallait traverser pour mener à la grange.

Comme Willy le lui avait demandé, elle avait laissé des instructions sur un papier qu'elle avait découpé comme un puzzle. Les morceaux avaient été dispersés dans quelques endroits stratégiques du village. Willy n'avait eu aucun mal à les retrouver. Il avait entre ses mains le plan précis du terrain pour emmener le réfugié jusqu'à la grange. Il leur faudrait d'abord contourner la maison mitoyenne en longeant le mur droit. Une allée bétonnée les mènerait sur une terrasse à l'arrière du logement. Là, après avoir traversé le potager, ils arriveraient devant un bâtiment en pierre de taille moyenne, mais peu entretenu : la grange.

À trois heures trente, des ombres silencieuses marchèrent dans le jardin. Anna observa la scène depuis la fenêtre de sa chambre. Elle ne leur apporta aucune aide. La consigne était respectée.

13 juillet 1941, Kremlin, Bâtiment 14, Moscou

Dans toute la ville, l'alerte retentit. En quelques minutes, le bruit de la foule s'effaça devant un silence contraint. Quelques secondes plus tôt, on se bousculait dans les rues, et maintenant les Moscovites étaient muets, à l'abri dans les caves, ou les bouches de métro. Tous attendaient nerveusement. Les bombardements de la Luftwaffe avaient déjà démarré sur le front de l'Est, mais une attaque directe de la capitale n'avait encore jamais eu lieu. La guerre changeait d'échelle.

À la station Kievskaïa, sur la ligne qui menait à la gare de Kiev, difficile de compter la masse de personnes regroupées. Certains la tête dans les bras en guise de protection supplémentaire. D'autres se dévisageaient, le regard hébété, partageant leur stupeur. Régulièrement, la terre tremblait. Juste avant, un bruit assourdi les prévenait de la secousse imminente. Beaucoup portaient leurs mains aux oreilles, geste automatique pour fuir la réalité, car physiquement, l'éclat était loin d'être insupportable. Des mamans serraient fort leurs enfants contre elles, les joues couvertes de larmes. L'apocalypse.

Au bout d'une heure ou deux, un petit garçon de six ou sept ans qui commençait à s'ennuyer sortit de sa poche un harmonica et se mit à jouer. C'était maladroit, c'était haché, c'était hésitant. Mais sa musique, son envie de vivre firent peu à peu réapparaître des sourires sur les visages des gens autour de lui. Quelques-uns se levèrent et se mirent d'abord à chanter, puis d'autres les rejoignirent et se mirent à danser. Bientôt, le bruit des bombardements n'exista plus dans la station Kievskaïa. On n'entendit que le bruit de la joie.

Au Kremlin, ce fut l'effervescence avant un calme froid. Dans le bâtiment 14, des soldats de l'Armée rouge encadrèrent Staline pour l'accompagner jusque dans les sous-sols, véritables abris surprotégés. Il avait la mine sombre, mais décidée. Il en était certain maintenant. Il avait pris la bonne décision. Quand il avait reçu la lettre de Churchill l'encourageant à signer un « accord pour une action commune », il avait d'abord hésité. Leurs opinions politiques étaient loin d'être similaires, c'était même le contraire. En temps de paix, en Europe de l'Ouest, les bourgeois capitalistes au pouvoir usaient de tous les stratagèmes pour éviter la contagion communiste. Et cela, il avait du mal à l'accepter. Mais depuis l'opération Barbarossa, Churchill et lui avaient un ennemi commun. Un ennemi qui semblait redoutable. Les arguments de Churchill avaient fini par le convaincre. Malgré la grandeur et la ferveur de l'Armée rouge, impossible de battre la Wehrmacht si bien préparée sur le sol européen sans une coopération. Il fallait organiser des sabotages, se soutenir mutuellement par des prêts d'armes, s'accorder sur un blocus en mer du Nord pour asphyxier l'économie allemande… Il fallait être ensemble contre le Reich. Et surtout, il ne fallait qu'aucun des deux pays ne signe une paix séparée avec Hitler. Après l'humiliation du mois de juin, pour Staline, de toute manière, il en était hors de question.

14 juillet 1941, marché de Coblence

C'était leur dernier paquet de tracts. Silvie n'avait pas eu de nouvelles directives de Willy et, obéissant aux ordres, s'était replongée dans son quotidien ordinaire dans la boulangerie du Croissant Chaud. Le premier essai d'Arnold et Josef à Lahnstein leur avait apporté de l'assurance. C'était une petite ville agréable à cinq kilomètres au sud de Coblence, construite à l'embouchure de la Lahn et du Rhin. Ils étaient arrivés vers 11 h 00. L'horaire avait été choisi en fonction de l'affluence. Onze heures était l'heure où dames âgées finissant leurs courses et rentraient préparer le déjeuner croisaient les plus jeunes qui, sous ordre d'un de leurs parents, étaient chargés de combler un oubli. En plus, ils pourraient aussi toucher les travailleurs de l'usine qui auraient oublié leur gamelle et se précipiteraient sur la place rafler les dernières victuailles avant que les marchands ne désinstallent leurs étals.

Ils s'étaient partagé les tracts et avaient préféré se séparer pour mieux se faufiler dans la foule. D'abord, ils glissaient leurs précieux papiers au gré de leurs rencontres : chariots, vestes, cabas… Ils se rendirent compte au bout d'une heure qu'il serait plus efficace de rayonner à partir du centre de la place vers les ruelles qui la desservaient, l'un partant sur la gauche, l'autre sur la droite. Ils décidèrent que c'était la meilleure stratégie à adopter pour les missions à venir. Arnold et Josef avaient déjà brassé pas mal de marchés autour de Coblence et leur efficacité semblait prouvée. Apparemment, quelques personnes s'étaient présentées à Willy pour rejoindre leur lutte, mais ils n'en savaient guère plus. Willy faisait beaucoup d'allers-retours vers Hambourg, à chaque fois en tentant d'emprunter un chemin différent. La géographie de l'Allemagne du Nord n'avait plus de secret pour lui. De ce fait, les réunions étaient rares et entre deux rassemblements, chacun était plutôt autonome. C'était aussi une garantie de sécurité.

Ce jour-là, le lieu avait été choisi par Arnold. Depuis le début, ils évitaient la ville, le monde. Le travail allait être plus rapide. Il ne leur restait qu'une centaine de tracts.

À 09 h 22 – ils choisissaient toujours des heures de rendez-vous improbables, façon aléatoire de minimiser les risques – les deux compères se retrouvèrent sur la Goebenplatz, l'une des places les plus dynamiques de la ville.

Ils descendirent ensemble la Poststraße. La rue était animée et ils n'eurent aucun mal à glisser quelques papiers dans les vestons qui les frôlaient.

Arrivés à l'intersection avec la Clementsstraße, ils choisirent de remonter sur la droite pour rejoindre l'hôtel de ville. L'avenue était grande et ils se réjouissaient du nombre de tracts qui diminuaient. La matinée était à peine commencée. Josef allait pouvoir rejoindre sa petite amie Ebba et Arnold devait aider son père qui coupait du bois pour préparer l'hiver.

Soudain, deux hommes en uniforme vert firent irruption de derrière un groupe de marchands qui échangeaient vivement sur les nouvelles du jour. Arnold et Josef ne les avaient pas du tout aperçus. Trop tard pour tenter de contourner les soldats, de se fondre dans la foule. Ils passèrent à côté, comme si de rien n'était. Ils pensaient avoir réussi à ne pas éveiller de soupçons chez les soldats, quand deux mains fermes leur attrapèrent simultanément les bras. Ils étaient stoppés. Le visage d'Arnold pâlit d'un coup. À l'inverse, les yeux de Josef s'assombrirent. Un contraste qui révélait malgré tout la peur et l'inquiétude communes. Leurs jambes flageolèrent. Les membres de la Gestapo leur ordonnèrent fermement de se taire. Arnold et Josef obéirent. Les tenant toujours vigoureusement, les deux SS se retournèrent pour se concerter. Arnold profita de l'instant pour laisser glisser au sol de sa main libre les quelques tracts qu'ils leur restaient. Le geste était risqué, mais moins que la fouille qu'ils allaient certainement subir.

Josef décala ses pieds pour essayer de cacher les papiers. Après leurs échanges, les deux SS qui suspectaient les jeunes, décidèrent communément de les emmener jusqu'au poste de police. Josef et Arnold marchaient la tête baissée, refaisant, escortés, le chemin parcouru dans la matinée. Aucun des deux n'osait regarder l'autre, même furtivement, du coin de l'œil. Ils réfléchissaient. À ce qui était en train de leur arriver, à ce qu'ils allaient devoir inventer pour s'en sortir.

Le bâtiment était impressionnant, massif au milieu du parc. La pierre de granit utilisée pour sa construction rajoutait un caractère sombre et froid au lieu. Dans le hall, Arnold et Josef furent séparés. Arnold entra en premier dans un bureau alors qu'on somma Josef d'attendre à la porte. Sur une chaise, il se décomposait intérieurement, mais cherchait à se maîtriser, pour ne rien laisser paraître. Finalement il fut surpris de voir son ami sortir assez rapidement de la pièce, à peine vingt ou trente minutes après y être entré. Il s'était imaginé ne plus le revoir. La peur atténuée, il entra donc à son tour dans le bureau.

Un SS reconduit Arnold jusqu'à la sortie du bâtiment. Sur le seuil de la porte, ils se saluèrent :

— Heil Hitler, fit le SS levant le bras vers Arnold.

— Heil Hitler, répondit difficilement Arnold.

Le salut nazi provoquait toujours en lui des reflux vifs dans le ventre. Ravalant sa rage, Arnold traversa la rue et décida d'attendre Josef sur un banc juste en face.

— Asseyez-vous.

L'officier en charge de l'interrogatoire parla d'un ton très sec. Josef ne s'attendait pas à ce qu'il en soit autrement. Il s'exécuta et immédiatement l'officier reprit :

— Vous êtes Josef Schwartz. Né le 12 juin 1923 à Coblence. Vous confirmez ?

— Oui, c'est exact.

— Votre père tient une petite boucherie dans le centre. Vous confirmez ?

— Oui, c'est ça.

— On dit « Oui, je le confirme. »

— Oui, je vous le confirme.

— Et votre mère…

Il regarda de plus près le dossier qu'il avait sous les yeux.

— Et votre mère est juive, n'est-ce pas, Monsieur Schwartz ?

À ces mots, Josef tressaillit.

— Répondez, Monsieur. Votre mère est juive. Vous confirmez ?

L'officier ordonnait.

— Oui, je vous le confirme. Ma mère est juive. Et mon père catholique. Moi-même je suis catholique.

— C'est effectivement ce qui est inscrit sur notre registre. Vous savez que les Juifs sont sous des lois différentes depuis 1935.

— Les lois de Nuremberg. Il est difficile de l'ignorer, dit-il d'un ton méprisant qu'il n'avait pas réussi à contenir.

Le SS jeta un regard mauvais à Josef.

— Monsieur Schwartz, vous êtes en mauvaise posture. Ne jouez pas au petit malin. Où est votre mère ?

Cherchant à libérer ses tensions, Josef réfléchissait en se frottant les mains. Cette attente déplut à l'officier qui répéta en élevant la voix :

— Où est votre mère, Monsieur Schwartz ?

— Elle ne vit plus avec nous. Elle est partie en France, je crois, nous n'avons plus de nouvelles.

— Quand ?

L'officier se leva brusquement, et posant ses poings fermés sur son bureau, il cria en se penchant vers le jeune homme :

— Quand est-elle partie ?

— Je ne sais plus très bien, mais cela fait déjà cinq ou six ans. J'étais petit.

Josef pouvait sentir l'haleine alcoolisée de l'officier. La sueur perlait sur son front.

— Vous savez que vous êtes coupable si vous protégez votre mère. Êtes-vous bien sûr de dire la vérité ?

— Oui, je vous le confirme.

Josef était fébrile, il murmura en baissant les yeux :

— Je ne suis pas juif.

Il avait peur, mais surtout il avait honte. Honte de devoir se justifier. Honte de devoir renier la religion de sa mère. Et il pensait aux tracts.

— Vous venez d'avoir dix-huit ans. Vous traînez dans les rues. Vous n'avez pas reçu votre convocation pour la conscription ?

Josef fut surpris de cette question. Il ne l'avait pas prévue. Finalement, elle lui offrait de l'espoir.

— Non. Mais j'ai été convoqué par le service du travail du Reich.

La réponse sembla satisfaire le SS qui se rassit et poursuivit plus calmement :

— Très bien. Et quels travaux vous a-t-on attribués ?

— J'ai participé à l'agrandissement du stade de Coblence pour qu'il puisse accueillir les camps de jeunesse de cet été. Nous venons seulement de terminer le chantier.

Josef comptait dans sa tête.

— Il y a environ un mois. C'est peut-être pour cela que je n'ai pas encore reçu mon ordre de mission.

— C'est possible. Dans ce cas, vous allez la recevoir dans très peu de temps. Je veillerai à ce que ce soit le cas. Il est inadmissible que de vaillants Allemands se battent et risquent leur vie pour la Nation pendant que d'autres se baladent tranquillement dans les rues. En attendant, je vous surveille. Ne vous éloignez pas. Avec une mère juive, j'ai assez pour vous faire enfermer.

Josef ne sut quoi répondre. Il acquiesça de la tête, sentant le regard dédaigneux de l'officier. Le sentiment d'humiliation se mêlait au soulagement. Il le dominait même. Mais le SS n'avait pas vu les tracts. Ils n'iraient pas à Dachau. L'essentiel était sauf.

L'entretien avait duré bien plus longtemps que celui d'Arnold, mais enfin Josef put sortir. Son ami l'attendait en face du bâtiment de police. Quand Josef le vit, il lui fit un grand sourire, auquel Arnold ne répondit pas. Derrière, les gardes SS postés devant l'entrée le voyaient et auraient pu prendre ce geste pour de la provocation. Ils préférèrent s'éloigner pour discuter plus librement. Bien sûr, pas un mot sur les tracts. Ils étaient peut-être encore suivis.

Arnold avait eu les mêmes questions sur la conscription. Comme Josef, il avait expliqué avoir été sollicité pour participer à la réfection d'une école. En revanche, aucune question sur sa religion. Sur sa carte d'identité, il était écrit « chrétien catholique ». De plus, l'officier avait reconnu le nom : « Geubuls ». Un homophone pareil ne pouvait s'oublier. L'administration allemande venait juste d'envoyer la lettre à ses parents, l'officier lui-même l'avait signée. Oui, le nouveau-né pourrait avoir Adolf Hitler pour parrain. Comme la loi l'autorisait : le septième fils d'une famille aryenne pouvait avoir Hitler pour parrain. Dans les années trente, et encore au début de la guerre, le Führer fascinait. Il avait apporté des réponses contre le chômage et les gens se fichaient de savoir comment. C'était courant que des parents fassent une demande de parrainage. Cette information avait levé les soupçons du SS à l'égard d'Arnold et l'avait dissuadé d'aller plus loin dans l'interrogatoire. Arnold était l'aîné d'une famille parfaitement aryenne en tous points. Arnold ne parlait jamais de sa famille.

Malgré la peur, Josef ne se résigna pas. Bien au contraire. Son arrestation l'avait mis encore plus en colère. Pendant plusieurs jours, il était à peine sorti de chez lui. Il se savait surveillé. Mais il n'avait pas chômé et avait réussi à accumuler quelques centaines de tracts qu'il avait lui-même rédigés à la main. Après une nuit mouvementée par l'excitation du lendemain, il se leva très tôt, vers quatre heures du matin. Il s'habilla promptement, un épais manteau noir couvrant l'ensemble de sa silhouette, puis se dirigea dans la cave de la maison qu'il occupait avec son père. Il n'alluma aucune lumière, il connaissait la maison par cœur. Il ouvrit un sac épais et large et y glissa tout le matériel qu'il avait soigneusement préparé. L'ensemble était lourd, mais pas assez pour entamer sa détermination. Jetant le sac sur son épaule, il remplit un bidon en métal de plusieurs litres d'eau. Puis, il sortit de la maison le plus silencieusement possible. Le village était encore endormi, le soleil perçait à peine. Cela le soulagea. Il s'éloigna alors et arriva à Coblence en moins d'une heure.

Aucune rue ni ruelle ne lui étaient inconnues si bien qu'il n'eut aucun mal à se repérer sans éclairage, et rapidement, il se retrouva devant une belle bâtisse fraîchement érigée du centre-ville. Josef compta vingt-cinq fenêtres réparties sur cinq étages aux proportions parfaites. À l'avant-dernier étage, un balcon filait tout le long de la façade. Un barreaudage en alliage métallique assurait la sécurité de ses occupants. Mais ce qui intéressait Josef dans cette demeure, c'était la toiture. Sa légère inclinaison entre deux lucarnes lui permettrait de s'y installer aisément, à l'abri des regards. Il contourna l'immeuble et constata, fort heureusement pour son projet, que l'échelle de sécurité était toujours en place. Doucement, il grimpa jusqu'au toit.

Le site était parfait. La vue sur la place était imprenable. Parce que bientôt celle-ci allait grouiller de monde, il fallait faire vite. Josef sortit de son sac trois tapettes à souris qu'il avait ingénieusement modifiées comme des catapultes. Sur chacune d'elles, d'un côté, il plaça les tracts, de l'autre, une grosse boîte de conserve très finement percée. Il remplit les boîtes de conserve une par une d'eau provenant du lourd bidon qu'il avait difficilement transporté. Puis, il descendit précipitamment de l'immeuble, parcourut aussi rapidement les quelques centaines de mètres qui le séparaient de sa maison et se remit au lit.

À sept heures du matin, comme tous les matins, la crémière klaxonna devant la maison de Josef. Il sortit acheter quelques denrées, sous les yeux d'autres villageois qui faisaient la queue patiemment.

À sept heures du matin, à Coblence, des centaines de tracts volaient dans le ciel au-dessus de la place du marché, sous les yeux médusés de la police impuissante. Sur le toit de l'immeuble, les boîtes de conserve s'étaient vidées lentement par les fines ouvertures percées par Josef. La pression sur les trois tapettes s'était relâchée, les tracts avaient été libérés.

24 juillet 1941, Coblence

Cela faisait dix-huit jours maintenant qu'elle apportait de la nourriture au fugitif, sans pouvoir réellement lui parler, juste un petit geste de la main. Mais ce matin, elle était prête à s'y risquer. Elle avait beaucoup étudié, presque toutes les nuits, pour réussir à aligner quelques mots de polonais. Elle aurait pu essayer d'apprendre le russe, mais cela lui avait semblé encore plus complexe.

Avec un brin d'appréhension, elle se lança dans un polonais hésitant :

— *Skad Jestés* ?

Elle fit une phrase simple, mais réussit à surprendre le fugitif qui lui répondit en souriant :

— De Rivne, une petite ville à l'ouest de l'Ukraine. En URSS.

Encouragée, Anna poursuivit :

— Tu comprends le polonais ?

— Je parle l'ukrainien, le polonais de ma mère, le russe aussi. Et quelques mots d'allemand.

Il pointa de l'index le puits de lumière qui éclairait la grange et dit en riant doucement :

— Vasistas ! Ou « *Was ist das*[17] ? ».

Anna sourit tendrement. Un mélange de satisfaction et d'inquiétude l'envahissait. Malgré tous les efforts qu'elle faisait, la pâleur habituelle de la peau d'Aleksander s'était accentuée. Les traits de son visage s'étaient creusés et la fatigue se lisait dans ses yeux cernés d'ombres. Peinée, elle reprit :

— Quel est ton prénom ? Moi, je me prénomme Anna.

---

17. « Qu'est-ce que c'est ? », est devenu en français une petite ouverture aménagée dans une fenêtre ou dans une porte.

– Je m'appelle Aleksander Protopiev. J'étais le fils du maire de Rivne, une petite ville d'Ukraine, avant que les Allemands commencent le massacre.

Anna ne sut que répondre. Les mots étaient difficiles à entendre, à comprendre. Elle déposa une miche de pain, une bouteille de jus de pomme et du beurre et quitta la mezzanine en lançant timidement un petit « *do widzenia* », qui signifiait « au revoir ». C'était l'heure de rejoindre Willy. Elle ne l'avait pas vu depuis cette fameuse nuit où il avait amené le fugitif. Elle avait hâte de le revoir. Ce n'était pourtant pas le moment de tomber amoureuse, mais c'était plus fort qu'elle. Elle le trouvait beau, impressionnant, sûr de lui, et à ses côtés elle se sentait protégée. Après tout, elle était jeune, et malgré la guerre, l'amour faisait partie de ses préoccupations. Avant de partir, elle se regarda rapidement dans la glace de l'entrée, se démêla un peu les cheveux du bout des doigts. Pas la peine de faire plus, la bicyclette se chargerait de tout mélanger à nouveau. Elle pédalait vite. Elle avait de l'endurance et rejoignit aisément *Jesuitenplatz*. Ils s'étaient donné rendez-vous devant le *Schängel*. Willy était déjà là.

26 juillet 1941, Hambourg

– As-tu fait bonne route, mon fils ?

Le directeur regardait toujours l'adulte face à lui comme un père protégeant son enfant.

– Oui, ça a été. Je jongle avec les identités. Les contrôleurs sont moins méfiants entre Coblence et Hambourg qu'autour de Munich.

Dans la grande manufacture de brique rouge, ils étaient en sécurité pour parler librement. Situé juste à côté de la gare, Willy n'avait eu qu'à longer la *Schanzenstraße* pour y arriver. L'entreprise était très réputée dans le coin, et bien au-delà. Depuis vingt ans déjà, les stylos Montblanc s'exportaient dans près de soixante pays. C'était un des fleurons de l'industrie allemande, et tout ce qui pouvait faire briller l'Allemagne était utile et bienvenu. Willy était le fils d'un des directeurs. Il avait eu une enfance facile, mais pour son père, cela avait été plus compliqué. De ce fait, il avait tenu à lui inculquer les valeurs de dignité et de foi en l'homme. Il l'avait fait lire, voyager, rencontrer du monde et surtout il lui avait appris le respect de l'autre. Willy aujourd'hui se battait pour tout cela. Avec son père. Un des fondateurs du 07.

– Alors, qu'en est-il d'Aleksander ? Tu as réussi à le garder en sécurité ?

– Je pense que oui. Il est caché dans une grange, dans un village de la banlieue de Coblence. Pour le moment, il n'y a aucun souci. J'observe de loin. Le ravitaillement est fait tous les jours et personne ne semble soupçonner sa présence.

– Avez-vous pu échanger davantage que lors de votre première rencontre ?

– Pas encore non. Nous n'avons eu que peu de temps ensemble et j'avoue que malgré tous nos efforts, la langue est un frein. Je progresse en ce sens.

— Ne t'inquiète pas trop pour cela, tu sais que nous avons des interprètes ici. Tu en fais déjà beaucoup. Et parfois je me fais du souci pour toi.

— Je retrouve Anna dans deux jours, j'en saurai certainement davantage.

— Bien… C'est étrange quand même.

— Quoi donc ?

— C'est bien la première fois que tu utilises un prénom. D'habitude, tu me donnes leur matricule. Qui est Anna ? Une nouvelle dans le O7 ? Le Père Ernst est très efficace pour te mettre en contact avec des jeunes motivés. Mais quand même, dis-m'en plus sur cette Anna.

Willy se sentit soudain très gêné. Il n'avait jamais eu ce genre de discussion avec son père. Il était plutôt réservé. Et en plus il avait raison. Anna lui plaisait beaucoup. De plus en plus à chaque rencontre. Mais ce n'était pas la question.

— Euh… Oui, Anna est très motivée. Mais enfin… Bref. Et Aleksander ?

— J'ai un nouveau contact pour le faire passer en Suède. Il ne risquera plus rien.

— Mais papa, tu sais bien que ce n'est pas ce qu'il veut. Il souhaite retourner à Rivne. Et vite. Avant qu'il ne soit trop tard.

— C'est compliqué. Si ça se trouve, il est déjà trop tard. Les Allemands ont quadrillé tout le territoire et d'après nos sources, des cadavres s'entassent dans des fosses à ciel ouvert.

— Ça ne peut pas être trop tard. Aux dernières nouvelles, son père est à Munich avec d'autres survivants. Ils s'organisent pour récupérer des armes et dès qu'ils seront prêts, ils iront à Rivne, combattre.

— Aleksander nous sera plus utile en vie en Suède. Son témoignage est important. Si on le fait passer en zone libre et qu'on arrive à le faire témoigner dans la presse, on mobilisera du monde. Les Alliés fourniront plus de moyens. Et pourquoi pas les États-Unis aussi. Ça bouillonne dans ce pays.

— Aleksander n'attend qu'une seule chose : rejoindre son père et défendre sa famille, ses amis et si c'est trop tard, il veut défendre leurs mémoires. On ne peut pas l'obliger à nous suivre en Suède, il risque de nous filer entre les pattes. On ne peut pas le laisser indéfiniment chez Anna, c'est beaucoup trop risqué, pour tout le monde.

– Hum… Tu as sans doute raison. Décidément, tu es toujours aussi convaincant. Tu dois tenir cela de ta mère. Bon… Le 07 se regroupe ce soir, et nous prendrons ensemble une décision. Nous te tiendrons informé.

– Merci !

Avec ce simple mot prononcé très fermement, Willy libéra toute la pression accumulée ces derniers jours. Subitement, il fut pris de maux de tête difficilement supportables. Mais, pour rien au monde il ne se serait plaint.

28 juillet 1941, Coblence

Quand Anna aperçut Willy de l'autre côté de *Jesuitenplatz,* elle sentit son cœur s'accélérer. Spontanément, elle avait envie de lui offrir un large sourire, mais préféra se retenir en se mordant l'intérieur des joues. La douleur lui fit retrouver rapidement son sérieux. Elle traversa la place d'un pas décidé et Willy vint à sa rencontre. Ils se retrouvèrent devant la statue du *Schängel* et, non habitués à l'endroit, se firent arroser. Anna poussa un petit cri de surprise et ils rirent, discrètement, mais de bon cœur. Un brin de légèreté et un soupçon de naïveté adoucissant ces jours sombres. Puis, se reprenant, Willy attrapa maladroitement et un peu brusquement Anna. Ils remontèrent la grande avenue pour arriver sur la rive gauche du Rhin. Les quais étaient vides en ce jour de semaine et Willy et Anna purent échanger tranquillement.

— Comment va Aleksander ?

— Je pense qu'il va bien. Il n'a pas l'air de trop s'ennuyer. Je crois qu'il essaie de faire un peu d'exercices pour se maintenir en forme, mais c'est difficile sans bruit. Et l'espace est exigu.

— Il n'est pas trop impatient de quitter les lieux ?

— Je ne sais pas trop, j'imagine que oui.

— Et de ton côté, Anna, comment te sens-tu ? N'es-tu pas trop angoissée ?

Anna haussa les épaules et, baissant les yeux en direction de la chaussée pour cacher sa timidité, répondit en toute honnêteté :

— Je dois t'avouer que les premiers jours j'ai eu beaucoup de mal à dormir sereinement. Au moindre bruit dehors, je sursautais. Mais maintenant, ça va mieux. Je crois qu'Aleksander est bien caché. Personne dans le village ne se doute de sa présence.

Relevant la tête, elle croisa le regard de Willy posé sur elle. Cette fille l'impressionnait.

— Tes parents non plus ne se doutent de rien ?

— Ils ne m'ont fait aucune remarque. C'est plutôt bon signe. C'est Lokki la plus heureuse parce que je crois que parfois Aleksander descend de la mezzanine la caresser un peu. Bien sûr il ne me le dit pas, mais je sais comment j'organise le paillage au sol. Et parfois, c'est très différent de mes habitudes. La grange est isolée de toute autre habitation. Je ne m'inquiète pas. Et ce matin, j'ai pu échanger quelques mots en polonais.

— En polonais ? s'étonna Willy. Mais tu ne m'avais pas dit que tu savais parler polonais.

— Oui, c'est vrai. Mais c'est parce que je ne le savais pas. J'ai emprunté un livre à une amie. Son père est polonais. Et je me suis entraînée. Mais bon, cela reste très rudimentaire. Par exemple « *dzién dobry* : *jak leci* ? »

Willy la regarda, attendri. Malgré une prononciation malhabile, il avait compris et était touché par toute la volonté qu'Anna montrait.

— Je vais très bien. Je te remercie.

Ils éclatèrent de rire.

— Mais sinon, plus sérieusement. Il t'a expliqué ?

— Euh… Non. Juste qu'il venait d'Ukraine et qu'il parlait un peu allemand. Pourquoi ?

— Moins tu en sais, plus tu seras protégée, c'est tout. Son témoignage est très important et il peut déclencher un élan de solidarité entre les différents réseaux de résistance. Il y a cependant du changement. Nous allons devoir faire autrement.

— C'est-à-dire ? demanda Anna, perplexe.

— Nos plans sont modifiés. On ne peut plus lui faire passer la frontière, comme c'était prévu. Pour le moment, il veut aller à Munich.

— D'accord… répondit Anna, dubitative. Mais en quoi cela me concerne-t-il ?

Anna se sentit perdue, un peu naïve. Les rouages de l'organisation du 07 la dépassaient. Hambourg… Coblence…

Munich… Rivne… Tout semblait bien plus complexe que nourrir un homme caché à Güls au fond d'une grange.

— Ça te concerne parce qu'il ne peut pas y aller seul…

Les deux jeunes arrêtèrent de marcher le long du Rhin. Ils se tournèrent l'un vers l'autre et se regardaient maintenant dans les yeux. Anna eut subitement peur, alors que d'habitude, aux côtés de Willy, elle se sentait protégée. Willy reprit :

— Tu vas devoir l'accompagner à Munich, Anna. Enfin… Si tu es d'accord. Tu vas devoir y rester quelques jours, voire quelques semaines. Pour le voyage, lors des contrôles, vous serez un jeune couple d'étudiants qui retournent à l'université après un mois d'été. On va lui donner de faux papiers, mais la Gestapo est très efficace. Et tu seras un peu le garde-fou. Les SS sont beaucoup moins suspicieux envers les jeunes amoureux.

Anna aurait pu s'attendre à tout sauf à cela. Tout se mélangeait dans son esprit. Elle sentait sur elle les yeux de Willy qui l'observaient intensément. Elle y percevait un mélange de gêne, de tristesse et de détermination. Les sentiments naissants entre les jeunes gens rendaient les décisions plus difficiles. Anna ne connaissait pas Munich. La ville devait être beaucoup plus grande que Coblence. Mais elle ne voulait pas décevoir Willy. Et elle était toujours déterminée à participer à la lutte contre le régime qui lui avait volé son meilleur ami. Mais elle ne voulait pas non plus s'éloigner de Willy. Subitement, elle se sentit déboussolée.

Toutes ces pensées bouleversantes qui l'envahissaient la firent pleurer. Willy lui prit alors les mains, s'approcha doucement, respira d'abord ses cheveux puis vint poser un baiser délicat sur ses lèvres. Elle resta immobile. C'était à la fois doux et intense. Puis, après de longues secondes, Willy se recula et la regarda. Anna avait encore la tête baissée, les yeux humides, et le nez qui coule. Il se demanda s'il avait eu raison de lui proposer une mission aussi délicate. Mais en même temps, il la sentait capable. Il s'approcha à nouveau d'elle, et avec son index, leva son menton, puis lui murmura simplement :

– Tu n'es pas obligée, Anna. On trouvera un autre moyen sinon. Mais si tu acceptes, le départ est prévu dans une semaine. Tu peux encore réfléchir.

– Je pense que je vais le faire, répondit Anna le cœur lourd.

Main dans la main, ils se remirent à longer le Rhin sans échanger la moindre parole. Il fallait vivre le moment le plus simplement possible. La contradiction entre l'envie et le devoir était déjà si douloureuse à accepter.

Au *Deutsches Eck,* ils allaient se séparer. Ils gravirent d'abord ensemble les quelques marches menant à la statue de l'empereur. Le poète Max Von Schenkendorf y avait laissé sa plume. Sur le socle du cheval de Guillaume 1er avait été gravée une de ses citations : « Jamais l'Empire ne sera détruit tant que vous serez unis et loyaux ». Anna et Willy se regardèrent et se promirent de rester unis et loyaux l'un envers l'autre tant que le Grand Reich ne serait pas détruit. Puis ils s'embrassèrent.

Quand le facteur l'interpella depuis le trottoir d'en face, une lettre à la main, Josef devina instantanément son contenu. Son visage pâlit. Ses bras se crispèrent le long de son corps. Une fois en possession du courrier, son intuition fut confirmée par le cachet tamponné dessus. Très inquiet, il préféra remettre sa lecture à plus tard. Il ne savait pas exactement quand « plus tard » arriverait, mais pour le moment, il n'était pas prêt. Il plia l'enveloppe en deux et la glissa dans la poche arrière de son pantalon. Il marcha jusqu'à sa maison, prit quelques *reichspfennigs* dans la coupelle posée sur la commode de l'entrée, et ressortit aussitôt. Accélérant l'allure, il se dirigea vers le petit bar sur la place de son village. Il entra, acheta un paquet d'Eckstein et une petite boîte d'allumettes. Il commanda aussi une bière et s'installa dans un coin en retrait du comptoir.

Après l'avoir fait tournoyer plusieurs fois entre ses doigts, il ouvrit le paquet d'Eckstein et sortit une première cigarette. Sa première cigarette. Sans filtre. Il gratta une allumette qu'il utilisa pour allumer la clope et tira une latte en inspirant profondément. La chaleur descendit dans sa gorge. Une toux sévère lui fit penser que ses poumons désapprouvaient ce geste, mais il recommença. À la troisième bouffée, il en avait assez. Il écrasa la cigarette dans le cendrier posé sur la petite table ronde, but une gorgée de sa pinte de Pilz, reposa le verre. Il se pencha ensuite en avant, soulevant sa fesse droite, il prit l'enveloppe rangée là quelques minutes plus tôt. Il était prêt.

Son index glissa sous le pli scellé et tira dessus pour le déchirer. Il força un peu sur les coins de l'enveloppe pour en sortir la lettre et lut attentivement. Il la replia, la rangea dans l'enveloppe, but une autre gorgée de Pilz. Puis il s'alluma une deuxième cigarette, la fuma cette fois-ci entièrement et ressortit la lettre de l'enveloppe. Ses yeux et son cerveau semblaient décrypter un message complexe alors que l'ordre de mission était clair :

Vous êtes convoqué le 5 août 1941 à 07 heures 00 au poste de garnison de la Wehrmacht à Coblence pour rejoindre la 78e division d'infanterie, actuellement postée à Smolensk. Vous deviendrez membre de la sturm-division.

Josef relut :

Vous êtes convoqué le 5 août 1941 à 07 heures 00 au poste de garnison de la Wehrmacht à Coblence pour rejoindre la 78e division d'infanterie, actuellement postée à Smolensk. Vous deviendrez membre de la sturm-division.

Puis il bafouilla à demi-mot : Smolensk, Smolensk, Smolensk… Dans la *sturm-division*…

Josef ne connaissait ni Smolensk ni la 78e division d'infanterie. Mais deux indices l'inquiétaient plus que tout. Smolensk avait bien une consonance russe et les propos de Willy sur l'opération Barbarossa et les massacres sur le front de l'Est résonnaient sans cesse dans sa tête. Et la *sturm-division*, la division d'assaut ! L'assaut pour lui sonnait comme une lutte cruelle et sans merci, presque au corps à corps, où la mort était la finalité. Machinalement, ses mains froissèrent l'ordre de mission, qu'il enfouit en boule au fond de sa poche.

Le regard perdu, il pensa alors à Edda. Allait-elle l'attendre ? Elle, coincée dans son usine de munitions ? Allait-il mourir ? Allait-il réussir à tuer ?

Il savait pourtant qu'un jour, il allait être appelé pour aller au front. Le sort de tous les jeunes Allemands, qu'ils le veuillent ou non. C'était la guerre. Un point c'est tout.

Le même jour, le père d'Arnold convoqua son fils dans les locaux de l'hôtel de ville de Coblence. Il était adjoint au maire. Leurs échanges étaient rares. Et quand Arnold ne pouvait les éviter, ils étaient glaciaux.

— Tu manques sérieusement de reconnaissance envers ton père, et surtout envers le Führer. Tu n'étais pourtant pas si jeune en 33, quand l'usine a fermé. Six millions de chômeurs, Arnold, six millions de chômeurs ! Tu ne te rends pas compte ? Et aujourd'hui, aucun. Et tout cela, grâce à Hitler.

Le discours de son père était insupportable à entendre. Arnold en avait honte. Comment ne pouvait-il pas réfléchir par lui-même et ouvrir les yeux ? Ses parents étaient des moutons qui suivaient le troupeau, inconscients et naïfs. Il avait essayé pourtant de leur parler, des disputes interminables et parfois quelques coups de nerfs de bœuf, dont les cicatrices dans son dos révélaient encore la violence. Arnold s'inquiétait surtout pour ses frères, de parfaites têtes blondes lobotomisées.

— Malgré tout, tu es mon fils. Ta mort au combat me rendrait pour une fois fier de toi, mais ta mère elle, ne s'en remettrait pas.

Arnold restait sans voix face à ce monologue. Tant de stupidité, d'aigreur, et de cruauté.

— Heureusement, j'ai de très bonnes relations avec l'État-major de la Wehrmacht. Tu n'iras pas au front. Ce sera plus grand. Tu iras à Munich, « la capitale du Mouvement ». Tu iras même au Palais Wittelsbach, la centrale de la Gestapo.

Le père d'Arnold semblait fasciné en disant cela. Il avait levé les bras au ciel, ses yeux étincelaient. Arnold était horrifié. Quoi de pire que la Gestapo ? Puis il réfléchit et songea qu'il allait certainement pouvoir en tirer profit.

– Allez. J'ai du travail. Tu peux sortir maintenant. Et ne sois pas en retard pour dîner.

Arnold tourna les talons, silencieux. Il était exaspéré. Il cogitait aussi. Finalement, les relations de son bon père parfaitement aryen seraient pour une fois un atout. De Munich, il pourrait certainement grappiller des informations pour le 07. Très risqué, mais il se savait prêt à mourir pour lutter contre ce foutu régime liberticide. Depuis longtemps déjà.

Août 1941, dans la *Wolfsschanze*, Prusse orientale

La séance de radio s'était plutôt bien passée. Une habitude. Le plaisir des bains de foule au moment de son ascension au pouvoir avait disparu au fur et à mesure des attentats auxquels Hitler avait réussi miraculeusement à échapper. Le Führer mesurait sa chance à chaque fois qu'il repensait à la *Burgerbraukeller*. La brasserie qui lui avait longtemps servi de QG avait explosé quelques minutes après qu'il en soit sorti, ce fameux 8 novembre 1939, date anniversaire de son premier putsch raté en 1923, qu'il célébrait chaque année malgré tout comme le début de sa construction personnelle. Il avait tellement mis à profit ces treize mois d'enfermement dans la prison de Landsberg… *Mein Kampf*, il s'en était vendu 1,5 million d'exemplaires rien que les deux premières années de sa prise de pouvoir en tant que chancelier. Un gain financier si important. Grâce à cette rente, Hitler avait gagné sur tous les tableaux. Il avait renoncé à son traitement de chancelier, décision de propagande pour renforcer sa cote de popularité en pleine crise économique. Georg Elser[18] de son côté avait été tué. Du coup, contraint de réduire les sorties du Führer, Goebbels avait multiplié l'usage des ondes. Un studio d'enregistrement avait été installé dans le nouveau bunker, condition *sine qua non* de la construction de la Tanière du loup. La propagande était la quintessence de la fondation du Grand Reich. Il n'y avait pas un jour sans que Hitler ne reçoive des dizaines de lettres d'admiratrices qui exprimaient leur bonheur d'entendre sa voix si ferme et rassurante à la radio. Si elles avaient su combien les progrès techniques

---

18. Résistant allemand ayant tenté d'assassiner Hitler en 1939. Il meurt en 1945 à Dachau.

avaient permis au Führer de se construire cette voix virile, elles déchanteraient. Mais le résultat était là et c'était tout ce qui importait.

Quand Hitler franchit la porte du poste de radio, il sentit une lassitude l'envahir. Fatigué des journées qui se ressemblaient. Malgré tout, difficile de rompre les rituels instaurés depuis bien trop longtemps déjà. Même ici, dans sa Tanière qu'il n'occupait seulement que depuis un mois, il s'ennuyait. Pourtant, lui-même entretenait ce harassement. Comme chaque jour, après son passage sur les ondes, il se dirigeait vers son salon, commandait un long café et ordonnait qu'on le laisse tranquille. Il détestait être interrompu pendant sa lecture de presse qui pouvait parfois durer plusieurs heures. Cependant, ce matin, il allait déroger à la règle et attendait son visiteur.

Himmler arriva directement au QG par la voie ferrée, descendit du train et se dirigea directement vers le salon de thé, ordre du Führer. Il aurait incontestablement préféré la salle de conférences qui lui aurait permis de se détendre davantage avec un petit schnaps à la mirabelle, clin d'œil à la conquête lorraine. Au lieu de cela, il devait obéir et dans le nouveau salon de thé, aucun alcool n'était autorisé. Nouvelle lubie du Führer. Himmler pensa qu'il se rattraperait le soir même. Il y avait assez de monde dans ce vaste complexe secret. Quand il ouvrit la porte du salon, le Führer venait juste de terminer la lecture de son journal favori, *Der Stürmer*. Très peu publié, son existence reflétait néanmoins la réussite de la diffusion de l'idéologie nazie et confortait, si nécessaire, Hitler dans ses positions. Des caricatures anticapitalistes, des images osées pour se moquer des communistes et surtout, sur chaque Une, à chaque numéro, toujours les mêmes mots écrits en grosses lettres : « *Die Juden sind unser Unglück* », « Les Juifs sont notre malheur ». Seule la majuscule sur *Juden* l'agaçait. Le Führer se leva, s'approcha de lui, et, fait exceptionnellement rare pour le souligner, lui donna une brève accolade. Il semblait très impatient. Il invita Himmler à s'asseoir, lui imposa la même boisson que lui, un grand café crème et entra immédiatement dans le vif du sujet :

– Avez-vous avancé dans vos recherches pour notre projet ?

Hitler regardait fixement Himmler. La réponse ne pouvait être que positive.

– Nos prospections se poursuivent, mais nous sommes sur la bonne voie. Je reviens tout juste d'un site de fouille et les archéologues ont trouvé une relique intéressante.

– Et où étiez-vous exactement ?

– Assez loin pour tout vous dire. En Carélie. Mon équipe y est toujours. Je suis uniquement passé leur rendre visite afin de constater l'avancée de leurs recherches.

– Mais pourquoi donc êtes-vous parti aussi loin ? En Carélie ?

– Pour plusieurs raisons... Les forces ancestrales des peuples nordiques sont liées à l'histoire de la race aryenne et nous souhaitons le démontrer. Il y a dans cette région de la Finlande des sorciers qui connaîtraient le secret de la fabrication du Marteau de Thor... L'équipe travaille sur différentes pistes. Elle analyse les stèles couvertes d'écritures runiques, elle interroge les anciens et étudie les chants traditionnels... On avance pas à pas.

Hitler pensait souvent qu'Himmler allait trop loin, mais l'écouter le divertissait. Et sa fascination pour le mysticisme lui donnait une ferveur brûlante qu'il mettait à profit dans la guerre. C'était finalement tout ce qui comptait pour le Führer.

– Je vois que vous faites un travail de fourmi qui commence à porter ses fruits. Et qu'en est-il de l'objet ?

– Il est toujours sous surveillance.

– Parfait ! Vous m'épatez Heindrich. Vous m'épatez ! J'aime avoir confiance en vous.

Himmler répondit d'un petit sourire puis plongea son regard dans sa tasse de café. Cacher son inquiétude était une priorité.

Quand Hitler se leva et le salua avant de quitter la pièce, Himmler souffla. Puis il fit de même et se précipita à l'infirmerie. Il fallait absolument trouver le docteur Karl Gebhardt. À l'infirmerie, on pourrait probablement le renseigner. Aussi doué et méticuleux dans ses recherches était-il, pour le moment, il n'avait pas ce qu'Hitler cherchait.

De son côté, Hitler était parti s'enfermer dans sa salle préférée : la salle de cinéma. Il ordonna qu'on lui projette l'un de ses films favoris, *Metropolis,* qu'il avait déjà regardé une bonne dizaine de fois. Pourtant, Fritz Lang était né d'une mère juive. Mais quand la passion submergeait le Führer, l'art gommait toutes les imperfections.

3 août 1941, Coblence

Le point de rendez-vous avait changé. Des troupes de la Wehrmacht se positionnaient de plus en plus souvent au Deutsches Eck, pour parader, ou pour surveiller. On ne savait pas trop. Mais le résultat était le même pour le groupe 07. Trop risqué. Willy avait donc convoqué tout le monde dans le petit bar de Güls, *Die Freiheit, La Liberté.*

Anna arriva la première, elle détestait faire attendre les gens. Dès le coin de la rue, le changement de nom du commerce lui avait sauté aux yeux. *Das Bistro der Freunde. Le bistrot des Amis*. Une banalité. Elle s'interrogea sur la raison de cette décision. Dans ce contexte chaotique, l'ancienne devanture était peut-être devenue trop provocante. Toutes les belles citations peintes sur la façade avaient été recouvertes d'un vert bouteille repoussant. Sans réponse, elle respira profondément et poussa la porte d'entrée. À peine le pas de la porte franchi, la tristesse et la douleur l'envahirent. Impossible de ne pas penser à Franz à cet instant. Trop de souvenirs, de soirées passées autour du comptoir à essayer de refaire le monde. Et tout à coup, plus rien. Elle se remettait très difficilement de la disparition brutale de son meilleur ami. Finalement, un rendez-vous ici ou ailleurs, quelle importance. Pas une journée ne passait sans qu'elle ne pense à lui.

Levant les yeux vers le comptoir, elle reconnut le patron qui lui fit un petit geste amical de la main qu'elle lui rendit. Sans grande motivation. Contrairement à l'extérieur, l'intérieur n'avait pas été réaménagé. Pendant un bref instant, Anna aperçut Franz, au fond de la salle, penché vers un inconnu. Il avait les mains posées sur la table et un grand sourire aux lèvres. L'homme semblait inquiet, le visage tendu. Paralysée par la scène, Anna ne bougeait pas. Elle entendait Franz parler à cet homme. Des phrases dynamiques et réconfortantes. Elle voulut figer l'instant, mais on ne pouvait revenir en arrière. Elle secoua alors la tête énergiquement pour faire disparaître cette vision. Quand elle arrêta, Franz était parti.

Déboussolée, elle décida de ne pas attendre toute la troupe et commanda des limonades pour l'équipe. Puis Anna partit s'installer au fond de la salle. Elle eut à peine le temps de feuilleter quelques pages de *Signal*[19] — elle s'était permis de l'emprunter, car le journal traînait sur le comptoir, visiblement, il avait été beaucoup lu — que les autres arrivèrent tous ensemble.

Alors, ses jambes se mirent à trembler. Elle posa fermement ses mains dessus pour essayer de les retenir. Elle appréhendait ce nouveau moment auprès de Willy. Entre deux rendez-vous, elle se surprenait à être impatiente de le revoir.

— Salut, Anna, tu nous attends depuis longtemps ?

Silvie avait la fraîcheur de la jeunesse dans sa voix et dans ses gestes, parfois un peu trop.

— Bonjour, Silvie, salut les garçons. Non, je viens à peine d'arriver. Je nous ai commandé des boissons, j'espère que ça vous ira. Il n'y a pas d'alcool…

— C'est parfait, répondit Willy. Nous ne sommes pas là pour faire la fête. Et il vaut mieux avoir les idées claires pour discuter le plus secrètement possible. On a quand même du boulot et des décisions à prendre.

Tous s'assirent autour de la table ronde. Anna n'avait pas choisi l'emplacement par hasard. À l'autre bout de l'entrée principale, mais juste à côté des toilettes. En cas de soucis, la petite fenêtre serait une bonne échappatoire.

— Nous avons plutôt bien travaillé ensemble ces deux mois, parfois à nos risques et périls. À ma connaissance, la Gestapo surveille déjà deux d'entre nous… Mais peut-être plus. Il va falloir nous disperser… Dans ces conditions, que

---

19. Principal journal de propagande publié par les nazis pendant la Seconde Guerre mondiale.

voulez-vous faire ? Souhaitez-vous continuer avec le 07 ou arrêter ? Vous en avez bien sûr le droit.

Malgré les murmures, la voix de Willy était ferme. Il regarda ses compagnons tour à tour. Sourcils levés, dans une pose interrogative, il semblait attendre une réponse rapide, mais pas n'importe laquelle, celle de l'engagement.

C'est Josef qui rompit le silence en premier.

— Je pars dans deux jours, à Smolensk, en URSS, rejoindre la 78e division d'infanterie…

Après son intervention, il but une gorgée de limonade, geste anodin lui permettant de contenir sa colère et ses peurs. Il reposa le verre brutalement. Willy était plutôt tracassé par l'annonce de son ami, mais il tenta de le cacher. Il savait que partir à l'Est n'augurait rien de bon. Tant de rumeurs circulaient, sur des combats violents et des exactions atroces. Mais difficile de démêler le vrai du faux. Pour le moment, il fallait attendre, patienter. Plutôt que d'essayer de rassurer maladroitement Josef, il se tourna vers Arnold :

— Et toi Arnold ? As-tu eu des nouvelles d'une éventuelle affectation ?

— Ouais… Je vais à Munich…

Sa phrase se termina par un grand et long soupir résigné. Il avait honte de le dire. Honte d'avoir été pistonné par un père pro-Hitler qu'il détestait. Honte aussi de prendre conscience que pour une fois, grâce à son géniteur, il semblait échapper au pire. Il n'aurait pas du tout aimé être à la place de Josef.

Après un temps d'arrêt, il reprit :

— Au palais Wittelsbach en plus… Travailler à la Gestapo…

Surpris, les autres restèrent sans voix. Anna regarda furtivement Silvie qui lui répondit par un haussement d'épaules. C'était ainsi. Pas le choix. Willy de son côté comprit rapidement l'intérêt que le 07 allait pouvoir tirer. Un résistant à la Gestapo. Une aubaine !

— À la Gestapo, mais c'est un atout considérable pour le 07. Ton aide va être très précieuse. Tu pourras nous signaler les arrestations, ou encore, je ne sais pas moi, les éventuels coups de filet… On va pouvoir protéger le réseau si tu as des informations.

Bien sûr, Arnold avait déjà réfléchi à tout cela. Bien sûr, il espérait pouvoir le faire. Mais la dangerosité s'intensifiait. Et il avait beaucoup de mal à cacher son appréhension.

— Je vais avec lui, cria subitement Silvie avec un grand sourire, ce qui allégea l'atmosphère pesante du moment.

Les deux amoureux se regardèrent en rougissant.

— Oui, elle vient avec moi, confirma Arnold comme si les paroles guillerettes de la demoiselle ne suffisaient pas à prouver le sérieux de leur histoire.

— Très bien, nous sommes ravis pour vous. C'est super ! Mais c'est risqué quand même, non ?

Anna avait essayé d'être joviale et réellement heureuse, mais c'était dur. Ses propres sentiments naissants pour Willy devaient être étouffés, et c'était très douloureux pour elle. La jalousie qu'elle ressentit en entendant que Silvie et Arnold allaient vivre leur histoire d'amour la déçut. Un voile sombre passa dans ses yeux. Willy le vit immédiatement.

— Anna, as-tu réfléchi de ton côté ?

— Oui. Je suis de la partie. Je vais à Munich… Avec Aleksander.

— Je te remercie beaucoup pour cette décision qui n'était vraiment pas évidente à prendre.

Les mots de Willy transperçaient le cœur d'Anna qui ne savait pas s'il parlait du danger de la mission ou si, comme elle, il était triste de la voir s'éloigner. Elle voulut cependant marquer sa détermination et reprit :

— Est-ce que tu sais quand nous devons partir ? Tout est prêt ?

— Il y a un train qui part dans deux jours. Je reçois les papiers demain. Normalement. Est-ce que ça ira pour toi, pour t'organiser ?

Les yeux d'Anna s'humidifièrent. Elle n'avait pas imaginé quitter sa famille si vite. Il fut difficile pour elle de cacher son chagrin. Mais elle devait être forte.

– Deux jours… Oui… Ça ira. Mes parents n'ont pas vraiment compris pourquoi subitement je désirais quitter la ville pour étudier à Munich. Mais ils acceptent ce choix. Je leur ai dit que j'avais obtenu une bourse, une vraie chance pour moi. Ils me font confiance. Et surtout, ils sont fatigués. Ils vont être un peu tristes, mais j'ai promis de les appeler régulièrement.

– Merci Anna. C'est indispensable qu'Aleksander ne voyage pas seul. Et une fois à Munich, vous recevrez des ordres de mission de manière régulière. Le 07 saura vous contacter. Tout est prévu.

Willy fit semblant de ne pas remarquer la larme qui coulait discrètement sur la joue d'Anna et tous se plongèrent dans leur limonade. Ils savaient qu'autre chose se jouait à cet instant.

À la fin de la réunion, les cinq jeunes se séparèrent, la boule au ventre, conscients que leurs destins basculeraient prochainement et qu'ils ne se reverraient peut-être jamais. Willy proposa à Anna d'aller manger dans un petit restaurant, après tout il n'était pas si tard. Pour lui aussi, la séparation allait être compliquée. Il s'était pourtant promis de ne pas tomber amoureux, pas maintenant, pas pendant cette guerre infâme. Il y avait trop de combats à mener. Mais parfois, la vie nous imposait de combattre ses volontés. Anna accepta avec plaisir et un peu de tension. Un tête-à-tête avec Willy : était-ce bien cela qu'il lui proposait ?

Les deux résistants enfourchèrent leur bicyclette et empruntèrent la même route que Franz avait prise le jour de l' « accident ». Anna se surprit elle-même en remarquant qu'elle n'avait pas pensé à lui depuis quelques heures. Ils parcoururent assez rapidement les quelques kilomètres qui leur permettaient d'arriver au centre-ville. La hâte d'être enfin seuls se traduisait par le vent de liberté qui fouettait leurs visages en ce doux soir d'été 1941. Une parenthèse dans leur vie trop responsable pour leurs âges.

C'était comme un anniversaire. Tous les deux, sur le perron de la petite maison dans laquelle ils avaient échangé leurs premiers mots. Un nouveau moment solennel. Main dans la main, ils entrèrent. Il faisait toujours aussi sombre. Aucun meuble n'avait bougé. Personne n'était revenu d'ailleurs depuis que Willy avait soupçonné la surveillance de l'habitation. Une légère odeur d'humidité vint chatouiller les narines d'Anna qui éternua. C'était l'été, mais dans ces maisons anciennes, il faisait toujours un peu frais et le contraste avec la chaleur extérieure était parfois saisissant. Un peu maladroitement, Willy attira Anna vers lui et la serra contre lui, prétextant vouloir la réchauffer. Le cœur d'Anna battait si fort que Willy le sentait contre sa poitrine. Là, seuls au milieu de la pièce, debout, les deux jeunes sentirent le désir monter. Willy posa sa tête contre celle d'Anna et, bien plus grand qu'elle, il inspira profondément dans ses cheveux comme pour graver dans sa mémoire une odeur qu'il aimerait toute sa vie. Anna se laissa faire, un peu perdue entre la raison et l'envie. Willy glissa alors un doigt sous son menton pour le relever doucement. Puis il l'embrassa tendrement. Anna voulut le repousser. Son esprit lui rappelait le départ, la mission, la peur. La peur de le perdre. Mais elle n'y parvint pas. Son cœur sensible l'encourageait à se laisser aller. Les tendres baisers devinrent langoureux. Les douces caresses se transformèrent en étreintes vigoureuses. Les vêtements d'Anna tombèrent sur le sol. Ceux de Willy aussi. Et les deux amoureux s'abandonnèrent…

Quand Anna ouvrit les yeux, elle était seule. Elle et Willy s'étaient endormis enlacés sur le vieux canapé, une légère couverture couvrant leurs corps nus. Mais ce matin, Willy était parti. Anna n'était pas inquiète, juste perplexe, dubitative. Elle se sentait à la fois forte de cette énergie qui traversait tout son corps et qui la guidait dans ses actes, mais triste à l'idée de s'éloigner de sa source vitale. Car c'est ce que Willy était devenu pour elle, depuis plus d'un mois et encore plus depuis cette nuit-là. Toujours allongée, des milliers de questions bouillonnaient dans sa tête. Willy était-il amoureux d'elle ? Oui, certainement. Elle l'avait bien senti dans ses baisers. Mais que savait-elle des sentiments ? Peut-être était-il comme ces garçons dont elle avait souvent entendu parler ? Ceux qui attirent les filles par de belles tirades contées bien trop rapidement qui s'en débarrassent tout aussi vite. Non ! Elle avait confiance en Willy. D'autres interrogations restaient sans réponse : Quand allaient-ils pouvoir partager à nouveau un moment aussi magique ? Demain, elle accompagnerait Aleksander à Munich. Willy partirait pour Hambourg. Penserait-il à elle ? Et s'il lui arrivait quelque chose, à lui, comme à son ami Franz ? S'en remettrait-elle ?

Un sentiment contradictoire envahit Anna. Entre joie incommensurable de l'amour naissant et solitude profonde. Elle sentit des larmes lui monter aux yeux, mais elle les repoussa. Fermement. Pas question de transformer le doux moment qu'elle venait de vivre pour la première fois en tristesse. Elle sentit alors le besoin d'être consolée. Se relevant instantanément, elle s'habilla précipitamment, glissa ses doigts dans sa chevelure pour tenter de se recoiffer un peu et enfila ses chaussures. Elle avait une idée. Elle savait qui pourrait la réconforter.

Quand elle sortit de la maison, le soleil l'éblouit. D'abord surprise, elle fut ensuite soulagée. Elle allait devoir pédaler une bonne heure pour rendre visite à sa cousine Emi, et la météo lui était favorable. Ce n'était pas toujours le cas dans la région, car la chaleur étouffante entraînait parfois des orages très violents. Avant son petit périple, Anna se laissa tenter par une friandise en passant devant la boulangerie dans laquelle Silvie travaillait. À travers la vitrine, Anna fut contente de voir que son amie était présente. Elle ne connaissait pas ses horaires qui variaient bon gré mal gré en fonction des humeurs de Madame Schmitz, la patronne. Mais globalement, les journées pour Silvie étaient chargées. Elle descendit de sa bicyclette qu'elle appuya doucement contre la vitrine et entra.

– Silvie…

Silvie leva la tête et un grand sourire illumina son visage.

— Bonjour Anna ! Je suis contente de te voir ! Comment vas-tu ?

— Je vais plutôt bien, merci ! Dis donc, ça sent vraiment très bon dans cette boulangerie... Cela doit être dur de ne pas craquer !

Anna savait Silvie gourmande et cette dernière rougit.

— C'est vrai, je suis parfois très tentée, mais heureusement je suis sous haute surveillance !

Elle fit un petit geste de la tête vers l'arrière de la boutique et un petit clin d'œil à Anna qui comprit spontanément ce qu'elle voulait dire.

— Quelque chose te ferait plaisir ?

— Hum... Je craquerais volontiers pour cet escargot aux raisins secs. Il est doré et dodu. Je m'en lèche d'avance les babines. Tu peux sortir cinq minutes ?

— Oui, viens... Tant qu'il n'y a pas de clients, je peux faire une petite pause syndicale. Rosa Luxembourg n'est pas morte pour rien quand même.

Et elle éclata de rire. Quelle vivacité d'esprit et quel humour ! Anna n'avait pas très bien compris pourquoi une jeune fille aussi intelligente que Silvie avait laissé tomber l'école. Mais son départ pour Munich allait peut-être tout changer.

— Alors ? Comment tu te sens ? Tu es prête à partir avec Arnold ? Tu n'as pas peur ?

— Oh si, j'ai peur ! Je suis terrifiée. Mais je ne vais pas rester toute ma vie dans cette boulangerie. Vous partez tous. Et on a des combats à mener. Et puis je l'aime, Arnold. Et puis nous deux, on se retrouvera à Munich, on se verra souvent. Et toi ? Qu'est-ce qui t'amène dans ma boulangerie ? C'est bien la première fois que je t'y vois !

Silvie aimait plaisanter sur son statut dans la boutique. Elle vivait au jour le jour et se sentait hors de tout cadre.

— Mais tu dis n'importe quoi. Pas besoin d'une raison pour passer te faire un coucou. Moi aussi, je crois que j'ai hâte de partir...

Anna n'avait pas vraiment le courage de développer. D'ailleurs elle ne savait pas elle-même comment elle se sentait. Parfois la plus heureuse et parfois la plus triste. Une vraie girouette.

— Allez, je file. J'ai des valises à préparer. Je pars demain, tu sais. Fais-moi savoir quand vous êtes installés à Munich, Arnold et toi.

— Bien sûr. Sois prudente Anna.

Silvie serra fort son amie contre elle. La légèreté de la conversation était une échappatoire pour les demoiselles face à l'angoisse du changement qui s'ouvrait à elles. Anna fut gênée par cette marque d'affection, mais ce geste lui fit du bien.

Après avoir dévoré goulûment sa friandise, elle enfourcha à nouveau son vélo et pédala énergiquement comme pour effacer les kilomètres qui la séparaient de sa cousine Emi. Elle arriva dans le village en fin de matinée. Les deux sœurs de cœur passèrent un agréable après-midi et ce fut difficile de se séparer, sachant la distance qui allait s'imposer entre elles dès le lendemain.

Le retour à vélo fut plus long tant le cœur d'Anna était lourd. Quand elle arriva chez ses parents, ceux-ci l'attendaient. Ils lui avaient préparé un bon repas pour fêter son départ. L'odeur de la *Leberwurst*[20] inondait même la rue, par les fenêtres ouvertes. Le petit coup de cafard d'Anna se transforma en mélancolie profonde et ses parents faisaient tout ce qu'ils pouvaient pour cacher leur propre inquiétude. Leur fille unique, seule à Munich, en pleine guerre. Plusieurs raisons réunies pour nourrir leur angoisse.

---

20 Charcuterie allemande.

5 août 1941, Coblence

– Chut ! Lokki. Tout doux.

Aleksander caressa la jument une dernière fois et lui chuchota quelques mots à l'oreille :

— Heureusement que tu étais là pendant ces longues journées. Tu vas beaucoup me manquer.

L'animal semblait très attentif, l'oreille dressée et tendue.

— Dépêche-toi Aleksander ! Le jour va bientôt se lever. Il ne faut pas que l'on nous surprenne maintenant.

— J'arrive.

Aleksander prit sa minuscule valise et rejoignit Willy le plus silencieusement possible.

— Dis donc, il fait encore frais ce matin. J'étais finalement assez bien dans la grange, au chaud avec les couvertures qu'Anna m'a prêtées.

Aleksander utilisa un ton familier qui notait une proximité entre Anna et lui. Cela déplut à Willy qui s'étonna de cette jalousie naissante.

— Ben oui mon gars. Il est temps que toi aussi tu te mouilles. Tu ne croyais pas que tu allais rester planqué là éternellement. Je te préviens, il y a du travail. Les tensions sont de plus en plus vives. La SS et la Gestapo sont sur les dents. Les conquêtes ne sont plus si faciles, pour notre plus grande satisfaction. Mais il faut agir vite. On entend dire que les massacres sont à la hauteur des difficultés que connaît le Grand Reich.

— Le train est à quelle heure ?

— Gare de Coblence à 13 h 22. Anna te rejoint à midi au café qui fait l'angle entre la *Neversstraße* et la *Frankensstraße*. Tu ne peux pas te tromper. Il n'y en a qu'un seul à cet endroit. Je ne t'accompagnerai pas. Vous mangerez, et vous arriverez ensemble sur le quai pour ne pas éveiller les soupçons. On doit vous prendre pour un couple d'amoureux.

Les quelques mots prononcés par l'Ukrainien l'avaient agacé, surtout après la nuit qu'Anna et lui avaient partagée. C'était douloureux pour Willy de voir Anna partir, mais en même temps c'est lui qui l'avait chargée de cette mission. Il espérerait bien la retrouver rapidement.

— Tu as quoi dans ta valise ? Rien de compromettant ? Il se peut qu'elle soit fouillée.

Aleksander réfléchit. Un peu soucieux, il l'ouvrit et en sortit le petit carnet qu'Anna lui avait donné. Il le tendit à Willy qui le mit machinalement dans sa besace. Les deux hommes marchèrent deux ou trois kilomètres sans trop se parler puis ils se séparèrent. Aleksander continua sa route pour rejoindre le café. Il allait être très en avance, mais il ne souhaitait pas risquer de se perdre et préférait suivre consciencieusement les indications fournies par Willy. Demander un renseignement en ukrainien aurait été complexe. Willy, quant à lui, revint sur ses pas pour retrouver Anna. Cette dernière avait passé une nuit agitée malgré les efforts déployés par ses parents pour qu'elle passe une bonne soirée. Ils avaient beaucoup ri en racontant des souvenirs d'enfance d'Anna et sa maman, émue, avait failli pleurer. Anna l'avait serrée tendrement dans ses bras en lui jurant qu'elle reviendrait bientôt et surtout qu'elle lui écrirait souvent. Pourtant, elle avait peur, évidemment, mais ne savait pas vraiment ce qui l'effrayait le plus. Quitter ses parents ? Se faire prendre par la Gestapo ? Ne plus voir Willy ? Elle était bien décidée à ne rien montrer de ses inquiétudes. Elle voulait qu'ils gardent une image positive d'elle.

Après un bon petit-déjeuner, Anna dit au revoir à ses parents qui ne pouvaient l'accompagner à la gare. Les horaires à l'usine étaient inflexibles. Cela l'arrangeait bien. Même si elle avait eu les consignes et savait où rejoindre Aleksander, elle espérait au fond d'elle que Willy la rejoigne et ne put s'empêcher de sourire quand ils se croisèrent sur les bords de la Moselle à la sortie du village.

— Donne-moi ta valise. Elle doit être très lourde.

Willy, un peu timide, en profita pour lui caresser la main. Anna répondit par un sourire encore plus large.

— Tout s'est bien passé avec Aleksander ?

Anna était encore inexpérimentée, mais elle avait entendu dire qu'il ne fallait pas trop montrer ses sentiments à un homme.

— Oui. Bien. Il doit être arrivé au café. Tu ne nous as pas entendus ?

— Non. Pas du tout. J'ai dormi trop profondément pour cela. Ma hâte de partir m'a assommée hier soir et je me suis endormie comme un bébé.

Elle mentait. Elle s'était levée et avait regardé par la fenêtre les deux hommes quitter la grange. Pour rien au monde elle n'aurait voulu perdre un seul instant où elle pouvait voir Willy. L'explosion de papillons dans son ventre était devenue une drogue et le sevrage allait être difficile.

— Tu as dit quoi à tes parents ?

— Ce que nous avions prévu. Du repérage pour mes études. Ils sont un peu inquiets, mais ils veulent le meilleur pour moi. Et toi ?

— Je vais à Hambourg ce soir. Et pour la suite... il vaut mieux que tu en saches le moins possible. Pour ta sécurité.

À ces mots, un frisson d'effroi qu'elle ne put cacher traversa le corps d'Anna. Willy un peu maladroit arrêta son pas, se tourna et posa un regard doux et sincère sur elle.

— Rappelle-toi notre promesse sur le Deutsche Eck.

— Oui.

Les deux amoureux s'embrassèrent passionnément. Le dernier baiser. Ensuite, ils se séparèrent. Le café n'était plus très loin et Anna devenait la petite amie d'Aleksander. C'était comme ça. C'était la guerre. Et ces jeunes avaient voulu résister, quelle que soit la douleur des conséquences de leur choix.

Après avoir laissé à Anna le temps d'entrer dans le café, Willy passa devant sans même jeter un regard par la grande baie vitrée. Garder uniquement le meilleur et ne pas se créer de mauvais souvenirs, tel était son objectif. Il traversa la grande rue et entra dans le hall de gare. Malgré l'usage quasi hebdomadaire de ce lieu, Willy était toujours impressionné par le splendide équilibre entre l'aspect massif des milliers de briques blanches rectangulaires et la légèreté d'une toiture ondulée d'ardoises noir foncé. Le tout s'accordait parfaitement à l'aide d'une corniche finement sculptée en guise de trait d'union. À l'intérieur, même éblouissement. Inspiré par l'œuvre du célèbre Jürgen Kröger, le voyageur était guidé sur les quais à travers un grand hall de style néogothique aux vitraux très colorés. Ce matin, c'était plutôt calme et Willy se sentait plus serein dans ces conditions. Il avait croisé à peine une dizaine de soldats, un chiffre plutôt inhabituel depuis quelques mois. S'en réjouir aurait été vraiment trop. Car Willy avait bien compris depuis le temps qu'il se renseignait que la tranquillité d'un lieu se paye par la terreur d'un autre. Il s'assombrit en imaginant le pire quelque part en Allemagne. Puis, il s'assit sur un banc en bois en attendant l'arrivée du train. De nouveau, il allait à Hambourg.

Les études de médecine qu'il avait entreprises depuis près de trois ans le passionnaient au moins autant qu'elles lui apportaient un alibi pour justifier sa mobilité dans une période où n'importe qui pouvait être surveillé. L'université de Hambourg lui avait fourni un droit d'entrée dans toutes les universités de médecine du Reich. Cela était réservé aux meilleurs et Willy s'était donné les moyens d'être parmi eux. Le Grand Reich avait besoin de l'excellence pour ses projets à tous les niveaux, et en médecine, il n'en manquait pas. Malgré la quiétude exceptionnelle du lieu, il s'inquiétait en pensant à Anna et Aleksander. Surtout à Anna et aux risques qu'elle prenait en allant avec le fugitif jusqu'à Munich. Pris d'une bouffée d'angoisse, il leva la tête vers le ciel. Il ferma les yeux et inspira très fort, puisant de l'énergie dans le soleil qui brillait. Il baissa ensuite la tête et en gardant les yeux fermés, il souffla lentement. Ça allait mieux. Il évacuait toute la tension qui le crispait.

Pour se changer les idées, et aussi pour faire passer le temps, il plongea sa main dans sa besace en se rappelant l'objet qu'il avait récupéré à Aleksander. Il sortit le carnet et l'ouvrit. D'abord, il ne comprit rien. L'ukrainien, le russe, quoi que ce fût, il ne savait pas le lire et encore moins le traduire. Puis, au prix d'une concentration extrême — son cerveau était entraîné à raisonner sur des chiffres et des sigles — il donna un sens à ce qui était écrit. Le carnet était divisé en deux parties. Sur les premières pages, Willy pouvait lire une série de nombres :

240 641 - Kiev - 22159
250 641 - Kiev - 18564
260 641 - Kiev - 5679
280 641 - Rivne - 43 212
290 641 - Rivne - 39 672

Des dates, des lieux, et probablement des morts.

Dans l'autre partie, de longs paragraphes, qu'il lui était impossible de déchiffrer. Et des dessins. Quasiment sur chaque feuille. Willy tourna les pages du carnet assez rapidement. Comme un besoin de comprendre l'horreur, de l'enregistrer dans sa mémoire. Puis de la faire disparaître en fermant le carnet. Des soldats de la Wehrmacht, des SS que Willy distinguait facilement tant les traits de crayon d'Aleksander étaient fins. Des corps amaigris. Des armes de toute taille, de tout genre. Des chars d'assaut. Même quelques avions de reconnaissance, très détaillés alors même qu'Aleksander avait dû les apercevoir succinctement. Il était vraiment très doué, pensa Willy.

Soudain, son regard fut saisi par une scène d'une violence extrême. Des hommes et des femmes, nus, devant un fossé étroit, boueux. Il leva le cahier pour le rapprocher de ses yeux afin de visualiser tous les détails. Il ne rêvait pas. Des enfants tenus par la main, cachés derrière les jambes de leurs mères, des bébés dans les bras de certaines. Derrière eux, des soldats alignés, pointant leur arme dans leurs cous. Et devant, un tas de cadavres déjà bien trop élevé. La révélation de l'antisémitisme du régime à son paroxysme le fit vomir. Il pensa alors à Josef, enrôlé dans ce bataillon pour Smolensk. Dans quelle impasse désespérée allait-il se retrouver ? Serrant les poings de rage et de tristesse, il voulut hurler, mais une lueur de lucidité le ralentit. Il respira profondément et rangea le carnet. Il se leva et décida de quitter la gare. Il fallait trouver un moyen de transport moins surveillé. L'objet entre ses mains semblait avoir bien plus de valeur que le papier et l'encre dont il était composé. Willy en était certain. Il savait déjà où aller. Un atout enseigné en faculté de médecine : toujours un plan de secours. Il se dirigea vers le port de marchandises, en espérant pouvoir embarquer sur une péniche de vrac et remonter le Rhin jusqu'à son embouchure. De là, il caboterait jusqu'à Hambourg, enfin, il se débrouillerait. Cela allait mettre plus de temps, mais cette solution lui paraissait plus sûre.

Quand il arriva auprès d'une embarcation, l'après-midi était déjà bien avancé.

Le train sifflait pour annoncer son entrée en gare, mais Anna avait déjà aperçu la vapeur au loin. Une boule commençait à lui compresser le ventre. Aleksander, droit dans son rôle, lui serra la main pour la rassurer. La locomotive passa devant leurs yeux et s'arrêta quelques mètres plus loin. Ils allaient voyager en seconde classe, évidemment. Ni l'un ni l'autre n'avaient les moyens de faire autrement. Et c'est ainsi que de jeunes futurs étudiants voyageaient. Main dans la main, ils se dirigèrent vers l'un des premiers wagons, suivant le flux de passagers étonnamment dense. Une fois installé sur une banquette en cuir plutôt confortable, Aleksander sortit le portefeuille que Willy lui avait préparé. Il contenait sa nouvelle identité, sa nouvelle vie pour quelques mois, peut-être quelques années. Il contenait surtout sa couverture pour éviter l'exécution. Aleksander commença par renifler le cuir, comme si des souvenirs allaient se créer avec ce geste. Il continuait et continuerait toujours à penser à sa famille, ses amis, les vivants, les morts et les fantômes qu'il avait abandonnés en Ukraine. Mais il ne s'en voulait pas, car cela avait été la meilleure solution. Et il allait revenir. Vite, il l'espérait. Ensuite, il ouvrit l'objet doucement, comme si la peur le retenait.

Avec son index, il fit glisser le papier coincé entre deux poches bien serrées. La pièce d'identité était usagée. Le 07 avait pensé à tout. Neuve, elle aurait semblé suspecte. Dorénavant, il s'appellerait Emmerich Platzer.

De son côté, Anna cherchait à garder la maîtrise de ses émotions. Mais quitter ses parents, sa ville natale et son premier amour lui rendait le cœur lourd. Elle se pencha alors vers Aleksander, posa sa tête sur son épaule et enroula son bras gauche autour du sien. Depuis qu'elle l'avait caché et donc protégé, un lien particulier les unissait. La solidité de cette nouvelle amitié réussirait à tromper n'importe quel inconnu qui les prendrait pour des amoureux. Willy ne s'était pas trompé. La couverture était parfaite. Aleksander ne fut même pas surpris de ce geste d'Anna qu'il conforta en lui caressant furtivement les cheveux.

Quand la locomotive siffla le départ, les deux amis se regardèrent, un peu soulagés. Le voyage allait être long vers Munich, mais ils avaient franchi une première étape importante. Anna et Aleksander passèrent la majeure partie du trajet à regarder défiler les paysages par la fenêtre. C'était très vallonné et très vert, parfois presque bucolique. Ils auraient pu par moments oublier leurs vies et se croire en vacances. Cependant, le changement de train à Nuremberg les inquiétait beaucoup. La ville était devenue le fief du nazisme et la gare mise sous haute surveillance. Ils avaient quelques heures pour continuer de s'apprivoiser.

8 août 1941, Palais de Wittelsbach, Munich

Depuis qu'il avait été nommé officiellement Commissaire du Reich pour le renforcement de la race allemande par Hitler en personne, Himmler avait vu ses pouvoirs étendus à la hauteur de son ambition. Il était prêt à tout pour prouver la supériorité de la race aryenne et tous les moyens y passaient. Son plus grand investissement était dans l'Ahnenherbe. Mais il devait aussi penser à la cérémonie qui approchait et avait invité le docteur Gebhardt dans son bureau au palais de Wittelsbach.

La comtoise venait de sonner dix heures et le docteur ne s'était pas encore présenté. Himmler commençait à bouillonner. Le respect des horaires était une ligne de conduite, le retard une perte de temps… À 10 h 15, après de longues minutes silencieuses, il se leva brusquement de son bureau, tira sur la veste de son uniforme et commença à faire les cent pas dans la grande pièce, les poings serrés derrière son dos. Ses mâchoires si contractées faisaient grincer ses dents, tandis que résonnaient ses pas vifs et réguliers sur le parquet. Des gens étaient morts pour moins que cela, mais heureusement pour lui, le docteur Gebhardt lui était indispensable.

Enfin, on frappa à la porte. Une secrétaire d'un âge avancé à la voix très douce annonçait l'arrivée de Gebhardt et Himmler lui ordonna de le faire entrer sur le champ. Le docteur arriva en saluant Himmler du salut nazi. Celui-ci lui répondit de la même manière et entama la discussion :

— Bonjour Karl. J'étais impatient de vous revoir. Vous en avez mis du temps. D'où arrivez-vous ?

Himmler contenait sa colère afin de ne pas braquer son invité. Gebhardt sentait quand même la nervosité du Reichsführer et essaya de ne pas s'en préoccuper.

— Mon Reichsführer, pardonnez-moi mon retard. Il y avait du monde ce matin à la gare. Je reviens tout juste de Ravensbrück. J'y étais pour étudier, comme vous le savez. La marchandise y est excellente.

— Je l'espère. Nous travaillons beaucoup pour cela. La Gestapo se révèle sur ce point très efficace.

— Je n'en doute pas, mon Reichsführer.

— Et avez-vous des résultats démontrant la supériorité de notre Race ?

Himmler prononçait toujours ce mot avec insistance.

— Les expériences sont très prometteuses, mais je ne souhaite pas m'engager avant quelques semaines. Il faudrait plus d'investissement financier pour mener à bien mes recherches et vous apporter entière satisfaction.

— Plus de financement. Certes. Je vais y réfléchir. Mais vous savez bien, Docteur, que nous sommes à un tournant. C'est de moins en moins évident, même pour moi, de justifier nos recherches auprès d'Hitler. J'ai beau avoir la mainmise sur beaucoup d'affaires, je ne tire pas toutes les ficelles du jeu.

— Bien sûr, mon Reichsführer. J'en suis conscient. Ne vous inquiétez pas, je fais au mieux pour vous aider dans votre quête. Je suis derrière vous. D'ailleurs, j'ai repéré un ou deux objets qui devraient vous intéresser. Je les ai mis de côté au Revier. Mais il m'est difficile d'expliquer aux gardiens et aux infirmières qu'elles sont chasse gardée. Il faudra venir les chercher rapidement.

— C'est parfait. Je vais faire le nécessaire dès la semaine prochaine.

— Au plaisir de vous revoir bientôt, mon Reichsführer.

Gebhardt tendit la main à Himmler et attendit. Il avait compris à travers ses différentes rencontres que le Reichsführer était un homme d'action. Perdre son temps dans des jacasseries était inutile et contre-productif. Le docteur préférait s'éclipser rapidement. Himmler serra fermement la main de Gebhardt et ajouta :

— Ces doigts sont de l'or. Faites-en bon usage. Et comme toujours, ne me décevez pas.

Himmler regardait le Gruppenführer[21] dans les yeux avec persistance. Celui-ci se retourna et quitta la pièce.

Himmler appela directement la secrétaire en hurlant. Elle accourut.

— Quand le jeune Geubuls arrive-t-il ? J'ai une mission pour lui.

— Il devrait prendre son poste dans trois jours.

— Rappelez-moi, d'où vient-il ?

— Il vient de Coblence. Il fait son service militaire.

— Dès qu'il sera là, vous viendrez me le présenter.

— Oui, Monsieur.

— Très bien, vous pouvez disposer.

Voilà un début de matinée qui apportait pleinement satisfaction à Himmler. Il aurait aimé que cela dure, mais sa secrétaire vint le déranger. Elle semblait penaude, et cela n'augurait rien de bon :

— Excusez-moi, mon Reichsführer, vous avez un appel…

— Et alors ? Je vous avais pourtant bien dit que je ne souhaitais pas être dérangé avant mon déjeuner !

Craintivement, elle lui répondit :

— Il semblerait que ce soit de la plus haute importance, ça vient du quartier général du Führer. Il s'impatiente. J'ai déjà essayé plusieurs fois d'expliquer que vous n'étiez pas disponible. Mais… avec tout mon respect… là-bas, ça leur est égal…

Himmler semblait sur le point d'exploser. Rouge, il se contenait qu'à grand-peine. La secrétaire ne savait que faire. D'autres avant elles avaient été mises à la porte pour des contrariétés bien moins importantes. Elle hésita, puis ajouta :

— …Le Führer souhaite vous parler… Il a ajouté « immédiatement ».

Levant les yeux au ciel en soupirant, Himmler finit par répondre à la demande de son supérieur, ordonnant à la demoiselle de lui transférer l'appel dans son bureau.

---

21. Grade utilisé dans la SS, inférieur au Reichsführer.

À peine eut-il mis le combiné à son oreille qu'il entendit une voix hurler :

— Mais qu'est-ce que c'est encore que ce chaos ? Nous avons annoncé à la population que les bombardiers soviétiques avaient été mis à mal et voilà qu'ils s'attaquent à la capitale ? Comment voulez-vous que nous gardions notre crédibilité ?

Pris de court, Himmler tenta une réponse qu'il savait, avant même de la formuler, inadéquate. En revanche, son ton calme et serein était une arme pour calmer le Führer :

— Il faut savoir que la Luftwaffe a effectivement réduit l'aviation ennemie à néant et en cela, Goebbels ne s'est pas trompé. Cependant, nos radars ont détecté du renfort britannique en direction de Mourmansk. Ce soutien logistique a certainement permis à l'Armée rouge de se relever plus rapidement que prévu.

Dans le combiné, un long silence suivit sa tirade. Il en profita pour achever le Führer :

— Je suis étonné que le rapport dont je vous parle ne vous ait pas encore été divulgué. Pourtant il me semblait que vous étiez bien doté à Rastenburg…

Himmler voyait le départ d'Hitler dans la Tanière du Loup comme une fuite, et il prenait un malin plaisir à lui faire remarquer sa prise de distance par rapport au front, ou à la population. Il piquait dans le vif. Il le savait. Mais Hitler ne se laissait pas déstabiliser et s'exclama d'un ton tranchant :

— Le rapport est évidemment arrivé, mais j'ai tellement à faire pour rattraper vos bourdes et celles de la Wehrmacht que je n'ai pas encore eu l'occasion de m'y attarder.

Il raccrocha. Sa véhémence surprit Himmler. Les deux hommes qui avaient été si proches quelques années auparavant semblaient de plus en plus s'éloigner, surtout depuis qu'Himmler s'était lancé dans le développement de l'Ahnenherbe. C'était cela sa priorité maintenant.

Le train ralentit d'abord doucement, puis plus fermement. La locomotive siffla trois longs coups pour annoncer son entrée dans la gare de Munich. Anna qui somnolait se réveilla et leva la tête. Par la fenêtre, la ville apparaissait majestueuse, un petit bijou au milieu de la montagne qui l'entourait comme pour la protéger. Un bref instant, Anna oublia le conflit. Mais la présence d'Aleksander à ses côtés le lui rappela. Malgré l'angoisse, le voyage s'était plutôt bien passé. C'était une première pour Anna qui avait pu assez fréquemment observer le passage rapide de la BR05, mais qui ne l'avait jamais empruntée. Les secousses lui avaient donné mal au ventre. Et l'arrivée de deux SS qui étaient entrés dans le wagon en gare de Frankfort n'avait rien arrangé. Mais Anna ne les avait pas intéressés. Visiblement, ils cherchaient un homme. Seul. Deux jeunes amoureux enlacés, regardant défiler le paysage, ébahis par la beauté des vallons qui s'offraient à eux n'avaient pas éveillé leur attention.

À l'arrêt du train, les passagers se levèrent. Une dame assez âgée demanda de l'aide à Aleksander. Son bagage était à demi suspendu au-dessus de sa tête, l'autre moitié coincée dans les filets servant à poser ses effets. Elle lui avait baragouiné une phrase dans un dialecte tellement particulier que même Anna n'avait pas compris. Et elle s'était satisfaite du large sourire d'Aleksander en guise de réponse. Sans aller plus loin dans les échanges, les deux jeunes descendirent les trois marches qui permettaient d'accéder au quai et avec la plus grande détermination, ils se dirigèrent promptement vers la sortie. Ils avaient très chaud. Le hall de gare grouillait de soldats.

Une fois dans la rue, ils empruntèrent la *Schützenstrasse* jusqu'à *Karlsplatz*, tournèrent à droite, longèrent la *Sonnenstrasse* sur quelques centaines de mètres et arrivèrent devant la *Sendlinger Tor*. La porte qui menait au centre de Munich par le sud était impressionnante, nimbée de soleil. Elle avait réussi à traverser sept siècles en préservant ses deux tours de flanquement pentagonales. Et même amputé de sa tour centrale au début du dix-neuvième siècle, le monument demeurait toujours aussi imposant avec son mur crénelé dont les canons avaient dû tenir en respect d'éventuels assaillants. Anna et

Aleksander passèrent en dessous et prirent à gauche la ruelle du même nom. Puis ils s'arrêtèrent devant une petite église. Le logement devait être situé juste derrière. Il fallait emprunter une sente. Anna repéra rapidement l'entrée, la disposition des plantes servant à égayer la façade était identique au schéma qu'elle avait appris par cœur deux jours auparavant. Au moment de frapper, Aleksander lui retint l'avant-bras.

— Attends, Anna. Je ne viens pas avec toi.

Il plongea son regard sombre dans les yeux bleus d'Anna, en formulant cette phrase dans un allemand approximatif. Le visage de la jeune fille marqua l'étonnement. Il répéta :

— Je ne viens pas avec toi, Anna.

Et il ajouta dans un allemand assez maladroit bien que compréhensible :

— C'est trop dangereux pour toi.

Il déposa sur sa joue un tendre baiser, lâcha son bras et s'éloigna d'elle en reculant, sans la quitter des yeux. À la sortie de la sente, il se retourna et disparut définitivement.

Figée, Anna le regarda partir sans un mot. Seule dans Munich. Le choix d'Aleksander était un choix de raison, elle le comprit. Mais elle resta malgré tout tétanisée.

Au bout de quelques minutes, elle reprit ses esprits, secoua la tête comme pour la vider des idées noires. Elle prit une grande inspiration, frappa à la porte et écouta. Distinguant des bruits sourds, elle pensa que quelqu'un descendait probablement un escalier. Puis rien. Anna attendit quelques secondes, se remémorant tout le parcours effectué depuis la gare. Elle n'avait pas pu se tromper. Elle leva à nouveau le bras, poing serré, prêt à toquer une seconde fois quand la porte s'ouvrit.

— Bonjour, Madame, je suis Anna… L'étudiante. Je viens pour le logement…

— Bonjour Mademoiselle. Entrez donc. Vous devez avoir soif par cette chaleur. Je vous sers un verre d'eau d'abord et ensuite je vous montre la chambre. Je suis rassurée que ce soit une demoiselle comme vous que l'université m'ait envoyée.

Vous savez, j'ai parfois eu des surprises en hébergeant des garnements qui ne faisaient que des sottises.

Anna répondit simplement :

– Merci Madame. N'ayez crainte. Je suis vraiment très motivée pour réussir mes études dans cette ville. Je ne vous causerai pas de tracas.

Indéniablement, la personne face à elle n'était pas au courant de qui elle était et du but véritable de sa venue à Munich. Sa mission ordonnée par le 07 semblait se terminer ici. Pas de possibilité de contact avec Willy. Curieusement, Anna fut soulagée. Elle allait pouvoir se fondre dans la masse, organiser sa nouvelle vie ici à Munich et réfléchir à la façon de poursuivre son engagement.

La vieille dame se nommait Beate, et elle insista auprès d'Anna pour qu'elle l'appelle ainsi. À mon âge, plus de chichi avec personne, avait-elle ajouté. Ensemble, elles montèrent un étroit escalier en colimaçon qui donnait sur une minuscule pièce dans laquelle était installé un lit, une coiffeuse qui faisait office de bureau et une commode bancale avec deux tiroirs pas bien grands, mais qui suffiraient très largement pour les affaires d'Anna. Au fond, un paravent qui dissimulait un point d'eau, avec un tabouret et une bassine. Les toilettes étaient dans une petite cour derrière la maison. Un logement un peu exigu, certes, mais qui serait parfait pour Anna. Beate vivait dans la maison mitoyenne, un peu plus grande, avec son mari malade.

Quand sa logeuse quitta le logement, Anna regarda sa montre. Presque 19 h 00. Elle était exténuée et s'allongea sur le lit. La main posée sur le ventre, les yeux rivés sur le plafond, ses parents lui manquaient.

13 août 1941, Hambourg

En repensant à la soirée de la veille, il ne put s'empêcher de sourire tout en pestant contre son impulsivité. Il avait bien failli perdre sa besace dans cette fichue bagarre, mais il avait réussi à la tenir fermement de sa main gauche, ne gardant qu'un frêle poing pour se débrouiller. Quelle idée avait-il eu de se laisser embarquer dans cette tournée des bistrots sur le port de Brême ! Mais les pêcheurs qui l'avaient attiré dans ce piège avaient su être très convaincants. Une petite équipe de cinq joyeux bonshommes, des hommes de la mer, courageux et sanguins, qui vendaient leur pêche sur les marchés de la ville ou parfois de Hambourg, au gré de la demande. Passer la dernière soirée à terre avec eux au bar, c'était la condition pour qu'il puisse aller jusqu'à Hambourg dans le chalutier. Alors Willy avait dit oui. Cependant, pas une seule seconde il ne s'était imaginé devoir se battre pour défendre ses compagnons de route sujets de violentes moqueries. C'est vrai qu'ils avaient tous un air un peu particulier, abîmé par la vie. Hans plus particulièrement. Le visage buriné par le soleil et le vent, le nez exagérément grossier, et une balafre impressionnante sur la joue droite. Un hameçon, avait-il expliqué à Willy. Plan té maladroitement sur son visage. Quand il sortait en ville, comme il aimait le dire avec insistance, il recouvrait sa cicatrice d'une mèche de ses cheveux qu'il avait su garder longs, malgré son âge avancé. Et puis Berer, avec un œil de verre. Encore un accident de travail déplorable. Un mât brisé en pleine tempête, sur les eaux de la mer Baltique. Mauvais souvenir. Berer ne souhaitait plus en parler. Gurt, lui, avait une belle gueule pour un vieux. Mais il boitait vraiment beaucoup. On aurait dit un groupe d'estropiés de la Première Guerre mondiale. Mais pour Gurt, c'était vraiment le cas. Une grenade avait explosé sur sa jambe en pleine attaque, dans un champ de boue près de Verdun. Puis le trou noir. Et maintenant une jambe de bois. Mais il ne souhaitait plus en parler. C'est Berer qui avait tout raconté à Willy, qui en fut très ému. Les deux autres pêcheurs se distinguaient par leur relative normalité. Mais ensemble, ils attiraient les regards.

Les premières insultes leur étaient passées par-dessus la tête, mais la répétition les avait fait bouillonner de colère. Et l'alcool aidant, la bagarre avait éclaté. Willy avait bien essayé de raisonner toutes ces brutes, mais sans succès. En quelques secondes, l'ambiance naïvement gaie avait basculé dans la sauvagerie. Des corps entremêlés se frappaient sans distinction. Bien malgré lui, Willy fut entraîné dans la bagarre. Heureusement, il savait un peu se défendre. Des cours pris rapidement lors d'un stage jeunesse complètement illégal pour la minorité qui avait refusé la *Hitlerjugend*[22]. Ce soir-là, il avait principalement su esquiver les coups. Dans un brouhaha général, les cinq hommes et lui avaient réussi à s'extirper de la bagarre et avaient couru très rapidement jusqu'au chalutier dans la nuit, bousculant au passage quelque foule ambulante. Même Gurt, malgré son handicap. Quelques secondes de plus et la police les aurait embarqués. Ils avaient réussi à quitter le port sans souci, les marées avaient été de leur côté. Le lendemain, le bateau avait trouvé sa place dans le port de Hambourg.

Confortablement assis dans le petit salon du grand bâtiment, Willy pouvait souffler un peu. En attendant son père, il se pencha en avant afin de récupérer le journal posé sur la table basse. Il détestait le *Völkischer Beobachter* — *l'Observateur populaire* — qui n'avait pour unique ambition que de valoriser les idées du Führer. Néanmoins, sa lecture était essentielle pour contrecarrer les techniques de propagande du Reich. Sur la une, de gros titres annonçaient l'arrestation des « ennemis du Grand Reich » en gare d'Hanovre. En dessous d'une pho-

---

22 « La Jeunesse hitlérienne », organisation regroupant les jeunes du Parti nazi.

tographie montrant quatre jeunes les mains liées et posées sur la tête, entourés de gardes SS aux sourires provocateurs, il était précisé que ces « jeunes anarchistes voulaient s'en prendre à Hitler, malgré tous les efforts qu'il faisait pour mener l'Allemagne vers la victoire ». Un tel amas de mensonges mit Willy hors de lui. Intérieurement, sa haine contre le régime l'envahissait. Des jeunes directement envoyés à Bergen-Belsen, afin d'être « rééduqués ». Sans jugement. Probablement sans retour aussi. La lecture de l'article confirma qu'il avait fait le bon choix en choisissant la mer plutôt que la terre pour arriver libre dans ce salon.

Quand son père le rejoignit enfin après près d'une heure d'attente – son travail dans l'affaire lui prenait énormément de temps –, il l'accueillit plus chaleureusement qu'à l'accoutumée. Il le serra fort contre lui sans piper mot et le garda ainsi quelques longues secondes, presque gênantes. L'angoisse de l'attente que ce père avait dû supporter en pensant à son fils dont l'arrivée était prévue bien plus tôt se dissipa lentement. Père et fils s'assirent l'un en face de l'autre.

– Je suis très content de te voir, mon fils.

– J'ai bien cru que je n'arriverais jamais. Les déplacements sont tellement contrôlés. Je savais que tu t'inquiéterais, mais te prévenir nous aurait davantage mis en danger.

– Ce n'est pas grave. Tu es là, c'est le principal.

Dévoiler leurs sentiments l'un pour l'autre n'avait jamais été leurs spécialités et la guerre avait au moins ce mérite de les forcer à se rapprocher. Après un silence rempli d'émotions, le père de Willy reprit :

– Maintenant qu'Aleksander est parti à Munich et n'est plus sous la protection du groupe, il nous semble difficile de diffuser hors des frontières une information par courrier ou par téléphone sans risque. Nous aurions pu l'exfiltrer et le faire témoigner outre-Atlantique, mais après l'avoir mis en sécurité, tu as jugé bon de le laisser s'organiser de son côté. Nous t'avons fait confiance.

– Oui, et vous avez bien fait, j'en suis convaincu. Il nous aurait filé entre les pattes, il est trop attaché à ses racines. Sur un autre continent, il se serait senti comme un déserteur. Impossible pour lui.

— J'entends bien, Willy, ce que tu me redis là. Mais nous avions entre les mains de quoi modifier la donne. Tu te rends compte ? Son témoignage aurait certainement motivé les Américains de nous aider davantage... Maintenant, il va falloir trouver d'autres preuves irréfutables de l'horreur à l'Est. Et comme tu l'as dit toi-même, la circulation est de plus en plus difficile. Et je ne te parle pas de l'aérien...

— Je suis d'accord avec toi, mais justement, à ce propos, je pense avoir une preuve qui peut encore changer la donne.

Willy glissa dans son sac sa main égratignée par la bagarre et en sortit le petit carnet. Puis, d'une voix rapide, il expliqua :

— C'est le carnet de notes d'Aleksander. Il a retranscrit à l'écrit ce qu'il a vu quand sa famille et une grande partie de la ville se sont fait massacrer. Il y a des nombres, des dessins, des lieux, des horreurs, des morts, du sang, de la haine...

Pris dans ses explications, il tournait les pages, les mains tendues vers son père. Il se précipitait tellement qu'il ne s'apercevait pas que ses gestes étaient en réalité inutiles. Les pages défilaient sans laisser la possibilité à son père de s'y attarder pour prendre la mesure de ce qu'elles dénonçaient.

À la fin de son monologue, Willy referma le carnet, se redressa dans son fauteuil et regarda fixement l'homme en face de lui. Il était en sueur. Il semblait attendre que son père le rassure. Qu'il lui dise que ces esquisses n'étaient pas réelles. Que ces ombres allongées dans une fosse n'étaient pas humaines. Que l'anéantissement n'existait que dans l'imagination du propriétaire du carnet. Mais l'homme en face de lui ne fit rien. Willy était adulte, et son père se devait de traiter son fils comme tel.

— Willy, ce carnet est très important. Donne-le-moi. Tu as raison, nous allons certainement pouvoir l'exploiter.

Willy eut beaucoup de mal à s'en détacher comme s'il n'avait rien de plus précieux que ce petit bout de feuilles assemblées, puis il céda. Son père le saisit et délicatement, il tourna les pages en prenant soin de les visualiser une par une. De longues minutes. Ensuite, il se leva et sortit de son bureau en demandant à son fils de l'attendre. Une attente interminable. Enfin, il revint :

— Demain matin, se tient une réunion très importante avec les têtes du 07 dont je fais partie, ça, tu le sais. Exceptionnellement, tu vas pouvoir y participer. Nous allons échanger à propos de la véracité des faits présentés sur ce calepin. Il se pourrait que nous prenions une décision importante à laquelle tu dois participer. Qu'en penses-tu ?

— Je serai ravi d'être parmi vous, répondit fièrement Willy qui eut l'impression d'un coup d'un seul d'avoir franchi un cap dans son rôle dans la Résistance. J'espère être à la hauteur de vos attentes.

— Tu as déjà fait beaucoup, beaucoup plus que de nombreux Allemands dans notre pays. Pour le moment, il est important que tu te reposes un peu… Et que tu te laves ! On voit bien que le voyage a été difficile… Et on le sent aussi !

Un réel sourire se dessina sur le visage du père de Willy qui ne prit pas mal ces petites taquineries, bien au contraire.

— Va te détendre un peu à la maison. Je t'y rejoindrai ce soir, quand il n'y aura plus rien à faire au bureau.

Quand il n'y aura plus rien à faire au bureau. Une phrase qui avait bercé les oreilles de Willy pendant son enfance. Des mots que l'enfant aujourd'hui devenu adulte avait fini par traduire « je rentre tard ce soir, ne m'attends pas pour dormir. Et sois sage avec maman ».

— Très bien, Papa. À ce soir, donc !

Willy ajouta un clin d'œil à sa réponse puis se leva et se dirigea vers la porte de sortie du bureau. Avant de la franchir, son père l'interpella :

— Tu as fait du bon boulot Fiston, je suis fier de toi.

Willy sourit et quitta le bâtiment.

La maison familiale était à deux pas de l'usine, un court moment pour mettre son engagement dans la résistance dans un petit coin de sa tête. Un moment indispensable. La mère de Willy était loin de soupçonner les agissements de son mari et de son fils. Il y avait beaucoup de monde dans cette artère principale de la ville. Un soulagement pour Willy qui se fondait facilement dans la masse. Il marchait en levant la tête. Il adorait regarder le haut des façades des maisons bâties de dentelle de pierres. Un bel héritage de la renaissance artistique. Les couleurs aussi étaient très variées. L'architecture révélait le dynamisme économique de la ville, conforté par l'arrivée du métro. La guerre n'avait pas abîmé Hambourg et Willy espérait sincèrement que cela continue. Sa pensée fut vite oubliée quand il arriva devant une lourde porte qu'il connaissait si bien. Il monta les cinq marches qui menaient à elle, et prit le heurtoir dans sa main. Il n'avait jamais prêté attention au marmouset qu'il trouva ce jour très joli. Le métal avait soigneusement été travaillé afin de sculpter un petit diable qui n'avait aucunement l'air agressif. Un temps d'observation nécessaire pour accepter de passer d'un monde à l'autre. En franchissant cette porte, il quittait l'âge adulte et retrouvait celui de l'enfance. Un schéma répétitif qu'il avait de plus en plus de mal à accepter. Mais il jouait le jeu. Pour sa mère surtout. Il frappa assez brutalement, comme une contradiction, et n'attendit pas de réponse. Il ouvrit la porte et appela :

— Maman ? C'est moi, Willy. Tu es là ?

Il tendit l'oreille, des pas se firent entendre. D'abord étouffés, puis de plus en plus audibles. Il reconnut la descente d'escalier, de la chambre du deuxième étage jusque dans le hall. Quand sa mère l'aperçut, elle s'illumina :

— Willy ! Ça me fait tellement plaisir que tu sois là !

Le fils ne réagit pas spontanément, choqué par le teint blafard de celle qui l'avait mis au monde il y avait déjà près de vingt années. Jamais jusque-là il ne s'était imaginé qu'elle était mortelle. Quand allait-il pouvoir profiter un peu d'elle ? Allait-elle voir grandir ses petits-enfants ?

Il pensa alors à Anna et le manque l'occupa.

14 août 1941, Hambourg

Le lieu lui semblait complètement inconnu. Pourtant, il était maintes fois passé devant. Parfois, il y était même entré, à l'heure du déjeuner, avec sa mère surtout, quand la lassitude des heures solitaires l'envahissait alors que son mari travaillait des journées entières à faire tourner l'entreprise. À cette époque, il était un enfant, et ces repas dans un lieu aussi ringard et guindé l'avaient souvent ennuyé. Mais ce jour, il regardait le restaurant d'un œil neuf.

Il poussa la grande porte d'entrée mécanique de ses deux mains tant celle-ci était lourde. Forgée dans un mélange de fer et d'acier, elle avait été dessinée dans le style Art nouveau très à la mode dans les grandes villes. Puis il se figea un instant, mal à l'aise. Levant la tête, la richesse artistique des coupoles du grand hall d'entrée l'impressionnait. Heureusement, un groom vint rapidement à sa rencontre et l'invita à s'installer au bar. Willy le suivit machinalement. Il était tôt pour déjeuner, mais l'endroit ne manquait pas de clients. Un serveur vêtu d'un uniforme bleu marine relevé de boutons dorés en son centre lui demanda ce qu'il souhaitait boire. Willy répondit qu'il désirait un verre de *Jägermeister 1878*. Le serveur sortit une bouteille à peine entamée, l'ouvrit et versa une dose de trois centilitres dans un verre à pied. Il inséra le pied entre son index et son majeur et, la main à plat, poussa le verre en direction de Willy. Celui-ci posa sa main sur celle du serveur en prenant le verre. Quand le serveur la retira, il sentit l'objet froid dans sa paume. Il serra le poing, le ramena dans sa poche et y libéra la clé. Ensuite, il but d'un trait le verre, ce qui mit tout son corps en éveil et il quitta le bar.

Il se dirigea vers le restaurant, traversa la salle à moitié pleine et au fond, s'engouffra dans un couloir étroit. À gauche, les toilettes. À droite, un rideau. Il suivait scrupuleusement les indications que son père lui avait fournies la veille, oralement. Pas de trace écrite. Jusqu'ici c'était plutôt efficace. Il regarda furtivement autour de lui. Personne. Derrière le rideau, une porte en bois, d'une simplicité déconcertante au regard du reste de l'établissement. Willy réussit à l'ouvrir rapidement grâce à la clé qui lui avait été remise quelques minutes plus tôt, et s'engouffra derrière le rideau. Un couloir très sombre et étroit le guida jusqu'au lieu de rendez-vous. On l'attendait. Une unique chaise vide permit à Willy de rejoindre le groupe. Timidement, il s'assit. La réunion pouvait commencer.

Jürgen prit la parole et entra directement dans le vif du sujet :

— Trois avions ont tenté de survoler les territoires occupés en Pologne, mais les Mosquitos ont très vite été rattrapés et chassés par la Luftwaffe. Pourtant, la Royal Air Force avait parié sur leur supériorité en termes de rapidité. Deux sont tombés, un a pu revenir, mais les photographies aériennes n'ont rien révélé de suffisamment alarmant pour encourager les Américains à nous suivre dans cette guerre.

Bien qu'habitué, Willy ne pouvait s'empêcher d'être subjugué par le charisme de son père. Un homme que Willy ne connaissait pas directement, mais qui devait probablement être l'un des cofondateurs du 07 prit à son tour la parole :

— De « suffisamment alarmant », dis-tu, Jürgen ? Donc que montraient-elles ces photos ? Tu as pu avoir plus de précision ?

Un échange commença entre les deux hommes, sous les yeux attentifs des autres membres de la réunion. Avec lui, ils étaient dix. Willy pensa qu'il devait être très honoré d'être à sa place ce jour.

— Le service d'analyse a distingué ce qui s'apparente à des voies ferrées en construction et des entrepôts. Mais le chasseur a survolé la zone à l'aube pour plus de sécurité. Pas d'hommes. Pas d'activité. Un sombre silence. Nous ne savons pas de quel type de bâtiment il peut s'agir…

L'homme en face de Jürgen passa plusieurs fois ses doigts sur son menton, signe d'une intense réflexion intérieure :

— Serait-il possible que les Allemands soient en train de construire des usines d'armement ? La Wehrmacht doit avoir besoin de se ravitailler et le front de l'Est commence à être très éloigné de l'Allemagne.

— Frederick, ton idée est très pertinente et nous y avons pensé aussi. Mais après hésitation, nous avons mis cette hypothèse de côté, car les installations sont trop loin du front. Acheminer la marchandise jusqu'à Stalingrad serait une trop grande perte de temps. S'ils avaient voulu construire des armes sur place, ils auraient fait des entrepôts à proximité immédiate. En plus, la Wehrmacht a déjà investi les usines soviétiques qui ont échappé à la stratégie de la terre brûlée.

— Donc ? Il nous reste l'hypothèse des camps de concentration alors. Si je comprends bien, c'est là que tu voulais en venir Jürgen ? N'est-ce pas ?

— On peut dire que tu me connais bien, Frederick. Combien d'années de coopération ? Vingt ? Trente ?

— Tu te doutes bien que je ne compte plus !

Willy, toujours attentif, mais discret, comprit subitement qu'il ne connaissait que très peu son père. Comme la veille quand il avait aperçu sa mère, cela l'émut. Mais les sentiments s'atténuèrent dès que son père reprit la parole :

— Le ministère britannique est davantage favorable à cette possibilité. Les renseignements sont sur le qui-vive pour essayer de confirmer l'hypothèse. Évidemment, nous n'en savons pas plus, mais ils n'ont pas lésiné sur les moyens. Les meilleurs cerveaux du Royaume-Uni ont été sélectionnés pour essayer de décrypter les messages codés allemands.

Jusqu'ici, Willy n'avait pas osé prendre la parole. Malgré son investissement précoce dans le 07 et des missions parfois très périlleuses, il était vraiment retourné. À ses côtés, autour de la table, l'élite allemande qui avait choisi de résister face à Hitler et ses acolytes.

Après beaucoup d'hésitation, il finit par intervenir. Après tout, son père l'avait invité à la réunion pour cela.

— Pour ma part, je pense qu'une autre hypothèse est envisageable. Je sais de source sûre que l'ennemi ne mène pas uniquement une politique de conquête. Ce que veut Hitler, c'est réellement l'anéantissement de tous ceux qui n'ont pas les caractéristiques de la race aryenne.

Race aryenne. Anéantissement. Faire usage de ces trois mots l'horripilait. Mais leur emploi était volontaire. Choquer était son objectif. Alors que les neuf hommes le regardaient, il développa non sans appréhension :

— Notre témoin Aleksander a clairement vu des troupes à l'arrière de la Wehrmacht massacrer des hommes, des femmes et des enfants dans les villages conquis. C'était en Ukraine, mais il y a une forte probabilité pour que ce soit pareil ailleurs. Sans aucune pitié, il a vu des SS fusiller ces innocents puis jeter leur corps dans des trous au milieu des forêts à proximité. Il m'a parlé de Juifs. Mais aussi de communistes. De bébés… De bébés…

Sa voix avait commencé à trembler et Willy s'arrêta quelques secondes. Il baissa la tête afin de contrôler une montée de larmes imprévue, respira profondément et reprit la parole :

— Je pense que les nazis pourraient être en train de construire des camps de la mort.

— Des camps de la mort ? Tu veux dire des camps de concentration ? demanda son père.

L'assemblée autour de lui semblait ne pas comprendre.

— Non. Pas des camps de concentration. C'est trop lent. Plutôt des camps dans lesquels on regrouperait les ennemis du Reich pour apporter une mort plus rapide. Voilà ce que cela pourrait être ces grands entrepôts que les photographies aériennes ont révélés.

Un homme qui était resté discret jusque-là s'étonna de cette réflexion :

— Dépenser autant d'énergie et d'argent semble assez contre-productif. La guerre est déjà tellement coûteuse et les dépenses en armement progressent vertigineusement. Je ne suis pas certain que le pays ait les moyens de cet abominable projet. Cela me paraît inimaginable. Le Führer est bien trop pragmatique.

— C'est justement le pragmatisme de Hitler qui pourrait le pousser à ce genre d'actions… Mais je n'en ai aucune preuve. Le seul élément que j'ai à vous montrer est ici.

Il souleva le carnet d'Aleksander afin que tout le monde puisse le voir.

— Mon ami, notre protégé, a retranscrit sur ces pages toutes les horreurs qu'il m'a décrites. Ce carnet peut nous être utile afin d'apporter un nouvel argument pour rallier les Américains.

Willy donna d'abord le carnet à son voisin de droite qui le feuilleta consciencieusement, avec précaution. Ensuite, l'objet circula autour de la grande table. Un silence pesant régnait dans la pièce.

Les dessins d'Aleksander révélaient le réalisme d'une situation jusqu'ici très abstraite. Les exactions des nazis existaient, personne autour de la table ne l'avait jamais nié. Mais aucun n'avait imaginé l'intensité de la violence dont usaient les soldats allemands. Des frères. Des oncles. Des cousins. Des amis. Comment l'Allemagne en était-elle arrivée là ?

Jürgen proposa un vote afin de décider de l'envoi ou non du carnet à Thomas. L'ensemble du groupe acquiesça.

Thomas Trosman était un homme qui commençait à être âgé, mais en qui le père de Willy avait une confiance entière. Ils avaient codirigé l'usine à Hambourg pendant plusieurs années puis Thomas avait quitté la ville et le pays quand Hitler était arrivé au pouvoir. Ce fut à la fois un déchirement pour les deux collègues devenus amis, mais en même temps ils y trouvèrent l'occasion d'agrandir l'entreprise. Thomas avait profité de son arrivée à New York pour exporter les produits Mont-Blanc hors d'Europe. Avant la guerre, la marque commençait à être mondialement connue.

Le vote fut sans appel. Tous étaient convaincus de l'importance d'envoyer ce carnet aux États-Unis. Mais à la seule condition que ce soit Jürgen en personne qui s'en charge. En attendant son arrivée, Thomas Trosman se chargerait de créer le lien avec les hautes institutions américaines.

La réunion s'acheva et les membres du groupe se dispersèrent. Ils ne restaient jamais plus d'une heure ensemble et surtout étaient attentifs à ne jamais se réunir deux fois au même endroit. Il fallait être prudent.

16 août 1941, Munich

Le rendez-vous avait lieu sur la *Karolinenplatz*. Impossible de se tromper, l'obélisque trônait élégamment sur le centre de la place depuis que Louis Premier de Bavière avait voulu honorer la mémoire des soldats bavarois tombés pendant la campagne de Russie de Napoléon. Depuis plus d'un siècle donc, ce bloc de vingt-neuf mètres de hauteur se repérait de loin. Posté sur une marche en marbre au pied du monument, un malaise intense s'empara d'Arnold. Dans quelques minutes, un membre de la Gestapo allait être à ses côtés, pour l'accompagner prendre son service dans le Palais de Wittelsbach. En regardant en direction de la *Briennerstrasse*, il pouvait déjà apercevoir le bâtiment, un monstre de pierre mélangeant une architecture classique à celle des premiers châteaux forts du Moyen-Âge. Aux extrémités de l'édifice, deux tours orthogonales surveillaient la ville, alors que les centaines de fenêtres de la façade principale donnaient l'image d'un lieu de vie très lumineux et facile d'accès. La corniche était dans son intégralité composée de créneaux et de merlons. De grandes antennes postées sur le toit-terrasse indiquaient la présence de postes radio très performants. Tout autour de la place, les universités, des centres de recherche flambant neufs servaient à glorifier le régime.

Arnold réfléchissait à la façon dont il allait devoir dissimuler ses idées communistes et tirer profit du calvaire dans lequel il se trouvait quand soudain une voix sévère l'interpella. Le SS accueillit Arnold avec un salut nazi ferme, et celui-ci lui répondit de manière identique. Un déchirement.

Sans échanger davantage, les deux hommes se dirigèrent vers le Palais. Ils entrèrent dans le hall et immédiatement une femme se précipita vers eux :

— Bonjour Monsieur Geubuls. Bienvenue parmi nous.

Arnold eut du mal à cacher son étonnement. Son père avait le bras long, il le savait. Mais au point d'être si attendu, il ne l'aurait jamais pensé. Il voulut saluer respectueusement la jeune femme, mais elle coupa court à toute forme de politesse. Visiblement elle était pressée.

— Suivez-moi, je vais vous faire visiter les lieux, Monsieur Geubuls.

Arnold obéit.

— Les locaux sont très vastes, mais bien organisés. Vous allez rapidement vous y retrouver. Tous les bureaux du rez-de-chaussée sont pour les SS et la Gestapo qui veillent à la sécurité du Führer. Tout l'étage est réservé au Reichsführer Himmler. Il y travaille, et a ses appartements privés. Personne n'est autorisé à y accéder sans son accord préalable, et je suis son intermédiaire. Il peut vous convier à monter le rejoindre, mais l'inverse est interdit. De toute façon, vous ferez sa rencontre sous peu. Au fond, l'escalier qui mène au sous-sol ne vous concerne pas pour le moment. Derrière cette porte, c'est votre bureau. Vous travaillerez seul dans un premier temps. On vous déposera des dossiers de personnes suspectées de trahison — nous recevons beaucoup d'appels — et vous devrez prioriser leur traitement. Ensuite, les dossiers choisis par vous-même seront pris en charge par des membres de la Gestapo. Vous commencez demain, à sept heures, comme tous les jours. Vous ne travaillerez pas le dimanche, sauf exception. La journée de travail se termine pour vous à dix-huit heures. Mais vous n'êtes pas à l'abri d'être appelé en urgence à tout moment. Vous êtes avec nous pour un an. Ensuite, on peut changer votre affectation. Avez-vous des questions ?

— Non, pas pour le moment. Vous avez été très claire et je vous en remercie.

— Dans ces conditions, vous pouvez quitter les lieux et visiter la ville, elle est très agréable. Je vous conseille d'aller faire un tour à la brasserie *Hofbräuhaus*, c'est tout un symbole ici. Bonne journée à vous.

Sur ces mots, Arnold partit, dubitatif. La brasserie *Hofbräuhaus*, quel symbole ! Munich était bien le berceau du nazisme. Il venait d'en prendre pleinement conscience. Il avait lu qu'à Munich, la masse avait voté pour Hitler en 1933, mais tout cela était resté abstrait. Et aujourd'hui, il était parmi cette masse. Et surtout il allait rencontrer « sous peu » le bras droit de Hitler.

Cela le tétanisa.

28 août 1941, Rivne

L'avant-veille, Moisei Bergman avait reçu une lettre officielle de la RKU. À la fois étonné – cela faisait à peine huit jours que Rivne avait été choisie comme capitale du *Reichskommissariat*[23] d'Ukraine – et inquiet, il décacheta l'enveloppe soigneusement et en sortit le papier. La RKU avait pour objectif d'administrer la majeure partie de l'Ukraine occupée par la Wehrmacht en vue d'incorporer à terme ces territoires au sein du Grand Reich germanique. On sollicitait alors ses services pour mener à bien cette nouvelle mission.

Moisei Bergman avait relu plusieurs fois le courrier sans réellement comprendre. L'antisémitisme des Allemands n'était plus un secret et la population de Rivne avait déjà beaucoup souffert. Qu'allait-il pouvoir apporter aux Allemands ? Que risquait-il, lui, médecin juif de bientôt cinquante ans, à se rendre à ce rendez-vous ? Ne pas l'honorer ne serait-il pas plus dangereux ? Ces interrogations avaient tourné en boucle dans sa tête depuis ces dernières quarante-huit heures. Finalement, il en avait conclu que l'invitation était un ordre.

En se dirigeant ce matin vers les bureaux de la RKU, Moisei Bergman constata une fois encore l'étendue des dégâts depuis l'arrivée de la Wehrmacht. Outre la tristesse des premiers morts, la ville perdait tout son dynamisme. Les rideaux des devantures des magasins Juifs, nombreux, étaient tous baissés. Seuls quelques producteurs alimentaires locaux résistaient. Des orthodoxes, pensa-t-il.

Son inquiétude grandissait à mesure qu'il s'approchait de l'hôtel de ville dans lequel l'administration allemande s'était

---

[23]. Ou RKU, administration allemande qui gérait la partie de l'Ukraine envahie par la Wehrmacht.

installée. Inconsciemment, son pas ralentissait alors que les battements de son cœur s'emballaient. Une fois au pied du bâtiment, il n'avait plus le choix. Habillé d'un costume noir, son chapeau sur la tête, il leva les yeux vers l'entrée, inspira fort et monta dignement l'escalier qui menait à la grande porte en bois. Arrivé à hauteur d'un garde allemand, il déclina son identité et tendit le courrier officiel que la RKU lui avait envoyé. Le garde lut le papier et autorisa Moisei Bergman à entrer. Très vite, un homme en uniforme militaire l'accueillit. Ensemble, ils traversèrent un hall plutôt vaste que Moisei Bergman connaissait très bien. Puis ils entrèrent dans un bureau froid. L'homme en uniforme qui semblait être d'un grade important lui ordonna de s'asseoir face à lui. Il obéit, et posa ses mains tenant son chapeau sur ses genoux. Il était prêt à écouter.

— Monsieur Bergman, merci d'être venu à cet entretien.

Le ton était ferme, mais courtois. Moisei Bergman ne répondit rien à cette première approche, mais pensa qu'il n'avait pas vraiment eu le choix.

— Vous devez vous demander pourquoi nous faisons appel à vous, n'est-ce pas ?

— J'avoue que j'ai été très surpris de recevoir une lettre de l'administration allemande…

Déjà timide par nature, le médecin était ce jour très mal à l'aise. Il n'arrivait pas à se sortir de la tête les atrocités qu'il avait pu voir quand la ville avait été envahie. Heureusement, certains, lui y compris, avaient survécu.

— Nous avons pour projet de faire en sorte que l'Ukraine fasse partie intégrante du Grand Reich. Il y a sur ces territoires des populations d'origine germanique qui ont tout à gagner à se rallier à l'Empire…

L'homme, qui ne s'était pas présenté, fit une courte pause pour chercher ses mots et reprit :

— Bon… En revanche, certaines populations sont… disons… à risque pour la race aryenne… Vous comprenez ?

L'ambiguïté était forte. Que devait comprendre Moisei Bergman ? Que le soldat allemand considérait les Juifs comme des ennemis ? Ou que les Juifs étaient réellement des ennemis de la race aryenne ? Quelle que soit la réflexion, non, Moisei Bergman ne pouvait pas comprendre. Il resta donc silencieux.

— Dans ces conditions, Monsieur Bergman, nous allons réaménager la ville. Nous souhaitons regrouper tous les Juifs dans un quartier au nord, afin qu'ils puissent… Vivre en communauté.

Le fonctionnaire était maladroit. Il avait besoin de Monsieur Bergman et ne souhaitait pas le froisser. Sinon la coopération serait plus délicate. Le médecin fronça les sourcils et haussa les épaules, signes de son incompréhension la plus vive.

— Nous aimerions vous attribuer la fonction de Judenrat[24]. Plus précisément vous serez Judenalster.

Moisei Bergman restait dubitatif. Les mots qui sortaient de la bouche de l'homme en face de lui n'avaient aucun sens. Devant son mutisme, ils lui furent alors expliqués. Clairement. Sans fioriture.

— Sur tous les territoires occupés, les Juifs vont être regroupés dans des ghettos. Pour faire le lien entre l'administration allemande et la population locale, nous désignons un conseil de douze Juifs pour gouverner cette nouvelle entité territoriale quand la population juive est inférieure à 10 000 habitants. Sinon, le Judenrat est composé de vingt-quatre membres. Chaque Judenrat a un chef. Et ici, ce sera vous. Si vous êtes d'accord, bien entendu…

Moisei Bergman porta sa main droite à son crâne et le gratta quelques secondes. Habitude très personnelle de traiter l'information et de l'assimiler. Hésitant, il demanda :

— Suis-je en mesure de refuser cette fonction que vous souhaitez m'attribuer ?

Le fonctionnaire soupira et d'un air contrarié répondit :

---

24. « Conseil juif », corps administratif regroupant les leaders des communautés juives, servant d'intermédiaires avec l'administration allemande dans les territoires occupés d'Europe de l'Est.

— Évidemment, vous êtes en mesure de refuser. Mais dans ce cas, nous serions obligés de désigner un autre chef pour le Judenrat. Réfléchissez à vos relations. Pensez-vous que quelqu'un pourrait répondre aux exigences de ce poste ?

La question posée par le nazi était vicieuse. Moisei Bergman se retrouvait dans une position délicate. Il n'avait pas envie de répondre aux besoins des nazis. Mais il se savait honnête et solidaire. Un autre nommé à sa place ne le serait pas forcément. Et son rôle en tant que médecin était de protéger la population. Alors, il accepta l'offre.

— Très bien. Vous prenez la bonne décision. En tant que président du Judenrat, vous choisirez vos onze collaborateurs. Parmi la communauté juive, cela va de soi. Vous serez le seul à être en contact avec nous. Vous vous occuperez en premier lieu du déménagement des Juifs isolés vers le ghetto de Rivne, dont vous serez responsable.

La conversation s'acheva sur ces ordres. Les deux hommes se saluèrent de la tête. Pas de poignée de main entre un nazi et un Juif.

Puis Moisei Bergman fut accompagné jusqu'à la sortie du bâtiment. C'est seulement quand il respira l'air doux de cette journée estivale qu'il réalisa dans quelle galère il s'était embarqué.

1er septembre 1941, Munich

C'est Silvie qui vit Anna la première. Elles avaient réussi à communiquer et elles se retrouvaient aujourd'hui pour la première fois depuis leur départ de Coblence. Celle qui avait suivi Arnold par amour et certainement un peu aussi pour fuir un destin programmé par ses parents allait avoir du mal à se faufiler dans cette foule fascinée. Tous les regards étaient tournés vers la parade. Des femmes, des hommes. Des jeunes et des moins jeunes, sourires aux lèvres. Leurs bras levés secouaient de petits drapeaux sur lesquels étaient imprimées des croix gammées. Devant, des enfants portaient des bouquets de fleurs qu'ils levaient en direction du spectacle. Les soldats allemands remontaient au pas et en rang la *Maximilianstrasse* pour rejoindre la *Promenade Platz*, rythmés par la *Badenweiler Marsch*. Composée par Georg Fürst, qui s'était inspiré du son des sirènes d'ambulances qui avaient retenti dans la ville à la suite d'une bataille gagnée par les soldats allemands en Lorraine en 1914, cette marche populaire avait été choisie par Hitler comme musique officielle pour ses apparitions publiques. Ainsi, elle était familière au peuple allemand. Encouragés par la foule en délire, certains soldats frappaient fermement sur les tambours tandis que d'autres tenaient vaillamment les imposants drapeaux nazis. Des fantassins d'abord, très concentrés dans leurs gestes. Des soldats à cheval ensuite, plus distraits, répondaient de signes de la main aux sourires de quelques femmes hystériques. Parfois, quelques-unes, réussissant à s'avancer, tendaient le bras pour tenter d'effleurer des soldats. On les repoussait gentiment, mais fermement. Des chars aussi défilaient. C'était la folie. Tous contribuaient au triomphe du Führer.

On commença à deviner l'arrivée d'Hitler quand des cris stridents s'accentuèrent. Cela faisait longtemps qu'il n'avait pas mis les pieds à Munich. Fêter l'anniversaire de l'invasion de la Pologne était une stratégie pour rappeler aux Allemands la grandeur du Reich et les encourager à poursuivre l'effort de guerre et Hitler avait choisi la ville qui avait vu naître son mouvement. Honorer sa présence était un devoir et un privilège. Sans aucune difficulté, la foule était au rendez-vous, partout. Les rues grouillaient de monde. Les façades des immeubles, recouvertes de symboles nazis, s'animaient au gré des habitants installés aux fenêtres. Les saluts nazis de toute part n'inquiétaient pas Silvie plus que cela, elle avait une couverture idéale depuis qu'Arnold travaillait pour le Reich. Et aujourd'hui les SS étaient bien occupés.

À force de jouer des coudes et des épaules, il ne restait plus que quelques mètres à parcourir pour rejoindre Anna, postée à l'angle de la *Theatinerstrasse*. Ces derniers furent les plus difficiles, l'euphorie de la foule avait gagné en intensité, les corps étroitement serrés et son petit gabarit commençaient à être un obstacle pour avancer. Optant pour une nouvelle façon de progresser, elle s'abaissa et slaloma à demi courbée entre les jambes de tous ces inconnus. Avec succès, elle réussit à se frayer un passage jusqu'à Anna.

Après avoir tenté de l'interpeller en criant son prénom, Silvie finit par tirer vivement une manche de la veste d'Anna, qui se retourna brusquement, l'air surpris. Bien sûr, elle avait aussi cherché Silvie du regard, mais sa curiosité l'avait attirée sur l'impressionnant défilé. Hypnotisée par la foule abrutie, l'angoisse et la peine l'avaient envahie. Rapidement, elle reprit ses esprits. Les deux amies se serrèrent l'une contre l'autre. Pendant plusieurs secondes. Comme un signe rassurant d'humanité.

– Oh Silvie ! Comme je suis heureuse de te revoir. Cela me fait vraiment du bien.

L'échange fut très bref. La musique rendait les discussions impossibles. Silvie ne répondit même pas, mais fit signe à Anna de la suivre. Tout aussi difficilement qu'elles s'étaient retrouvées, elles s'éloignèrent de l'avenue, et arrivèrent rapidement devant un bâtiment cossu dans lequel Silvie invita son amie à entrer.

L'appartement était situé au deuxième étage. Sans le bruit de la parade qui traversait les immenses fenêtres, Anna aurait pensé être à Paris. Le logement était tel qu'elle se représentait les demeures haussmanniennes décrites dans *Au bonheur des dames*. C'était bien plus grand que la chambre dans laquelle elle vivait depuis près de trois semaines déjà. Cependant, dans sa petite pièce, elle se sentait à l'aise, comme dans un cocon. Éloignée des gens qu'elle aimait, avec un objectif plutôt clair, mais un cheminement encore flou, sa chambre était un refuge qui lui rappelait son enfance.

— Viens, entre Anna. Ne sois pas si timide. Ce n'est que moi tu sais, dit Silvie en souriant. Toujours la même fille de la campagne un peu bébête, mais dans un enrobage plus impressionnant, c'est tout.

— Je n'ai jamais pensé que tu étais cette fille que tu décris Silvie, au contraire, je t'ai toujours trouvée courageuse et spontanée. Je t'ai parfois envié ces traits de caractère. Surtout quand tu nous as annoncé ton départ pour Munich avec Arnold ! Alors, comment allez-vous tous les deux ?

— Oh, c'est compliqué tu sais. Je suis folle amoureuse de lui et je ne regrette pas de l'avoir suivi même si notre histoire est récente. Mais son emploi à la Gestapo le rend très tendu et angoissé. Il doit contrôler tout ce qu'il dit, il ne doit pas parler sans réfléchir au préalable, de peur d'être découvert. Autour de lui, les gens travaillent avec ardeur pour le Führer et en sont vraiment fiers. De mon côté, j'essaie de lui alléger l'esprit. Je ne sais pas encore ce que je vais faire, peut-être chercher un petit travail. Et toi ma belle ? Comment te sens-tu ici à Munich ? Attends, nous n'allons pas continuer à parler dans ce couloir étroit. Allez, viens ! Allons nous asseoir dans le salon, ce sera beaucoup plus confortable.

Anna suivit son amie sans se faire prier. Le bain de foule l'avait exténuée. En entendant les craquements du magnifique parquet ciré, elle se demanda si elle devait enlever ses bottes. Elle n'était pas habituée à ce luxe. Regardant Silvie qui trottinait sans s'en soucier, elle abandonna son idée. Quand elle s'assit enfin dans le fauteuil, elle souffla, soulagée. Elles allaient pouvoir discuter tranquillement.

— Cela n'a pas été facile les premiers jours. J'ai eu un peu de mal à m'habituer à la solitude. D'ailleurs j'étais tellement angoissée que cela m'a donné des nausées. Mais heureusement, maintenant ça va mieux. Je commence à bien connaître la ville. J'ai pu profiter de quelques belles journées pour repérer un peu les lieux. C'est assez déconcertant d'apprécier l'architecture d'une ville, son ambiance alors même que les événements voudraient qu'on la déteste. Je me sens un peu… malade… parfois. Tu vois ce que je veux dire ?

Silvie était une fille vive et dynamique, qui se tracassait rarement avec des questions existentielles. Elle lui répondit non de la tête, mais l'interpella sur une de ses paroles qui l'avait étonnée.

— Mais, Anna, tu n'es pas seule. Il y a Aleksander avec toi, non ?

De gros yeux ronds dévisageaient Anna, dans l'attente d'une réponse qui n'arrivait pas assez vite. Anna soupira, laissant aller ses bras et s'enfonçant davantage dans le confortable fauteuil, désespérée.

— Non, Silvie. Aleksander n'est plus avec moi. Dès que nous sommes arrivés à Munich, il m'a quittée. Il a dit que c'était plus prudent pour moi. Je crois aussi qu'il avait comme projet de retourner chez lui. Je ne sais même pas si Willy est au courant. Je ne peux pas encore le joindre.

Encore un soupir. Silvie n'avait jamais vu son amie dans cet état.

— Oh mince ! Comme cela a dû être dur pour toi ! Tu aurais dû me contacter plus tôt.

Bien décidée à ne pas s'apitoyer sur son sort, Anna posa ses deux mains sur les accoudoirs et s'appuya dessus pour se redresser.

— Je ne pouvais pas, tu sais bien. Et comme je n'ai pas eu de directive du 07, aucun contact de Willy, alors j'ai réfléchi par moi-même. J'ai décidé de m'inscrire à l'université. Il faut que je me rapproche des étudiants pour créer de l'effervescence résistante. À ce propos, as-tu pu trouver les documents que je t'ai demandés par téléphone ?

— Oui, bien sûr. Tu peux toujours compter sur moi, Anna.

Silvie se leva, se dirigea vers une petite commode et ouvrit le premier tiroir. Sous une pile de draps, elle sortit une pochette grise.

— Tiens, voilà tout ce dont tu as besoin. Je n'ai pas trop regardé, c'est Arnold qui s'en est occupé. Il y a les différents cours proposés et surtout le certificat de scolarité pour que tu puisses t'inscrire. Avec le tampon officiel du Palais Wittelsbach, tu es certaine d'être prioritaire dans les inscriptions universitaires.

Anna délaça la pochette et regarda attentivement les documents un par un. Ce premier pas avait été facile. Dans sa tête, elle espéra que cela continue. Mais elle ne partagea pas son appréhension avec Silvie qui en avait déjà fait beaucoup pour elle.

— Merci beaucoup, Silvie. Tout aurait été beaucoup plus compliqué sans Arnold et toi.

— De rien. Je suis tellement contente de pouvoir t'aider. Je m'ennuie tellement !

Anna voulut rassurer son amie, mais celle-ci ne lui en laissa pas l'occasion.

— De toute façon, tu me revaudras ce petit service, n'est-ce pas ? dit Silvie en clignant de l'œil.

Évidemment, aider son amie était un acte sans nécessité de retour.

Après ces échanges un peu perturbants, les deux amies discutèrent de tout et de rien tout le reste de l'après-midi. La réalité avait été mise à la porte de l'appartement.

Septembre 1941, Smolensk

« Papa,

Tu ne peux pas imaginer tout ce qui se passe ici. Même nous, soldats, qui le vivons au quotidien, ne réalisons pas. La Wehrmacht avance difficilement face aux Russes qui s'organisent et sont tenaces. Braves communistes. Je ne regrette pas ma carte au Parti. Grâce à toi qui m'as inculqué les principes d'égalité et de solidarité des classes. Ici, ces mots ont perdu tous leurs sens. Quand je pense qu'il y a quelques semaines, je distribuais des tracts pour résister. Et aujourd'hui, on m'ordonne d'être le bourreau. Je suis le bourreau, Papa. Même si les combats sont rudes, l'armée allemande est bien dirigée. Chaque jour, chaque semaine, le Grand Reich est plus fort de quelques villages, des petites villes. Chaque jour, la Wehrmacht avance toujours plus vers l'Est et je m'éloigne de toi. Je m'éloigne de ton enseignement, Papa.

Tous les villages conquis sont laissés entre les mains des hommes de mon bataillon. Notre mission est si spéciale… C'est horrible Papa, ici. Notre mission : le nettoyage. Nous appréhendons l'ordre des hauts gradés en fonction de la soirée qu'ils nous font passer. Quand la veille d'une action, l'alcool est à volonté et que les généraux nous encouragent tous à nous resservir de nombreuses fois, nous comprenons que le lendemain sera inhumain. J'ai tellement honte, Papa…

Nous ne sommes obligés de rien. Cependant pire est le refus. Un soldat a essayé de tenir tête aux ordres des généraux. Ils l'ont laissé au camp mobile. Toute la journée. Mais le soir, les soldats furieux d'avoir fait le travail à sa place l'ont bousculé si violemment qu'il en est tombé au sol. Sa tête a tapé une pierre. Il est mort dans la nuit. Je l'ai envié, Papa…

Ici, je perds toute ma dignité, mes valeurs. Je ne me reconnais plus, tu ne reconnaîtrais plus ton fils. J'essaie de tenir, mais il n'est pas certain que je réussisse. Mais si je n'obéis pas, je mourrai. Et je ne souhaite pas te laisser seul à la maison, sans Maman qui est partie. Je veux rentrer, retrouver ma vie d'avant cette foutue guerre, t'aider encore à préparer les hivers en été et le potager au printemps. Je veux vivre encore, mais pas comme cela, Papa.

Quand je vois toutes ces ignobilités, je prends conscience de la nécessité du choix de Maman. Son départ a été si douloureux pour moi, mais heureusement tu m'as soutenu autant que tu as pu. Elle n'aurait jamais survécu à l'empire que construit Hitler. Au début, quand on ratissait les villages, on s'occupait simplement de regrouper les hommes robustes pour les envoyer dans des usines d'armement montées à la va-vite ou récupérées aux Soviétiques. C'était le travail facile. Certains étaient envoyés par train construire des camps en Pologne. Comme s'il n'y en avait pas assez. D'autres restaient sur place.

Maintenant le travail a pris une tout autre dimension. Plus de violence, plus de victimes. À tel point que des Ukrainiens viennent rejoindre notre bataillon pour nous aider dans ces tâches infâmes. Tu te rends compte, Papa ? Nous, les Allemands, nous sommes ahuris. Leur coopération avec l'ennemi qui vient à peine de les envahir révèle le degré de haine qu'ils possèdent envers leurs voisins. Comment peut-on en arriver là ? D'ailleurs, les Ukrainiens sont les plus hargneux. Jamais ils ne rechignent, jamais ils ne s'émeuvent, jamais ils ne vomissent quand nous sommes complètement écœurés. Je ne voulais pas te dire, Papa, quel est mon travail ici. Je ne souhaitais pas te le dire, car c'est tellement loin de ce que je suis. Je ne pourrai plus jamais me regarder dans une glace, je ne pourrai plus te regarder et toi-même, tu ne pourras plus me serrer dans tes bras. Mais c'est plus fort que moi, tout cela me ronge et je suis obligé de te l'écrire comme un exutoire pour poursuivre. Ici, depuis quelques jours, les ordres ont changé. On tue les civils, Papa. Les uns après les autres. On les rassemble sur les places des villages, puis on les emmène en forêt. Là, on leur jette des pelles à la figure et eux-mêmes creusent leur tombe. Quand le trou est assez grand pour plusieurs personnes, on a ordre de les déshabiller. On récupère tout, Papa, les vêtements, les chaussures, les lunettes… Tout est renvoyé vers l'Allemagne. Tout est mis en vente pour d'autres, l'air de rien… Ensuite, ils s'alignent face à leur fosse et nous, on les tue d'une balle dans le dos. Ou dans la tête. Ils s'effondrent généralement en avant et les membres du village encore vivants rebouchent la fosse… Et nous recommençons. C'est ça ici la guerre, Papa…

Parfois, il y a même des bébés. Eux aussi sont tués. C'est insupportable. On s'en prend aux Juifs, aux communistes, et puis à ceux qui contestent. Il ne reste plus grand monde à l'est, une fois les Einsatzgruppen passés. Je voulais t'écrire cela, parce que je ne suis pas sûr de revenir. J'ai conscience que les contradictions m'envahissent. Je t'ai dit tout le contraire au début de ma lettre. Mais si mon vœu le plus cher est de revenir auprès de toi, je ne le mérite pas après tous mes actes. Je n'ai pas encore décidé quelle échappatoire je vais utiliser. Je pourrais m'enfuir, mais tout le territoire est quadrillé ici, difficile de ne pas croiser les SS. Ou alors je mets fin à mes jours, mais ce serait de la lâcheté et ce qui est horrible c'est qu'il y aura toujours quelqu'un pour faire ce sale boulot à ma place. J'essaie par des moyens qui semblent complètement dérisoires de résister. Je tire plus lentement. Certains de mes amis aussi. Comme ça sur une journée, il y a moins de morts. Mais comme je te l'écrivais, Papa, il y a toujours des personnes pour rattraper le travail. Certains Ukrainiens, pas tous heureusement, sont de véritables monstres. Ils dégainent leurs armes et font des prouesses. Bien sûr, beaucoup de SS sont là aussi par conviction. Mais nous sommes quand même un certain nombre à ne pas comprendre ce que l'on nous ordonne. Tu imagines Papa, des pères de famille ! Comment vont-ils pouvoir éduquer leurs enfants après cela ? Que vont-ils raconter ? Pour cela, je suis bien content de n'être qu'un jeune célibataire. Ici nous avons tous le choix, mais emporté par le groupe, même le plus doux des agneaux devient monstrueux. Et cette idée rend encore nos actes davantage intolérables, car nous sommes individuellement responsables.

Voilà, Papa, j'espère que tu me pardonneras et que tu te pardonneras d'avoir créé celui que je suis devenu.

Ton fils qui t'aime, Josef »

Sa main lourde tremblait, son corps musclé tremblait, son cœur solide palpitait de colère. Il relut la lettre qu'il venait d'écrire. Puis une seconde fois. Elle était le résultat de son bouillonnement intérieur et le reflet de la schizophrénie qu'il sentait se développer en lui. Une larme vint diluer l'encre bleue à peine séchée, rendant à certains endroits la feuille friable. Une autre continua le travail. Une troisième l'acheva en créant un trou au milieu du papier. De toute manière, Josef n'avait pas prévu de l'envoyer à son père. Dès le début, il savait qu'elle serait déchirée. Elle n'aurait jamais pu passer au travers du contrôle postal et en plus de cela, avec certaines révélations, son père aurait risqué des ennuis. Machinalement, il la plia en deux, répéta l'opération plusieurs fois jusqu'à ce que la lettre tienne dans le creux de sa main. Il sortit une petite boîte métallique de sa cantine, l'ouvrit, en sortit les trois cigarettes qu'elle contenait. Il y déposa délicatement le petit papier plié, referma la boîte. Puis, il enfila ses bottes, sauta de son lit picot et sortit de la grande tente en toile qui leur servait de chambre collective. Le soleil commençait lentement sa descente, mais la température était anormalement douce. Cela réchauffa un peu le cœur de Josef. Il marcha quelques centaines de mètres dans la forêt. Les feuilles fraîchement tombées des arbres avaient rapidement jauni puis bruni et crépitaient sous le poids de ses pas. Ces bruits le plongèrent en enfance, quand l'automne arrivait et qu'ils partaient, sa mère et lui, sillonner les chemins arborés de la campagne allemande à la recherche de champignons ou de quelques marrons. Un haut-le-cœur le ralentit. Il posa sa main sur son estomac, se pencha, pensant vomir, mais rien ne vint. Il inspira profondément et continua en direction du tas de terre qu'il connaissait trop bien. Malgré le dégoût, il se força à creuser un peu, déterrant parfois des parties de corps innocents. Il enfouit la petite boîte métallique. Il ne souhaitait pas envoyer la lettre à son père, mais il ne souhaitait pas non plus la faire disparaître. Ici, quand tout serait terminé, on la retrouverait. Des hommes y liraient des preuves des exactions allemandes et surtout les traces de sa culpabilité. Car il ne voulait pas oublier. Toujours, il se sentirait coupable d'avoir agi ou au contraire de n'avoir rien empêché.

Septembre 1941, Munich

Entrer dans l'enceinte de l'université avait été très long tant le dispositif de sécurité déployé était important. Toutes les personnes avaient minutieusement été inspectées par six gardes dispersés en binôme devant les trois portes du bâtiment. Une longue file d'attente s'était formée sur la place dès sept heures du matin. Procédure habituelle d'un début de rentrée depuis 1933. Néanmoins, le passeport fourni par Arnold avait profondément simplifié le passage d'Anna. Le garde n'avait même pas fouillé sa besace et après une bonne heure de piétinement, elle se trouvait enfin dans la grande salle. Quelque deux cents étudiants triés aussi sur le volet l'entouraient. Les autres, ceux qui n'avaient pas eu l'opportunité d'entrer, allaient directement dans un édifice annexe, au service d'état civil, afin qu'on leur attribue une fonction dans la société allemande en plein renouveau.

Installée au quatrième rang, elle attendait patiemment. Face à elle, une estrade sur laquelle trois fauteuils étaient installés. L'un se distinguait particulièrement par sa magnificence. Derrière, une sorte d'hémicycle à trois étages, certainement pour les personnalités de second rang. En toute discrétion, Anna constatait la splendeur du lieu. L'université Louis et Maximilien de Munich avait été créée au quinzième siècle et depuis, sa réputation n'était plus à faire. Elle faisait partie des plus renommées d'Europe et ce prestige brillait dans l'architecture, depuis qu'elle avait été transférée au dix-neuvième siècle dans le centre de la ville. L'immensité de ce rectangle blanc époustouflait Anna. Les proportions offraient la perfection. Le bâtiment aurait pu sembler trop massif, mais des dizaines d'arcades le perçaient, créant le lien entre l'extérieur mouvementé et l'intérieur très apaisant. Sur les murs, la Vierge Marie Immaculée Conception surveillait les précieuses connaissances. La fresque était de toute beauté. Anna était en pleine rêverie quand une demoiselle qui semblait être de son âge la fit sursauter en posant une main sur son genou :

– Excuse-moi, est-ce que je peux m'asseoir à côté de toi ? Je n'ai plus vraiment le choix en fait…

La jeune femme regardait Anna avec un large sourire

– Bien sûr, évidemment.

Anna poussa ses jambes sur le côté afin de la laisser passer. La demoiselle s'installa, son sac sur ses genoux :

– Bonjour ! Je m'appelle Sophie. Sophie Scholl[25]. Je suis inscrite pour suivre les cours de philosophie. J'entre en deuxième année. Et toi ?

La demoiselle tendait la main droite vers Anna qui la lui serra. Quel plaisir de pouvoir échanger quelques mots.

– Bonjour Sophie. Je suis enchantée de faire ta connaissance. De mon côté, c'est ma première année à l'université. J'hésite encore entre deux matières. L'histoire ou la linguistique. Je viens seulement d'arriver en ville. Je me prénomme Anna.

Quand un homme sur l'estrade annonça l'arrivée du Reichsführer-SS Himmler, les deux filles ne s'étaient toujours pas lâché les mains comme si une alchimie les rapprochait. L'ensemble des étudiants se leva en l'accueillant du salut nazi, un rite auquel Anna ne s'habituerait décidément jamais. Depuis son arrivée à Munich, les crampes au ventre devenaient d'ailleurs permanentes. Anna commençait à s'inquiéter.

Himmler n'était ni très grand, ni costaud, plutôt maigre d'ailleurs. Mais avec des joues bien remplies. Dans un autre temps, on aurait pu lui accorder le bon Dieu sans concession. Les petites lunettes rondes posées sur le nez, des cheveux laqués sur un crâne à demi dégarni, il avait l'air d'une per-

---

[25]. Sophie et son frère Hans Scholl sont de jeunes Résistants allemands ayant organisé le réseau de la « Rose Blanche ». Ils ont été exécutés en 1943.

sonne plutôt simple et naïve. Mais dès qu'il prit la parole, son charisme se révéla. Il félicita la foule pour les recherches qu'elle avait commencé à mener et qui se poursuivaient cette année-là. Un savoir indispensable pour construire et pérenniser le Grand Reich, en Europe et dans le monde. Le monde devait comprendre par les travaux aboutis que la supériorité de la race aryenne était un fait incontestable datant de l'Antiquité. Il remercia les étudiants de s'investir autant pour leur futur et pour Hitler. Sous des flots d'applaudissements, il quitta la salle promptement. Les étudiants se dispersèrent dans les différents pôles de l'université et Anna perdit de vue Sophie. Le discours d'Himmler l'avait inspiré pour ses études et elle pensa que pour être la plus utile possible, il fallait travailler au plus près de la source. Elle décida donc de s'inscrire au cours de philologie. Elle n'était pas sûre d'avoir bien compris tous les attendus de ce cours, mais elle avait saisi qu'Himmler était très attentif à l'étude des origines de la langue germanique. Démontrer que c'était une langue ancestrale, liée aux grands empires de l'antiquité était indispensable pour le Grand Reich.

Elle quitta la grande salle par le côté droit et emprunta un escalier qui l'amena au premier étage. Là, on lui expliqua qu'il fallait d'abord longer le couloir jusqu'au bout, le bâtiment était tellement long que ça représentait plusieurs centaines de mètres. Puis elle devrait prendre un petit passage en passant sous le porche à gauche. C'était un peu particulier, car l'Ahnenerbe était un institut qui avait été rattaché a posteriori à l'université. Par conséquent, le bureau était un peu en retrait. Anna parcourut les couloirs avec un peu d'anxiété et celle-ci augmenta fortement quand elle se trouva nez à nez avec un SS qui gardait la porte d'accès à l'institut :

— Vous ne pouvez pas rentrer ici.

Le ton était ferme, mais Anna ne se laissa pas démonter :

— Monsieur, avec tout le respect que je vous dois, sachez que j'ai une autorisation officielle du Palais de Wittelsbach.

L'homme parut décontenancé.

– Vous avez un passeport de la Gestapo ? Très bien. Présentez-le-moi.

Elle fouilla dans sa petite sacoche en cuir vert, cadeau de départ de ses parents. Elle pensa à eux soudainement, ce qui lui permit de soulager une partie de son angoisse et d'arrêter de trembler. Elle tendit le papier fourni par Arnold au SS. Jamais jusque-là elle n'avait eu un contact aussi direct et tendu avec un membre de la SS et c'était vraiment impressionnant. Même à la gare avec Aleksander, ils avaient réussi à les éviter. En plus, elle avait menti, car aucun mot sur le papier ne stipulait qu'elle était conviée à l'Ahnenerbe. Mais le tampon de la Gestapo autorisant la libre circulation au sein de l'université était d'une extrême rareté. Anna le savait. Arnold avait pris un gros risque pour elle. Elle devait l'honorer du mieux qu'elle le pouvait.

Le garde prit le papier en main, le déplia soigneusement, le lut attentivement. Avec son pouce, il passa plusieurs fois sur le tampon, comme s'il cherchait à vérifier son authenticité. Puis il releva la tête en direction d'Anna et lui proposa de patienter à la porte. Il partit, la laissant seule avec ses appréhensions. Les minutes d'attente parurent une éternité tant le moment était d'une importance cruciale. Soudain, la porte de l'institut s'ouvrit. Au côté du garde, un homme en blouse blanche s'adressa à Anna :

– Bonjour, Mademoiselle, nous sommes ravis de votre arrivée. Depuis le temps que nous réclamons une assistante pour nous soutenir dans nos recherches. Il y a énormément de travail à accomplir ici. Le Palais m'a confirmé hier votre venue tout en me vantant vos qualités. Entrez vite vous mettre à l'ouvrage.

Anna pensa qu'Arnold était à l'origine de cet accueil étonnamment chaleureux. Satisfaite, la proximité soudaine avec les plus hauts membres de la sphère nazie l'inquiéta malgré tout, mais il était trop tard pour reculer.

À la fin de la journée, Anna s'effondra sur son lit. Les yeux fixant le plafond, elle se remémorait les événements. Le docteur Stumpf qui l'avait accueillie était spécialiste en archéologie et revenait d'une mission dans la forêt de Teutoburg, où il avait étudié les Exsternsteine[26]. Himmler était persuadé de la sacralité du lieu et investissait beaucoup d'argent pour son exploitation. Le docteur Stumpf avait principalement relevé des inscriptions sur l'un des blocs rocheux et il s'agissait maintenant de les étudier. Elles ne correspondaient à aucune langue actuelle, ce qui leur faisait penser à un lien très ancien entre la langue du Führer et les premières civilisations. Le rôle d'Anna serait de l'accompagner dans les recherches linguistiques : chercher les livres demandés, taper à la machine ses comptes rendus manuscrits… Plongée dans une réflexion sur la probabilité de l'utilité de ses actes pour le 07, elle n'entendit pas les appels de Beate. Celle-ci monta les escaliers qui menaient à la chambre d'Anna et frappa à la porte. Sans attendre une réponse, la propriétaire l'ouvrit. L'entrebâilleur ne permit pas un accès total à la chambre, mais Beate put passer la tête :

— Bonsoir, Anna. Je suis désolée de te déranger. Je t'ai appelée plusieurs fois, mais tu ne m'as pas entendue.

— Bonsoir, Beate. Ne vous inquiétez pas, je m'étais seulement assoupie. J'ai eu une journée bien remplie. Avez-vous besoin de mon aide ?

— Non, je te remercie. C'est pour te signaler que tu as de la visite.

Anna se redressa lentement sur son lit. Son premier sentiment fut la peur. À l'Ahnenerbe, la vérité sur son identité avait dû être découverte.

— J'ai de la visite ? Pourtant je n'attends personne. Savez-vous qui est-ce ?

Malgré les demandes de Beate, Anna n'arrivait toujours pas à tutoyer la vieille dame. Même si elles s'entendaient bien, partageaient régulièrement un thé ou un café, Anna la vou-

[26]. Formation rocheuse en Allemagne, le site a été considéré par Himmler et ses acolytes comme un site sacré païen.

voyait. C'était une marque de respect qui n'ôtait en rien la sympathie qu'elle avait pour elle.

— Non, c'est un homme qui a l'air plutôt jeune. Je ne l'ai pas dévisagé, cela aurait été impoli. Il s'est présenté, mais ma pauvre mémoire a déjà mis son prénom de côté. Oh, Anna, je te souhaite de ne pas vieillir comme moi.

Anna commençait à se détendre, car elle ne distinguait aucune once d'inquiétude sur le visage de Beate.

— Porte-t-il l'uniforme ?

— Bien sûr que non, fit Beate presque vexée. Un détail aussi important, je ne pense pas que je l'aurais oublié. Enfin, j'espère.

Elle leva les yeux au ciel comme pour réclamer la clémence de Dieu.

— Que souhaites-tu que je fasse ? Veux-tu que je lui dise que tu es malade ? Il pourrait revenir plus tard. Et je lui ferai inscrire son nom sur un papier.

Soulagée de ne pas se trouver face à un membre de la Gestapo, Anna se leva et passa la tête par la fenêtre. Elle reconnut sa chevelure. Elle n'y croyait pas.

— Je vais descendre, Beate. Je vous remercie beaucoup de vous être déplacée pour me prévenir de cette visite. Je pense reconnaître un très bon ami que je n'ai pas vu depuis longtemps.

La surprise se mêlant à l'émotion, elle fut d'abord décontenancée. Le bref coup d'œil au miroir ne la rassura pas, mais elle était tellement heureuse qu'elle s'en moqua. Elle dévala rapidement les escaliers pour atteindre le perron de la maison. Là, elle resta figée sans voix devant lui. Ils se regardèrent intensément puis Willy lui tendit la main. Anna hésita un peu avant d'y mêler la sienne puis bondit se blottir dans ses bras. Sa tête posée sur le torse de l'homme qui lui avait tellement manqué, la simple respiration de son odeur était pour elle une renaissance. Leurs deux cœurs battaient fort et le doux baiser de Willy sur le front d'Anna était une gourmandise. Lui profita de l'instant pour sentir le parfum des cheveux de celle qu'il pensait aimer éternellement. Son odeur ne l'avait pas quitté ces longues semaines.

Fin septembre 1941, Munich

Sur le ton de la confidence, Willy engagea la discussion sans fioriture :

— Il était préférable que nous soyons dans ce café pour discuter parce que je ne serais pas surpris que vous soyez surveillés, Silvie et toi, Arnold. L'appartement mis à votre disposition doit certainement être d'une manière ou d'une autre sur écoute.

Il regarda son ami et fut soulagé de voir que celui-ci n'avait pas l'air surpris. En revanche, Anna chercha à cacher son étonnement. Visiblement elle avait encore beaucoup à apprendre en matière d'espionnage.

— Effectivement, Willy, nous sommes très prudents sur ce que nous échangeons, répondit Arnold. J'ai pu remarquer à plusieurs reprises que la Gestapo semblait avoir à mon propos des informations personnelles… Très personnelles. Alors Silvie et moi avons vérifié. La secrétaire qui m'accueille chaque matin m'a demandé un jour si ma femme allait mieux. Une grossière erreur de sa part. Silvie se portait à merveille… Sauf dans nos discussions inventées la veille. Nous avons vite compris.

Anna restait muette. Elle essayait de se mémoriser la conversation qu'elle avait eue avec son amie quelques jours plus tôt dans le même appartement dont faisaient allusion Arnold et Willy. Mais Silvie avait probablement été vigilante. Willy ne remarqua pas son inquiétude, trop concentré sur le sujet de leur rencontre :

— Vous savez que vos poulets sont les plus proches de l'abattoir…

Sans prévenir, Willy engagea une conversation déconcertante au premier abord. Il endossa le rôle d'un éleveur avicole afin de parler plus aisément. Son enfance passée auprès de son père dans la campagne bavaroise lui conférait un naturel désarmant. Il regardait maintenant Anna et Arnold successivement. Il voulait s'assurer d'être bien compris. Quatre yeux ronds semblaient acquiescer.

– Forcément, les bouchers vont vouloir la meilleure viande. Il faut donc redoubler d'attention pour leur proposer vos services sans nuire au reste de la clientèle…

Anna rentra dans ce jeu, qui était finalement loin d'en être un, avec un peu d'hésitation. Tous les trois mettaient leurs vies en danger. Ce n'était pas aussi naturel chez elle, mais elle s'appliqua :

– Bien sûr, je surveille de près ma volaille. En revanche, j'attends de savoir ce que souhaitent vos clients.

Willy voulut sourire, mais tint son rôle jusqu'au bout. Un rendez-vous professionnel pour mener des négociations commerciales était rarement amusant. Il fallait être crédible face aux quelques clients du café.

– Les acheteurs ont besoin d'informations précises sur les différents abattoirs existants ou à venir. Il faut aussi leur fournir le nombre de volailles tuées jusqu'ici, ainsi que celles que vous programmez d'amener à l'abattoir les prochains mois. Tout cela afin de préparer au mieux les commandes. Si le commerce prend une ampleur démesurée pour le marché européen, il se pourrait que nous réussissions à développer un partenariat avec quelques entreprises américaines.

Arnold et Anna avaient compris la même chose. Ils se regardèrent l'un l'autre. Les deux cherchèrent à contenir un sourire. Anna se mordit la joue droite et Arnold se pinça une cuisse. Technique similaire pour poursuivre avec sérieux. Après tout, on parlait quand même de la mort de milliers de personnes partout en Europe. Mais ils avaient compris l'essentiel : le vent tournait et l'espoir qu'une nouvelle force pourrait faire basculer la guerre n'était plus vain.

Octobre 1941, Munich

Quand le réveil sonna, elle fut presque contente malgré le cri strident de l'alerte. Se rendormir avait été impossible depuis qu'elle s'était levée pour vomir dans une bassine posée sur l'unique commode de sa chambre. À trois heures du matin, c'était la troisième fois. Anna sortit de son lit, nauséeuse et épuisée. Cela ne faisait plus aucun doute. Elle était enceinte. Quelle angoisse, si jeune et seule à Munich. Après trois belles journées passées ensemble, une parenthèse de bonheur, Willy avait dû repartir à Hambourg. Il était de plus en plus impliqué dans le 07 et l'accélération des violences à l'Est l'obligeait à multiplier ses actions.

Nue devant une psyché au coin de la pièce, elle se regarda attentivement. Pour le moment, aucun autre signe visible que ses vomissements intempestifs. Pas de poussée de ventre arrondi. Anna était une fille aux jambes longues, très svelte. Elle tâta sa poitrine et ne constata aucune douleur ni changement. Malgré cela, sa grossesse était évidente. Ce bébé qui grandissait lentement en elle était le fruit de la première nuit d'amour qu'elle avait partagée avec Willy à Coblence. L'émotion avait été si forte que les amoureux n'avaient pensé à rien d'autre que d'être proches l'un de l'autre. Un calcul rapide sur ses doigts révéla que la naissance serait probablement pour le mois de mai. Dans sept mois. Sept mois, répéta-t-elle à voix haute. Un long soupir accompagna ses paroles. Ses émotions étaient sens dessus dessous. Partagées entre la joie, la tristesse, et surtout la peur. Elle ne pensait pas du tout être prête à être mère même si porter en elle le bébé de Willy lui apportait une plénitude évidente. Elle se sentait entière. Et puis, c'était la guerre. Une bien triste période pour accueillir un nouveau-né. Elle se contempla à nouveau dans le miroir, posant sa main droite sur le ventre une dernière fois, puis se secoua. Elle allait prendre les jours les uns après les autres. Pour le moment, elle devait se préparer pour aller travailler à l'institut.

Comme à l'accoutumée, Anna enfila un des trois pantalons qu'elle possédait et une chemise blanche. Elle descendit dans la petite cuisine de Beate qui dormait encore. Après avoir fait bouillir un peu d'eau sur la cuisinière à charbon, elle se servit un thé qu'elle agrémenta d'un peu de miel, remède de grand-mère contre la grise mine. Elle se beurra deux tartines de pain de campagne sur lesquelles elle étala de la confiture de mirabelles faite maison. Elle avait emporté un pot en quittant ses parents pour les jours de coup de blues. La mirabelle était comme le soleil. Un régal pour elle. Elle dévora la première sans prendre le temps, mais trempa la seconde dans son thé en mastiquant soigneusement, comme si elle souhaitait que l'instant dure éternellement. Un moment simple comme ses petits-déjeuners d'enfant. Puis elle débarrassa son bol et ses couverts en les posant dans l'évier, et quitta la maison en essayant de faire le moins de bruit possible. Beate était âgée et avait du mal à s'endormir le soir, elle compensait le matin et Anna ne souhaitait pas la déranger. Il n'était pas encore sept heures et dans la rue, il faisait très noir. L'automne était bien installé, les feuilles des arbres commençaient à tomber. Elle prit la bicyclette postée sur le perron et pédala jusqu'à l'institut.

Elle avait pris l'habitude d'arriver avant tout le monde. La confiance illusoire qu'on lui accordait au sein de l'institut le lui permettait. En réalité, cette première heure était l'occasion pour elle de fouiller un peu les différentes pièces, même si jusque-là, ses recherches n'avaient pas été très fructueuses. Quelques écrits sur la race aryenne, des découvertes, des expériences. Mais elle savait que les points les plus importants étaient précieusement conservés dans le bureau du docteur Stumpf, le seul lieu inaccessible de tout l'institut. Cependant, après plusieurs jours d'observation, elle commençait à se douter du rituel pour y accéder. Il fallait être patiente et ne pas faire un faux pas.

Elle était penchée sur un écrit de l'Antiquité romaine quand une voix la fit sursauter :

— Bonjour, Mademoiselle Anna. Déjà en train de travailler ? Vous êtes vraiment consciencieuse. Et très matinale, surtout.

Le docteur était un homme bien plus âgé qu'elle, pas très gracieux. Mais il ne semblait pas en avoir conscience. Anna l'avait trop souvent à son goût surpris en train de la regarder travailler, parfois avec insistance, et ces manières la mettaient mal à l'aise. Elle n'eut même pas le temps de lui répondre qu'il continua :

— Votre lecture vous semble-t-elle pertinente ? Vous avez l'air très concentrée.

Anna haussa les épaules en soupirant légèrement :

— Ce n'est vraiment pas évident, vous savez. J'applique rigoureusement votre méthode de travail, je compare, j'analyse. J'ai déjà feuilleté des dizaines de livres anciens. Et pourtant, je n'aperçois aucun lien entre l'aryanisme et la Rome antique.

— Si c'était si facile, ma chère Anna, l'institut n'aurait pas besoin d'assistante.

La familiarité du ton que le docteur employait insupportait Anna qui faisait des efforts incommensurables pour le cacher. C'était d'une importance capitale pour sa couverture.

Il reprit :

— Il va pourtant falloir que vous intensifiiez vos recherches. Car c'est notre objectif, Anna. Prouver que les Romains sont une population indo-germanique et montrer à tous que le Grand Reich est la continuité des empires romains. Et le Führer bien comparable aux plus grands empereurs.

Dès le matin, des paroles aussi propagandistes étaient insupportables, mais encore une fois Anna ne dévoila aucun écœurement, bien au contraire.

— Dans ce cas, Docteur Stumpf, il va falloir que j'allonge encore mes journées de travail.

La jeune fille réussit même à prendre un air un peu malicieux. Ces mots, le docteur les interpréta à sa guise :

— Vous savez Anna, je vous garderai à côté de moi pour faire avancer vos recherches. Vous pouvez travailler tard le soir… Je pourrai vous apporter beaucoup plus, Anna.

Le docteur s'approcha d'un peu trop près. Son regard brillant et son sourire pervers firent frissonner Anna. Mais elle fit face.

— Je vous remercie, Docteur. Je suis déjà ravie que vous me laissiez travailler à l'Anhenerbe. C'est un privilège exceptionnel.

Et elle ajouta :

— Quand la victoire sera assurée, nous serons peut-être plus à l'aise pour discuter.

Cette simple phrase suffit à calmer les ardeurs du docteur qui, satisfait, tourna les talons et partit s'enfermer dans son bureau. Anna souffla. Elle était dépitée. Ce n'était vraiment pas le moment de devoir gérer des avances d'un supérieur bien trop sûr de lui. Mais elle commençait à savoir jauger ses possibilités. Il fallait parfois donner un peu d'espoir pour gagner en tranquillité. La victoire, elle l'attendait. Mais aucunement celle du Grand Reich.

En posant la main droite sur son ventre, elle pensa à Willy.

3 octobre 1941, Rivne, Ukraine

Tous les jours depuis août, Moisei Bergman regrettait d'avoir accepté la fonction de chef du Judenrat de Rivne. Profondément humain, il lui était de plus en plus difficile de supporter les horribles missions que les nazis de la RKU lui demandaient d'exécuter.

Maintenant que tous les Juifs de la région de Rivne étaient réunis dans le ghetto, Moisei Bergman avait la lourde tâche de collecter dans chaque famille les taxes que les Juifs vivants devaient payer aux Allemands. Les autres membres du Judenrat se chargeaient de confisquer toute sorte de biens : des bijoux en or, des meubles anciens, des vêtements… Tout ce qui semblait avoir de la valeur. Moisei Bergman avait essayé de toutes ses forces de négocier avec les nazis, mais rien n'y avait fait. Il n'avait aucun pouvoir et les forces d'occupation allemandes ne tenaient pas compte de son avis. Il se sentait utilisé, épuisé. Il sillonnait les ruelles sales du ghetto avec une difficulté grandissante, le teint livide, la boule au ventre, réclamant çà et là de l'argent qui s'amenuisait. Il voyait les gens agonisants sur les trottoirs. Les maladies qui se propageaient. Les enfants amaigris par la faim. Les réserves de médicaments diminuées. La peur. La honte. L'incompréhension sur les visages. Leur survie dans le ghetto ne dépendait que du bon vouloir des nazis et de quelques gestes de solidarité des riverains qui parfois jetaient de la nourriture par-dessus le mur haut de quatre mètres qui entourait le quartier. Malgré la pauvreté, Moisei Bergman restait persuadé que ses actions n'étaient pas inutiles. Quand il réquisitionnait, à la demande des autorités, des hommes pour le travail obligatoire, il pensait leur éviter l'asphyxie économique. Destin qu'ils connaîtraient sans nul doute en restant dans le ghetto. S'ils étaient restés dans le ghetto.

Tous les jours depuis août, Moisei Bergman se convainquait du bien-fondé de sa décision d'avoir accepté la fonction de chef de Judenrat de Rivne. Profondément humain, il était persuadé qu'aucun homme n'aurait mieux agi pour protéger les membres de sa communauté.

Octobre 1941, Munich

Dans son bureau, Himmler se félicitait. Personne ne le tenait responsable des difficultés de la Wehrmacht embourbée en Russie, le chef de l'Armée, c'était Goering. Pas lui. Les recherches à l'Ahnenerbe avançaient plutôt bien. Le docteur Stumpf était venu lui faire, la veille encore, un bilan très positif de leurs premiers résultats. Ils avaient échangé pendant près d'une demi-heure autour d'un bon verre de vin, se moquant avec parcimonie du Führer, qu'ils imaginaient reclus dans sa tanière. En Pologne, les ordres qu'il avait donnés étaient appliqués avec rigueur. Des constructions sortaient de terre à une vitesse fulgurante. Il faut dire que la main-d'œuvre ne manquait pas. À Sobibor, des convois de « marchandises » arrivaient quotidiennement. C'est ainsi qu'Himmler évoquait les prisonniers. Et en termes de logistique, la milice commençait à être bien rodée. Les soldats avaient implanté tellement de camps depuis Dachau, sur tout le territoire allemand, que la fermeté des directives était d'une efficacité sans nom. Himmler n'était pas peu fier non plus de la façon dont il avait réussi à modeler ce jeune Arnold à sa manière. Encore un à sa merci. Toutes les petites victoires étaient indispensables pour consolider la forte estime qu'il avait de lui. Ce matin, la satisfaction transparaissait sur son visage : un sourire comblé, les yeux rivés sur sa tasse de café noir. Sa principale qualité : son sens de l'organisation qu'il utilisait en toutes circonstances. C'était inné chez lui, mais les années d'études en ingénierie avaient consolidé ce sens. Et la passion… Ce fanatisme au service de la race aryenne était viscéral.

Avec plaisir, il porta à la bouche sa tasse et la vida d'une traite. Il reposa le contenant vide sur le plateau déposé quelques minutes plus tôt par la secrétaire et profita d'être seul pour s'affaler dans son fauteuil. Levant la tête, il pensait à son nouveau projet. Il n'en avait pas encore parlé à Marga, sa femme, pas sûr qu'elle comprenne. Pourtant il aimait échanger avec elle, ses conseils étaient souvent judicieux et s'il en était arrivé là aujourd'hui, au sommet, c'était en grande partie grâce à elle. Il avait déjà ouvert une petite dizaine de Lebensborn, des « fontaines de vie », mais maintenant Himmler désirait étendre ce réseau sur l'ensemble du territoire. Le maillage devait être fin afin que partout la procréation d'enfants parfaitement aryens soit efficace. Rêve et réalité se mélangèrent et Himmler, les yeux toujours rivés vers l'immense peinture du plafond de la pièce, s'imaginait quelques mois plus tard. La victoire actée, le Führer l'honorerait pour sa bravoure et son investissement pour promouvoir la race aryenne, le récompensant devant une foule qui l'acclamerait... Ses réflexions furent interrompues par les trois coups portés sur la porte en bois. Le Reichsführer se redressa sur son assise, posant les coudes sur le bureau et d'un mot prononcé sèchement, il autorisa Arnold à entrer.

En voyant le visage pâle de ce dernier, il sut qu'il allait être mécontent.

Après l'officiel salut, Himmler invita Arnold à avancer et s'asseoir face à lui. La tension était palpable, Himmler détestait être insatisfait et la transpiration sur le front du gamin était mauvais signe.

– Mon Reichsführer, je suis au regret de vous annoncer que pour le moment, ils n'ont rien.

Arnold avait du mal à regarder Himmler en face et ses yeux oscillaient entre son chef et le stylo à plume posé dans l'encrier devant lui. Ses mains ne devaient pas trembler et Arnold se concentrait sur cette idée. Montrer des signes de faiblesse n'était pas envisageable s'il voulait garder la confiance d'Himmler.

– Excusez-moi, Monsieur Geubuls, mais il semblerait que mon âge avancé me joue des tours... Je n'ai pas bien entendu vos paroles !

Himmler maîtrisait parfaitement le sarcasme et l'ironie. Pas besoin de hausser le ton pour montrer son mécontentement. Une phrase simple, murmurée presque à voix basse, mais un ton très sec était souvent plus efficace pour apeurer son interlocuteur et asseoir son autorité. Arnold choisit de ne pas entrer dans son jeu de langage et répondit le plus innocemment possible :

— Je vous répète, mon Reichsführer, que les médecins n'ont pas le matériel que vous cherchez.

Les tête-à-tête avec Himmler étaient les moments les plus compliqués pour Arnold. S'il arrivait à mener un double jeu au quotidien auprès des autres collègues de la Gestapo, il était persuadé qu'Himmler avait un sens particulier pour déceler les traîtres. Plusieurs fois, il s'était demandé si ce n'était pas volontairement que le Reichsführer l'avait pris sous sa coupe. Un moyen de retourner la situation à son profit. Mais il était ultravigilant et pour le moment, aucun signe ne confirmait son hypothèse. Himmler joua quelques secondes avec ses doigts afin de libérer la colère qui commençait à lui piquer le nez. Puis, posant les poings fermés sur le bureau, il se pencha vers Arnold :

— Êtes-vous en train de me dire que vous avez parcouru plus de 600 kilomètres, que je vous ai laissé près de dix jours pour cette mission, et que malgré ce luxe, vous rentrez bredouille ? Est-ce cela que vous êtes en train de m'annoncer ? Vous avez peut-être des explications à me donner avant que je vous mute dans la Wehrmacht ?

Cette menace, il l'avait tellement entendue qu'Arnold n'y prêtait plus attention. Mais il voulait satisfaire Himmler pour protéger Silvie et sa mission pour le 07 qui avait progressé d'un bond immense pendant ces dix jours.

— J'ai concentré mes recherches sur Sachsenhausen, Bergen-Belsen et Ravensbrück, car d'après les dernières statistiques de la Gestapo, ces trois camps concentrent la capacité maximale de femelles.

Arnold s'était approprié rapidement le vocabulaire d'usage pour évoquer les sujets sensibles.

— Mon cher Geubuls, ne cherchez pas à me convaincre avec vos méthodes. Votre déduction était évidente, étant donné, Monsieur Geubuls, que le camp de Ravensbrück a été spécialement conçu pour cela ! Et savez-vous qui en avait donné l'ordre, Monsieur Geubuls ?

La colère envahissait Himmler. Arnold se demanda que faire pour désamorcer cette situation des plus gênantes. Il utilisa le mensonge. Et la flatterie.

— Évidemment, c'est vous-même qui avez fait construire Ravensbrück. Permettez-moi de vous préciser, Mon Reichsführer, que j'ai bien rencontré des femelles engrossées, mais dans un état déplorable. Les utiliser serait un déshonneur pour vos projets si ambitieux. Impossible de les rééduquer et les réintégrer dans la vie civile ! Elles sont beaucoup trop faibles. Peut-être pourrions-nous envisager une amélioration de leurs conditions de vie... ?

Arnold savait qu'en prononçant ces derniers mots, il allait à contre-courant de ce qu'on attendait de lui à la Gestapo. Mais il s'en serait voulu de ne pas essayer.

Himmler écoutait, dubitatif. Il n'arrivait pas à savoir si Arnold était naïf ou s'il avait vraiment envie de protéger ces femmes. Si elles étaient enfermées, c'est qu'elles le méritaient. Pas la peine de se creuser les méninges pour elles. Mais il se félicita quand même de voir à quel point la stratégie de communication menée en parallèle avec le service de propagande de Goebbels était efficace. Combien d'Allemands pensaient réellement que les camps servaient à la rééducation ? Combien d'Allemands pensaient sincèrement que les prisonniers étaient parfois libérés ? Les propos d'Arnold, bien que confus, eurent le mérite d'apaiser la colère du Reichsführer.

— Ce qu'il faut, mon cher Arnold, c'est surtout qu'elles apprennent à marcher au pas pour le Grand Reich. Qu'elles respectent la loi. Dans ces conditions, aucun besoin de recourir à l'enfermement. Voilà ce qu'il faut. Vous semblez l'avoir oublié...

Arnold ne répondit rien et devant ce silence, Himmler profita pour déstabiliser un peu le jeune homme. Il devait savoir à qui il avait vraiment à faire.

— Une telle empathie pour ces femelles irrespectueuses envers le Führer et tous ceux qui se battent aujourd'hui pour l'Allemagne ne cacherait-elle pas quelque chose, par hasard ?

Les yeux du supérieur fixaient Arnold avec tellement d'assurance qu'il en fut ébranlé. Il faillit se laisser prendre à ce jeu dangereux, mais finalement réussit à se ressaisir rapidement.

— Mon Reichsführer, oui. Il y a bien une chose que je ne vous ai pas encore dite et donc que je vous cache encore… Mais c'est une affaire personnelle… Je ne pensais pas que cela vous intéresserait…

Himmler se réjouit intérieurement. Il avait vu juste. Encore une fois.

— Dites-moi, mon cher Geubuls !

— C'est ma femme ! Elle attend un garçon ! Notre premier enfant. Je vais être papa.

Arnold savait qu'en disant cela, il toucherait la corde sensible du Reichsführer. Tout nouveau-né aryen était un cadeau pour le Reich.

— Oh ! Félicitations !

Himmler se leva, contourna son grand bureau pour s'approcher du jeune homme. En lui tapant fermement sur l'épaule, il précisa :

— C'est grâce à des hommes dévoués comme vous que la race aryenne domine. Au nom du Führer, je vous remercie !

Arnold accepta les remerciements sans dire un mot. Il serait grand temps d'inventer une fausse couche, ou pourquoi pas de terminer la guerre, ou de quitter Munich avant qu'Himmler ne se rende compte de la supercherie.

Dans le doute, il ajouta :

— Oui c'est un heureux événement. Mais ma femme est un peu malade. Si elle ne va pas mieux d'ici quelques jours, nous envisageons de l'emmener chez ses parents à Coblence, pour qu'ils puissent veiller sur elle et la décharger du travail de gestion de la maison. Ici, elle est seule toute la journée, ce n'est pas toujours facile.

— Monsieur Geubuls, faites ce qu'il faut pour protéger votre famille. C'est très important.

Sur l'ordre d'Himmler, Arnold quitta la pièce. Un soulagement pour lui. Mais les dernières paroles du dirigeant le mettaient vraiment mal à l'aise.

Himmler, quant à lui, seul entre frustration et colère, décrocha son téléphone.

— C'est quoi ce travail, Docteur ? Vous ne m'avez toujours pas préparé ma marchandise ?

— Si, mon Reichsführer. Au Revier[27], bien sûr. J'attends votre homme.

— Comment cela, vous attendez mon homme ? Mais il est passé il y a maintenant trois jours. C'est un vrai bordel chez vous. Je pensais pourtant avoir choisi les meilleurs partenaires.

Himmler avait de plus en plus de mal à se contenir et le ton ne cessait de monter.

— Écoutez… On vient de m'apprendre qu'effectivement, quelqu'un a visité le camp, mais nos gardes ne l'ont pas laissé entrer au Revier…

— Mais pourquoi donc ont-ils fait cela ? Il avait pourtant une lettre adressée à mon nom ! Docteur, dites-moi que vous me faites une mauvaise plaisanterie…

Himmler bouillonnait, et le malaise s'installait dans la conversation.

— À vrai dire, nous avons eu un contre-ordre d'Hitler en personne. Interdiction formelle de faire entrer quiconque d'extérieur aux camps dans les infirmeries. C'est valable, ici, à Ravensbrück, et dans toute l'Allemagne.

---

27. « Le quartier des malades », dans les camps de concentration, c'est un lieu considéré comme « une infirmerie », même si les malades y étaient rarement soignés.

Le docteur savait pertinemment en disant cela qu'il n'allait pas calmer son supérieur, mais c'était la réalité. Himmler, en entendant cela, se sentit humilié.

— Mais, Docteur, est-ce que vous vous rendez compte que vous me mettez dans une colère folle ? !

Himmler s'empourpra. Il ajouta :

— Rappelez-moi : qui vous donne vos crédits pour vos recherches ?

— C'est vous-même, mon Reichsführer.

— Et que vous arriverait-il sans crédit ?

— Probablement Monsieur, que je ne serai pas là à poursuivre mes expériences.

— Probablement oui, dit Himmler, pour préserver la tension et garder la main sur les événements. Et quoi d'autre ?

— Probablement que je serai envoyé comme médecin sur le front…

— Est-ce ce que vous désirez, Docteur ?

— Non, mon Reichsführer.

— Alors, bougez-vous le cul pour me trouver ce qu'il faut et je viendrai rapidement moi-même chercher la marchandise. Ce n'est pas Hitler qui va compromettre tous mes plans ! Compris ?

— C'est entendu, mon Reichsführer.

La discussion s'acheva quand Himmler raccrocha le combiné sans avoir pris la peine de saluer son interlocuteur. Tout cela l'avait sérieusement mis en rogne et même si la matinée était à peine entamée, il appela sa secrétaire pour qu'elle lui ramène un cognac. Quand elle arriva, il en profita pour décharger son énervement entre ses cuisses. Elle ne dit rien. Ce n'était pas la première fois, et de toute façon, elle aimait ça.

6 novembre 1941, Rivne

L'ordre avait été donné deux jours plus tôt et son exécution devait être immédiate. La victoire en suspens, le Grand Reich ne pouvait pas attendre que des milliers de Juifs meurent de faim ou de manque de soin à Lodz, ou à Varsovie. La liquidation des ghettos allait de pair avec le déroulement de la guerre.

Depuis, des centaines de camions circulaient sur les chaussées chaotiques de Pologne et d'Ukraine. Sur la route de Lvov à Kiev, les SS s'arrêtèrent à Rivne. Ils n'étaient pas nombreux, mais bien armés pour encadrer les 17 500 Juifs. Ils les firent sortir par convoi de deux cents personnes et marcher jusqu'à la forêt de Sossenki, à quelques kilomètres de la ville.

Le premier convoi arriva très tôt, peu avant sept heures, la brume matinale ne s'était pas encore levée et il faisait déjà très froid. L'automne s'annonçait glacial. Le brouillard épais empêchait de voir à plus de quelques mètres et on ne devinait la forêt qu'à travers la cime des arbres qui perçait le ciel. En colonnes, les pauvres civils se regardaient, incrédules. Les mois passés dans le ghetto les avaient déjà tous bien affaiblis et jusqu'ici ils ne devaient leur survie qu'à leur obéissance. Quand un SS hurla en polonais de se déshabiller, tous les prisonniers s'exécutèrent sans discuter. Une habitude des mois passés. Dans les ghettos, tous avaient été témoins de fusillades sur des amis ou de la famille qui avaient tenté de désobéir. Rapidement, plusieurs monticules de linges s'étaient créés dans une ambiance glaciale. Un milicien ordonna aux corps dénudés de le suivre. En quelques minutes à peine, les futures victimes s'étaient alignées docilement face à une immense fosse, sous les yeux attentifs de leurs tortionnaires.

À quelques mètres de ce spectacle insupportable, Josef était ce jour responsable du ramassage des vêtements. Pour une fois, il ne verrait pas l'horreur. Il l'entendrait uniquement.

À sept heures et quarante-cinq minutes précisément, Josef s'arrêta dans sa tâche et mit ses mains sur ses oreilles. Il appuya très fort et ferma les yeux. Le premier coup de feu fut à peine audible. En revanche, Josef perçut très distinctement un hurlement profond inhabituel. Il tourna la tête dans la direction de la fosse. À la surprise générale, ce fut le milicien en charge de l'exécution qui s'écroula, le ventre ouvert, la main ensanglantée par ses tripes. Autour de lui, cinq autres SS se regardèrent ahuris. Puis, entraînés à tuer, ils se reprirent. L'un d'eux cria en allemand « *ScheiBe* ! » et se précipita au chevet de son collègue. Un second courut vers le camion chercher du matériel de secours. Les trois autres sortirent leurs armes, tournoyant les yeux en l'air pour essayer de débusquer le tireur. Quand Josef vit arriver le SS lui demandant de préparer les pansements, il sut que c'était le moment. Il fallait choisir. Sans réelle hésitation, mais avec beaucoup d'appréhension, il leva son arme et tira. Le SS s'effondra violemment sur le sol humide et froid, mais la végétation luxuriante étouffa le bruit du corps. Le temps s'arrêta sur la main levée de Josef et son regard satisfait. Puis, dans un éclair de lucidité, il chercha à s'enfuir. Une balle stoppa sa course au moment même où il levait les yeux au ciel, débusquant le tireur qui lui avait permis d'échapper à un présent qui l'asphyxiait. Leurs regards se croisèrent, un mélange de haine, d'incompréhension et de soulagement, puis plus rien. La mort. Les deux camarades ne se connaissaient pas.

Ensuite, tout s'accéléra. Aleksander et sa bande éliminèrent du haut des cimes les trois derniers autres SS, descendirent de leur maquis et s'approchèrent des Juifs furtivement. Il ne fallait pas les effrayer, car d'autres convois étaient certainement déjà en route et le moindre mouvement de panique pouvait faire capoter leur plan. Guidés par Pablov, un géant taillé dans la pierre, les civils toujours dénudés déambulèrent telles des âmes errantes vers le camion des SS. Leur maigreur révélait la douleur du temps passé au ghetto. Ils enfilèrent les premiers vêtements qu'ils trouvèrent, sans chercher à récupérer leur bien. De toute manière, ils avaient perdu l'essentiel. L'un des Juifs reconnut Pablov. Il se précipita vers lui et dans ses bras, tomba en sanglots. Des larmes longues et silencieuses. Petits, ils vivaient dans le même quartier, sillonnaient les ruelles ensemble et partageaient la même salle de classe. Avant.

Devant cette tendresse inattendue, ils réalisèrent. On venait de les sauver. Et cette humanité qu'ils n'avaient plus ressentie depuis des mois réchauffa les cœurs. Ce moment si précieux s'échappa devant la précipitation. Il fallait quitter le lieu. Tout était prévu. Aleksander, Pablov et l'équipe, un petit groupe de résistants d'une cinquantaine d'hommes, avaient trouvé refuge dans l'un des rares bois préservés de l'emprise allemande. Impossible de perdre du temps.

– Pablov, tu emmènes le groupe, dit Aleksander. Tu prends tes frères avec toi. Nous, nous restons là, on attend le prochain convoi.

– Oui, nous nous tenons à ce que nous avons mis en place. Mais n'oublie pas Aleksander, demain, nous dînerons ensemble. Le bortsch est prêt. Ne nous fais pas faux bond !

– Non, mais sois sérieux, une seconde. Depuis le temps que je l'attends celui-là, évidemment que je serai là. Tu peux compter sur moi. Allez ! Filez avant qu'il ne soit trop tard !

Aleksander regarda s'éloigner Pablov avec les deux centaines de survivants qui le suivaient. Il fut satisfait. Il avait déjà un peu réussi.

Très rapidement, un nouveau groupe de SS arriva. Et un autre. Le scénario se répéta une fois puis deux. Alors, tout fut beaucoup plus compliqué. Les Einsatzgruppen renforcèrent les équipes. Aleksander et son groupe quittèrent les lieux en toute discrétion. Le massacre ne fut finalement, qu'en infime partie, évité. Dans le ghetto, on retrouva le corps sans vie de Moisei Bergman, une corde autour du cou. Le suicide plutôt que de continuer à obéir aux ordres des nazis. Jamais il n'aurait livré de Juifs aux nazis.

7 novembre 1941, oblast de Smolensk

« Foutus engins ! » avait pesté Katy Douchenko.

Depuis trois jours, ces mots tournaient en boucle dans sa bouche. « Foutus engins ! Foutus engins ! ». Dans la campagne soviétique, le gel avait fait ses premières apparitions, ralentissant les blindés de la Wehrmacht sans pour autant les arrêter. La folie de Katy Douchenko était tout aussi coriace. Impossible de s'en débarrasser. Elle avait pourtant fait du mieux qu'elle avait pu, mais le mieux avait été très insuffisant. Une pensée insupportable. Sa tête avait commencé à défaillir quand sa fille lui avait annoncé son enrôlement dans l'armée de défense civile soviétique. « Elle ne pourrait plus venir la voir si régulièrement au village », lui avait-elle expliqué. Mais elle n'avait pas pris la mesure de la solitude qui pesait sur sa maman, déjà bien avant la guerre. Le 4 novembre eut raison de la santé psychologique de Katy Douchenko. Trois jours…

La Wehrmacht était entrée dans le village de Loubiavitchi à l'aube, avec ces foutus engins. En deux coups de canon, les deux synagogues avaient été détruites. Leurs occupants n'avaient pas pu s'échapper. De la fenêtre de son isba, Katy Douchenko avait immédiatement compris. C'était malheureusement si prévisible. Elle avait enfilé ses bottes fourrées et son manteau le plus chaud pour affronter les moins vingt degrés Celsius, et s'était précipitée vers la place du village. Là, un SS l'avait interpellée. Après un échange de courte durée, il l'avait relâchée, la sommant de rentrer chez elle et surtout d'y rester. Sur le chemin du retour, elle avait aperçu une fenêtre entrouverte dans une maison voisine. C'était la maison de la famille Ivamenko, qu'elle connaissait très bien. Ne pas se protéger du froid en pleine saison hivernale était très suspicieux. Katy Douchenko avait donc décidé d'agir. Après avoir vérifié que personne ne la suive, elle avait contourné la maison afin d'y entrer par une porte de service à l'arrière. La famille était au complet, apeurée. Le père savait que leur nom de famille était sur la liste des Allemands. Mais il était trop tard pour fuir. Ne plus bouger leur avait semblé être leur seule échappatoire. Mais Katy Douchenko, en les voyant, avait eu pitié et leur avait proposé une alternative. Elle les avait encouragés à la suivre pour trouver refuge dans son isba. Ce qu'ils avaient fait sans trop d'hésitation. Coincés ensemble dans l'isba, l'attente avait semblé interminable, mais le soir, tous les Allemands étaient repartis. Le lendemain, Katy Douchenko s'était décidée à sortir de chez elle. Il fallait qu'elle voie de ses propres yeux l'horreur dans le village. Elle n'avait pas été déçue : toutes les habitations des Juifs avaient été détruites. Leurs propriétaires anéantis. 478 personnes avaient disparu la veille, presque dans l'indifférence. Choquée et désemparée, Katy Douchenko avait déversé sa peine par un flot de paroles quasi continues à l'attention de Monsieur Karatof, un ancien du village. Des larmes avaient accompagné son acte. Puis elle était rentrée rejoindre ses protégés.

Le soir, quelqu'un avait frappé à sa porte. Elle était allée ouvrir et, sans aucune parole en retour, avait reçu un coup de crosse de fusil en plein visage. La violence l'avait assommée. Quand elle s'était réveillée, la maison était saccagée. Vide. Ses voisins avaient disparu.

« Foutus engins ! » avait-elle dit. Et elle l'avait répétée deux jours durant.

Mais ce matin, il n'en fut rien. C'est dans un silence suspicieux que Katy Douchenko prit son petit-déjeuner. Dans ce même silence inquiétant, elle fit son lit, puis sa toilette, et enfin sa vaisselle. Quand la maison fut propre, elle ouvrit une armoire et en sortit un drap blanc qu'elle secoua et allongea sur son canapé pourtant déjà bien usagé. Elle se dirigea vers la cuisine, il n'y avait qu'un pas tant la maison était petite. Prit une longue lame. Et d'un courage singulier, s'entailla les veines du poignet. La douleur dans son cœur s'évanouit.

28 novembre 1941, Munich

Les deux filles se bousculèrent et leurs regards se croisèrent. Elles savaient qu'elles s'étaient déjà rencontrées, mais aucune ne réussit à se remémorer le moment. Les deux étaient préoccupées. Après quelques secondes d'hésitation, l'une partit précipitamment, traversant le hall de l'université à grandes enjambées. L'autre se baissa pour ramasser une feuille qui avait échappé des mains de la première. En se relevant, Anna se souvint de Sophie. Elle voulut d'abord la rattraper, mais cela semblait peine perdue, elle était déjà loin. De nombreux étudiants avaient envahi le large couloir de l'université. Tant pis. Alors, elle regarda le papier et dès les premiers mots, elle comprit que c'était un tract appelant à la résistance. Elle chiffonna la feuille et l'enfouit rapidement au fond de sa poche. Plus tard, elle reprendrait sa lecture plus attentivement. Mais là, c'était trop dangereux. Des sentiments contradictoires l'envahirent. Rassurée de se rendre compte que d'autres jeunes autour d'elle se mobilisaient. Mais déçue de ne pouvoir se présenter à eux. En attendant, elle devait continuer à faire semblant.

Elle arriva devant l'institut, jeta un œil derrière elle et entra. Elle vérifia les différentes pièces pour s'assurer qu'elle était bien seule. Puis elle se dirigea vers le bureau du docteur Stumpf. Il était toujours fermé. Il fallait traverser une pièce palière pour y accéder. Dans celle-ci étaient installés un petit piano et son tabouret ainsi que deux fauteuils pour faire patienter les éventuelles personnalités qui souhaitaient rencontrer le docteur. La routine dans laquelle vivait le docteur Stumpf avait tracassé Anna. Le chercheur franchissait le seuil de la porte de l'institut toujours à la même heure, à la minute près. Ensuite, il jouait un tout petit air du *Concerto Empereur*. Beethoven devait être son compositeur préféré. Puis il travaillait toute la journée. Sans aucune sortie. Même pour déjeuner. Et en quittant le lieu, le même cérémonial. À nouveau, le *Concerto Empereur*. Les premiers jours, Anna avait pensé qu'il ne connaissait que cette mélodie, mais à plusieurs reprises, elle l'entendit pianoter sur les touches bien plus longtemps. Il disait que la musique classique était rigoureuse comme la science et qu'elle lui permettait d'entretenir ses neurones. Au fur et à mesure, Anna avait pu constater qu'il était plutôt doué comme pianiste. Peut-être même plus que comme chercheur. C'est ainsi qu'elle comprit. Enfin, qu'elle supposa. Elle alla donc s'installer sur le tabouret et s'apprêta à interpréter elle aussi la musique de Beethoven. Prétextant une admiration naissante pour le docteur, elle avait pu s'approcher de lui bien plus qu'elle en était autorisée. Et elle avait observé. Elle soupira d'abord pour se concentrer, ferma les yeux, et touche après touche, ses doigts longs et fins restituaient ce que sa mémoire avait enregistré. Quand la mélodie fut terminée, elle entendit un clic et un petit tiroir sur le côté droit du piano s'ouvrit. À l'intérieur, la clé du bureau. Angoissée, mais satisfaite, elle prit la clé et referma le petit tiroir. Elle glissa la clé dans la serrure de la porte non sans trembler, tourna deux tours et la porte du cabinet s'ouvrit.

29 novembre 1941, Palais de Wittelsbach, Munich

La secrétaire d'Himmler courut après Arnold à l'instant même où celui-ci s'apprêtait à quitter le Palais. Entendant son prénom, il s'arrêta net et se retourna :

– Ah c'est donc vous qui m'appelez, Marie. Aurai-je oublié quelque chose ?

– Non, pas du tout, Monsieur Geubuls. C'est juste que… J'ai…

Marie avait du mal à finir sa phrase, ce qui n'augurait rien de bon.

– Oui, Marie ? fit Arnold. Je vous écoute.

– J'ai une lettre à vous remettre en main propre. Une convocation, plutôt.

Elle lui tendit une enveloppe cachetée et Arnold reconnut aisément le tampon sur la cire. Il commença à s'inquiéter. Marie tint à le rassurer un peu, mais elle aussi semblait perplexe.

– Notre Reichsführer Himmler était en réunion de crise cet après-midi, c'est pourquoi il n'a pas pu vous convoquer ce jour. Mais il vous attend demain.

Après une courte hésitation, Arnold prit l'enveloppe, perplexe. Il essayait de comprendre.

Et la secrétaire ajouta :

– Ne soyez pas en retard, Monsieur Geubuls. Nous savons vous et moi que cela met en rogne le Reichsführer.

– Merci beaucoup, Marie. Passez une bonne soirée. Saluez votre mari pour moi.

– Je n'y manquerai pas, Monsieur Geubuls. Au revoir, à demain.

Sur ces banalités, Marie et Arnold se séparèrent. Elle, retournant à son bureau, lui, traversant la large avenue qui le ramenait à son domicile. Il allait encore devoir trouver un moyen de cacher son anxiété à Silvie.

Quand il arriva à l'appartement, celle-ci l'attendait. Ils passèrent ensemble une douce soirée, partageant un repas et échangeant sur des sujets sans importance. C'était ainsi depuis qu'ils avaient compris qu'ils étaient en permanence espionnés. Vers vingt-deux heures trente, Silvie et Arnold se mirent au lit. La première s'endormit sans trop de peine, le second ne trouva pas une seule seconde le sommeil. La convocation avait glacé son sang lui infligeant une nuit de terreur. La peur l'envahissait. Quelle erreur avait-il pu commettre pour être reçu à la première heure dans le bureau du Reichsführer ? Himmler n'avait ni la réputation d'être un homme conciliant ni l'habitude de perdre son temps.

Quand sept heures du matin sonnèrent, Arnold se redressa dans le lit, regarda sa compagne qui dormait profondément. Il lui caressa délicatement la joue avec un sourire rempli de tendresse et de mélancolie. Le temps de l'insouciance était déjà loin et ils étaient si jeunes. Il n'avait pas fermé l'œil de la nuit. Puis, il sortit du lit. Ses vêtements posés sur la chaise, il les emmena hors de la chambre. Aucune envie de réveiller Silvie et de l'effrayer. Elle était capable de le comprendre uniquement en le regardant. Dans la cuisine, la cafetière sifflotait, apportant une fausse gaieté au moment. À côté, Arnold enfilait son uniforme qu'il détestait tant, repensant à son père qui devait être si fier de lui. Quel dégoût. Une telle incompréhension au sein d'une famille en apparence si parfaite. De ses mains, il passa un vif coup de haut en bas pour conforter la régularité des plis. Non par envie, mais dans un souci de marquer quelques points, ou plutôt de ne pas en perdre. Il savait Himmler très tatillon. Un SS mal fagoté était une injure au Grand Reich, une provocation.

Puis, il grimpa sur le tabouret afin de prendre une boîte métallique soigneusement cachée au-dessus du grand buffet. Paradoxalement, plus la fumée encrassait ses poumons, moins il était stressé. Aérant allégrement afin d'éviter une querelle avec Silvie qui ne supportait pas l'odeur de la cigarette, Arnold alternait bouffées de nicotine et absorption de caféine. Quand l'horloge de l'entrée sonna la demi-heure, il enfila ses bottes et quitta l'appartement.

Quelques minutes plus tard, il était devant le bureau d'Himmler au Palais, prêt pour la sentence. Très vite, il entendit les pas lourds du Reichsführer se diriger vers la porte. L'angoisse montait dans le ventre d'Arnold. La confrontation allait bientôt avoir lieu. Brusquement, l'accès au bureau s'ouvrit. Himmler lança un regard noir à Arnold. D'un geste méprisant de la tête, il invita le jeune à entrer et à s'asseoir. Lui préféra rester debout.

— Monsieur Geubeuls, cette petite salope, vous la connaissez, n'est-ce pas ?

Arnold eut l'air très surpris. Il avait souvent entendu Himmler hausser le ton, mais jamais aussi violemment. Et rares étaient les fois où il y mettait autant de vulgarité. Il devait être vraiment très en colère. Arnold, très intimidé, bégaya :

— Euh… Avec tout le respect que je vous dois, mon Reichsführer, je ne vois pas du tout de quoi ni de qui vous me parlez.

— Monsieur Geubuls, vous n'oseriez quand même pas vous moquer de moi ! Vous avez certainement entendu parler de l'arrestation de cette traîtresse !

— Je suis profondément désolé, mon Reichsführer, mais je ne peux répondre positivement à votre demande. Je ne vois pas du tout à quelle personne vous pensez.

— Je parle de la jeune que nous avons attrapée hier à l'Ahnenerbe. Depuis deux jours, elle espionnait les documents secrets du docteur Stumpf.

— Je vous présente mes excuses mon Reichsführer, mais malgré tous mes efforts, je ne me souviens aucunement d'avoir entendu parler de cette histoire. Peut-être pourriez-vous m'en dire un peu plus…

— Monsieur Geubuls, une certaine Anna… Vous connaissez ?

Himmler marqua la pause quelques secondes afin de percevoir une réaction chez le jeune officier. Arnold garda son sang-froid et réussit à cacher sa confusion. Il répondit par un hochement de tête. Le Reichsführer semblait à demi-convaincu et reprit :

— Nous l'avons interrogée hier soir… Un petit bout de femme très courageuse. Dommage qu'elle ait choisi le mauvais camp. Elle a bien failli tenir, mais elle est comme tous les autres. Quelques raclées et les mots sont arrivés. Il faut dire que les hommes de la Gestapo savent y faire, ajouta Himmler, avec un sourire de satisfaction.

Pour Arnold, c'était différent. Il sentit ses jambes trembler. Il aurait aimé s'affaler dans ce fauteuil moelleux, juste là, à quelques mètres de lui, devant le bureau. Mais le fait même de l'imaginer le rendait vulnérable. Il pensa à Silvie et se ressaisit. Réussissant à montrer un sadisme presque véritable, il fit le jeu de son supérieur :

— Et alors ? J'espère que vous avez réussi à lui faire cracher des choses intéressantes. Qui est-elle ? Que cherchait-elle ?

— Des plans. Sur d'hypothétiques camps en construction. Elle pensait que le docteur Stumpf prétextait des fouilles en Pologne pour préparer des lieux pour exterminer les Juifs.

— Et alors ? Fit Arnold dubitatif.

— Et alors quoi, mon cher Arnold ? Vous vous doutez bien que le Grand Reich ne peut pas être accusé de telles ignominies ? Évidemment qu'elle n'a rien trouvé…

Himmler tapa du poing sur son bureau, furieux de la crédulité de sa recrue. Arnold sursauta. Himmler reprit :

— Ce qu'elle a trouvé ne vous concerne pas de toute manière. Cette jeune femme va payer pour sa participation à bafouer le Grand Reich. Elle a menti. Elle a fouillé. Elle a déshonoré.

– Et que va-t-il lui arriver ? Vous allez l'envoyer au STO[28] ? Dans les usines de textile, ils ont besoin de main-d'œuvre pour fabriquer les uniformes.

La proposition d'Arnold n'était rien d'autre qu'un subterfuge pour essayer d'éviter le pire à son amie. La réponse ferme négative du Reichsführer lui fit froid dans le dos. Et s'approchant d'une grande carte murale, pointa du doigt le nord de la carte et ajouta sur un ton glaçant :

– Oh oui, elle ira travailler pour le Grand Reich. Mais pas au STO. Trop facile. C'est une traîtresse ! Dans les usines d'armement, elle travaillera, oui, mais le reste de son temps, ce sera le camp. Pour elle, Ravensbrück. Dans deux jours, elle part. Pour le moment, la Gestapo essaie encore de lui soutirer des informations.

– Entendu, mon Reichsführer.

Inutile d'insister. Arnold avait déjà montré bien trop d'intérêt pour le sort d'Anna. Il ne devait pas se mettre davantage en danger. Il demanda alors l'autorisation de quitter le bureau, ce qui lui fut accordé. Il se dirigeait vers la sortie quand Himmler l'interpella :

– Au fait, la petite, elle vient de Coblence. Comme vous, Monsieur Geubuls. Elle est arrivée à Munich cet été. Comme vous ! Cela fait beaucoup de coïncidences… J'ai donc laissé votre nom au sous-sol, au service spécial… Ils vont revoir les dossiers des nouveaux arrivants. En attendant, tenez-vous à carreaux, mon cher ami, même si j'imagine que vous n'avez rien à vous reprocher…

– Bien sûr que non, mon Reichsführer.

Après un salut nazi, Arnold s'éloigna, anxieux. Il ne supportait pas la façon dont Himmler cherchait à lui extirper des informations qu'il était très loin de lui fournir. Et surtout, Anna était faite prisonnière. Tous les deux étaient dans une très mauvaise position. Les jours suivants allaient être déterminants.

---

28. Service du travail obligatoire.

En sortant du bâtiment, Arnold fit d'abord quelques pas puis relâcha la pression qu'il avait réussi à contenir pendant cet horrible entretien. À cet instant, il pensa à Josef. Aucune nouvelle de lui ne lui était parvenue depuis qu'on l'avait envoyé sur le front de l'Est. Il espérait qu'il aille au mieux. C'était son ami. Comme Anna. Et Silvie. Tous les quatre avaient commencé ensemble à combattre le mal avec leurs petits moyens. Perdu dans ses pensées, il marchait tête baissée. Son corps était en pilotage automatique. Ses pieds lui firent traverser la *Karolinenplatz*. Soudain, il heurta quelque chose de la tête et eut un mouvement de recul. Arnold reprit alors ses esprits. Il avait cogné dans une paire de chaussures. Au bout de cette paire de chaussures, un corps fraîchement pendu. Le corps d'une femme. Autour de son cou, une pancarte. « Je suis une opposante politique ». Si beaucoup d'Allemands avaient choisi de suivre Hitler, le régime n'hésitait pas à montrer à la vue de tous les risques de prendre un chemin contraire. Deux autres corps accompagnaient la première victime. Et derrière cette vision d'horreur, les cris des enfants qui jouaient sur la balançoire municipale. Arnold ne reconnaissait plus son pays. Il essaya de se rappeler des jours heureux avant Hitler. Rien ! Il essaya de se rappeler des jours heureux de son enfance. Rien ! Seul le visage de Silvie l'enveloppait d'humanité.

30 novembre 1941, Nuremberg

Ils avaient profité d'un colloque de médecine à Nuremberg pour se rejoindre. Cela devenait vraiment très compliqué pour Willy de suivre ses études de médecine en étant un maillon intermédiaire si important dans le 07. Mais c'était aussi une bonne couverture. Le cursus était très surveillé par la SS, les dirigeants étaient friands des jeunes médecins passionnés prêts à une multitude d'expériences. Bien sûr, ils avaient été triés sur le volet. Des tests psychologiques très poussés avaient été exécutés sur chaque candidat afin de s'assurer de leur motivation. Il fallait qu'ils soient capables de travailler dans toutes les conditions, et la guerre était l'une des moins particulières. Ceux qui n'avaient pas correspondu à leurs critères avaient été envoyés au front. Willy était passé entre les mailles du filet. Il était passionné de médecine et avait su mettre sa motivation en avant. D'ailleurs, contre toute attente, le sujet du colloque l'avait beaucoup intéressé. Les plus grands scientifiques réunis, même nazis, impressionnaient. Willy avait pu échanger avec quelques-uns d'entre eux. Il leur avait notamment parlé de ses projets et ses ambitions pour la médecine réparatrice. Son discours sur ses premières expériences de greffes de peau les avait particulièrement intéressés. Deux médecins lui avaient même proposé d'entrer dans leur cabinet. Il devait réfléchir, avait-il répondu, car il avait plusieurs offres. Néanmoins, il n'avait pas fermé la porte à un éventuel partenariat. Le double jeu était risqué, mais au point où il en était, plus il s'approchait du sommet, plus ses actions seraient efficaces.

Willy eut du mal à reconnaître son ami au loin, car il faisait déjà très sombre dans l'avenue. Et le froid lui avait volé un peu de vivacité. Quand il fut sûr de lui, il quitta le banc sur lequel il était assis depuis un bon quart d'heure déjà et s'avança vers Arnold. Les deux hommes se saluèrent d'une poignée de main ferme en cachant leur enthousiasme de se revoir. Ensemble, ils poursuivirent sur la *Konigstorgraben* quelques dizaines de mètres puis tournèrent à gauche pour longer la *Pegnitz River*. Ils marchèrent d'un pas rapide jusqu'à un petit bar au fond d'une ruelle dans lequel ils entrèrent. Arnold engagea le premier la conversation :

— Je n'ai pas une très bonne nouvelle, Willy. C'est Anna. Elle a été arrêtée et est pour le moment emprisonnée dans les caves de la Gestapo. Enfin, je crois.

Arnold plongea son regard dans les yeux de Willy, entre compassion et appréhension. Il attendait une réaction. De son côté, Willy avait bien compris que l'entretien allait être difficile. Quand Arnold avait réussi à le contacter, il n'avait pas caché l'urgence et l'importance du message. Malgré tout, il avait imaginé beaucoup de scénarios, mais curieusement, il avait occulté celui-là. D'un coup d'un seul, son visage pâlit.

— Non ! Non ! Ce n'est pas possible !

En laissant ces mots glisser doucement de sa bouche, Willy secouait la tête. Il semblait chercher à effacer ce début de conversation qui ne lui convenait pas du tout. Puis, il se ressaisit :

— Mais que s'est-il passé ? Comment Anna s'est-elle retrouvée dans une situation aussi délicate ?

Arnold décida de répondre de la manière la plus franche possible, se détournant de l'émotion qui affleurait chez l'un comme chez l'autre :

— Elle a été attrapée assez simplement, en fait. Ils l'ont pris sur le fait en train de fouiller dans le bureau du docteur pour lequel elle faisait des recherches. Elle avait réussi miraculeusement à ouvrir une pièce jusque-là considérée comme une véritable forteresse. C'est pour cela qu'il y avait si peu de surveillance à l'Ahnenerbe. Elle est vraiment douée, tu sais, Willy. Tu peux être fière d'elle.

— Tes mots me réconfortent. Un peu, seulement. Je suis très inquiet.

— D'après ce que j'ai pu entendre, elle n'a rien révélé. Ni sur elle ni sur le 07.

Willy regardait Arnold d'un air interrogateur.

— Es-tu en capacité de me dire ce qui va lui arriver maintenant ? Je suppose que la Gestapo ne souhaite pas la garder à Munich éternellement.

— À l'heure où nous échangeons, elle est sûrement en chemin pour Ravensbrück. Je pense que tu connais ce camp ?

— Bien sûr, Arnold.

Ce dernier sortit de sa valise un paquet bien emballé par des journaux officiels et le tendit vers Willy qui le rangea immédiatement dans son sac.

— Dans ce paquet, il y a toutes mes notes sur les camps que j'ai eu l'occasion de visiter lors de la mission que le Reichsführer m'a confiée. Les camps, c'est l'horreur. Je te préviens, même si j'imagine que tu t'en doutes, la lecture de mes notes sera certainement très difficile. Et encore, les responsables de camps ne m'ont pas laissé tout voir…

Willy avait l'air si désemparé en entendant Arnold que son ami ne put s'empêcher d'ajouter :

— Tu sais Willy, j'ai essayé de lui éviter le camp de concentration. Mais Himmler n'a rien voulu savoir.

— Ce n'est la faute de personne, Arnold. Malheureusement, dès lors que nous entrons dans un réseau contre le Reich, c'est un risque que nous connaissons. Personne n'est à l'abri, et de moins en moins d'ailleurs. La propagande joue de tous ses tours pour imposer le nazisme et tous ceux qui ne rentrent pas dans le rang sont menacés. J'espère qu'Anna va s'en sortir.

Cette phrase lui transperça le cœur, mais il n'y laissa rien paraître.

— La Gestapo va faire des recherches sur nous, je pense. Silvie, Anna et moi. Himmler lui-même m'a pris en grippe. Dans son bureau, il m'a laissé sous-entendre qu'ils nous soupçonnent d'être de mèche, car on vient tous de Coblence. Je t'avoue que je suis inquiet Willy.

— Si Anna n'a pas craqué aux premiers interrogatoires, il n'y a aucune raison qu'elle le fasse maintenant. Il va falloir que tu sois plus vigilant encore ces prochains jours, mais si cela peut te rassurer, sache que de notre côté, les choses avancent, et c'est en partie grâce aux renseignements que vous avez réussi à me fournir.

— Qu'entends-tu par « cela avance » ? Allons-nous avoir un nouvel Allié ?

Deux ans déjà, bientôt trois. Il fallait que la guerre cesse et un nouvel allié pouvait tout faire basculer.

— J'en ai l'intime conviction, oui. Je crois que ce n'est plus qu'une question de jours. Avec ton paquet en plus, leurs crimes seront incontestables. Mais sinon, Arnold, comment va-t-elle ?

— Ce n'est vraiment pas évident de te répondre, Willy. Je ne peux pas aller la voir, tu sais… Et en plus…

Arnold hésita quelques secondes puis finit par décider de ne rien cacher :

— Avec le bébé, ça va être encore plus pénible au camp pour elle. J'ai pu en avoir quelques échos quand je suis allé à Ravensbrück. Les femmes enceintes, on s'en débarrasse les premières…

Il avait prononcé ces derniers mots en chuchotant, le regard livide, emprisonné par la gêne. Il savait qu'il venait d'annoncer l'hypothétique paternité et l'hypothétique veuvage de Willy en une seule phrase. Les frissons le traversaient. Il attendait la réaction de Willy qui semblait tétanisé.

— Anna ? Un bébé ? Anna est enceinte ?

Arnold hocha la tête pour acquiescer.

— Enceinte… Mais… De qui ? De moi ?

Arnold souffla et répondit :

— De qui d'autre voudrais-tu qu'elle soit enceinte ? Quand même pas de ce vicieux docteur qui a passé son temps à tenter de la séduire ? Elle est enceinte de toi. Évidemment ! Depuis la première seconde où vous vous êtes rencontrés, nous avons remarqué, Silvie, Josef et moi que vous étiez attirés l'un par l'autre !

Le trouble envahit Willy.

Mais cette parenthèse d'intimité fut de courte durée. Et Willy revint sur terre :

— De combien de semaines est-elle enceinte ?

Si Willy n'avait rien effacé des moments de tendresse et d'amour qu'il avait connus avec Anna, son esprit était encore sonné par toutes ces nouvelles. Les dates étaient floues :

— Ça fait près de quatre mois, je crois. Au début elle pensait juste avoir le mal du pays. Mais il n'y a plus aucun doute maintenant avec son ventre qui se dessine.

— La Gestapo est-elle au courant ?

— Je ne le pense pas. Mais ça va être compliqué de le cacher plus longtemps.

— Il faut que je la sorte de ce bourbier, Arnold. Il faut que tu m'aides.

— Nous allons faire tout ce que nous pouvons, Willy, je te le promets.

Il réussit à soutenir le regard de Willy dans lequel il comprenait la douleur. Jamais il ne supporterait qu'on fasse du mal à Silvie. Il en deviendrait fou. Et pour la première fois dans les yeux de son chef d'habitude si fort et imperturbable, il lut de la peur et de l'angoisse. D'un trait, il finit de boire son verre et se leva en saluant son ami. Sans se retourner, il quitta le bar. Willy resta assis de longues minutes, temps indispensable à l'acceptation des informations. Puis, il partit se rafraîchir les idées aux toilettes. Quand il revint, il s'arrêta au comptoir, paya les boissons, se dirigea vers la chaise, reprit son manteau qu'il posa sur son avant-bras, prenant bien soin de cacher son sac d'éventuels regards curieux et quitta lui aussi le café. Il s'éloigna de quelques pas et, s'appuyant contre un arbre, laissa couler quelques larmes.

1er décembre, quelque part au milieu de la campagne allemande

Le train ralentit brusquement puis s'arrêta. Willy regarda par la fenêtre. Des champs à perte de vue, il devait être encore loin de sa destination. Il jeta un œil sur sa montre et soupira, désappointé. Le retard accumulé risquait de lui faire rater sa correspondance pour Hambourg. Déjà à la gare de Nuremberg, la locomotive vieillissante avait été capricieuse et il avait fallu les mains expertes de plusieurs cheminots pour la démarrer. Cependant, elle ne semblait pas être la responsable de ce second arrêt. Elle était lancée à vive allure quand le conducteur tira plusieurs coups la sonnette d'alarme avant d'enclencher les freins puissants de l'engin. D'après la rumeur qui se propageait comme une traînée de poudre, ils avaient été d'une grande efficacité, permettant ainsi d'éviter de percuter un convoi de marchandises à peine quelques mètres devant eux, qui circulait incontestablement beaucoup trop lentement. De tels incidents étaient rarissimes sur le réseau ferré allemand, réglé et administré à la perfection.

Dans un premier temps, les passagers furent rassurés par la police ferroviaire. Un léger contretemps, expliqua-t-elle. Mais l'anxiété monta d'un cran dans le wagon avec l'arrivée de quatre SS armés et agressifs. L'un des hommes prit la parole d'une voix très autoritaire. Il ordonna fermement l'interdiction à tous les passagers de se lever, ou encore d'ouvrir les fenêtres. À cet instant, Willy comprit que le train devant eux n'était pas un train ordinaire. Sa suspicion fut confirmée quand les deux SS demandèrent aux passagers de dérouler les rideaux qui servaient habituellement à se protéger des rayons du soleil. La docilité des passagers surprit Willy. Puis, les SS expliquèrent très précisément l'origine de cet arrêt imprévu et la résolution du problème. Les deux trains allaient se suivre à une allure moyenne jusqu'à la première gare. Alors, le convoi de marchandises bifurquera sur la voie sans issue afin de laisser passer le train de passagers. Le retard serait donc limité. Les explications avaient été claires et semblèrent satisfaire les voyageurs. De toute façon, personne n'aurait osé protester. L'ensemble des passagers s'arma de patience et trois quarts d'heure plus tard, les deux trains entrèrent en gare de Munster.

Obéissant par souci de discrétion plus que par peur ou conviction, Willy attendait patiemment, plongé dans sa lecture. Impossible de savoir le nombre de fois qu'il avait lu le célèbre roman de Melville. Il connaissait tous les personnages de *Moby Dick*. Mais à chaque fois qu'il recommençait la lecture de l'ouvrage, des détails réussissaient encore à le surprendre. C'est ce qu'il aimait. Être surpris. Et c'était quand même une sacrée aventure ! Posée sur son nez, la paire de lunettes semblait indispensable à la lecture. En tout cas c'est ce qu'il souhaitait laisser croire par quelques gestes méticuleux. Un nettoyage soigné des verres avec un mouchoir en tissu, un soupir de soulagement une fois les lunettes à nouveau sur leur propriétaire. En réalité, Willy n'avait aucun problème de vue, il avait même une excellente acuité visuelle. Associée à sa mémoire, elle lui permettait de scruter et d'enregistrer les moindres détails dans son champ de vision. Mais ces lunettes étaient particulières. Fabriquées dans un petit atelier de verrerie du nord de l'Allemagne par un spécialiste qui plus est ami de la famille, elles permettaient d'agrandir les angles de visibilité par un jeu d'épaisseur variable tout autour des bordures. Grâce au précieux objet, Willy apercevait plus aisément le train de marchandises stationné à côté du leur. Il pouvait tenter de découvrir ce que les SS cherchaient absolument à dissimuler.

Tout semblait anormalement normal. Un wagon en bois, sur lequel était écrit en lettres majuscules noires « BÉTAIL-NE PAS S'APPROCHER ». Puis un autre derrière, qu'il percevait similaire au premier. Willy fronçait les sourcils en réfléchissant. Il devait forcément passer à côté de quelque chose pour qu'il y ait autant de mesures de précaution. Il continua donc à chercher un détail qui pouvait de prime abord sembler insignifiant. Soudain, son attention fut portée vers plusieurs petits trous qu'il distinguait entre les lattes de bois du wagon. Une usure qui ne semblait pas naturelle. Il commençait à se plonger plus sérieusement dans son roman quand une image lui vint en tête et le fit tressaillir. Son sursaut alerta un SS qui s'approcha de lui :

— Vos papiers s'il vous plaît, Monsieur.

Le jeune homme glissa la main dans la poche intérieure de sa veste et n'y trouva rien. Il réussit à sourire et regarda d'un air penaud le SS.

— Ils doivent être dans ma sacoche. Attendez que je vous les sorte.

Le SS se montrait curieusement patient et Willy, en fouillant dans son sac, se demanda s'il était dans ce train, dans cet uniforme par conviction ou par obligation. Il trouva son portefeuille, l'ouvrit, en sortit sa pièce d'identité et la tendit au garde. Celui-ci la regarda assez brièvement, et la lui rendit :

— Quelle est la raison de votre voyage, Monsieur ?

— Je rentre chez moi. J'ai été invité à participer à un colloque de médecine, à Nuremberg, par le Reichsführer Himmler lui-même.

Et Willy fouina dans la poche extérieure de son veston cette fois-ci. Il en sortit un carton d'invitation déjà bien usagé qu'il tendit au SS. Il hocha la tête en le lui rendant, visiblement satisfait.

— Bon voyage, Monsieur. Le train va pouvoir redémarrer d'ici quelques minutes.

Le SS tourna les talons et d'un pas lourd se dirigea vers l'avant du wagon. Willy en profita pour tamponner son front du même mouchoir qu'il avait utilisé pour nettoyer ses lunettes. Cette frayeur mise derrière lui, il reprit promptement le cours de sa pensée : le détail ! Caché derrière son roman, il regarda à nouveau les petits trous entre les planches du vieux wagon. Des bâtons en sortaient et bougeaient. Willy se concentra davantage comme si cela pouvait améliorer sa vue, et aperçut avec effarement des petits doigts sortir de ces petits trous. Des enfants. Ou des femmes. Peut-être des vieillards. Mais certainement pas des animaux. Des nœuds se formèrent dans son ventre. Être assis là, aussi près de ces malheureux, et ne rien pouvoir faire. Il crut mourir. Et peut-être Anna. Et le bébé. Willy eut envie de hurler sa haine tant la réalité lui était insoutenable. Un gouffre s'ouvrait sous ses pieds et Willy y bascula. Il faillit s'évanouir.

Un coup de coude assez ferme le ramena à la raison. Une voisine bienveillante le regardait. Puis le train redémarra.

5 décembre 1941, New York

Le DC-4 s'était enfin posé sur le tarmac new-yorkais, après près de vingt-quatre heures de voyage. Le plus dur avait été de quitter le territoire allemand. Les rares vols commerciaux étaient au fur et à mesure supprimés. Le contrôle de l'air était tout aussi important que celui des voies terrestres. Il avait donc fallu répondre à de longs interrogatoires auprès de la Flak, le service antiaérien de la Luftwaffe, avant de pouvoir décoller. La notoriété de trois grands patrons hambourgeois avait très peu influencé sur l'ordre d'autorisation de vol. L'avion avait fait une première escale en Islande, à Keflavik. Il était nécessaire de ravitailler l'aéronef en kérosène. Un deuxième arrêt fut indispensable encore au Labrador, au Canada. En plein hiver ce n'était pas chose aisée.

Jürgen avait tout fait pour que son fils Willy puisse être de la partie, mais le refus avait été catégorique. Finalement, passé la contrariété, cette décision l'avait plutôt soulagé. De toute façon, l'équipe avait toutes les pièces sur eux pour convaincre le Président américain et ses conseillers. Le père de Willy était accompagné de Frederick Foltz et Anton Braker, tous les deux membres fondateurs du 07. À la descente de l'avion, une grosse berline américaine les attendait, garée sur la piste, à quelques mètres seulement de l'appareil. Jürgen, fin connaisseur, essaya quelques secondes d'en deviner la marque, mais la nuit rendait la tâche difficile. On distinguait peu de détails au-delà des phares jaunes. Probablement une Chrysler NewYorker, le fleuron de la réussite américaine, s'était-il dit. Quand le chauffeur s'approcha d'eux et leur prit des mains leurs petits bagages afin de les ranger dans le coffre, Jürgen Staub avait déjà oublié son intérêt pour la voiture. Toute son attention était concentrée sur la mallette qu'il tenait bien précautionneusement contre sa veste. Une fois les trois hommes installés, la voiture fila silencieusement dans la nuit, avalant rapidement les quelques kilomètres qui les séparaient des bureaux Mont-Blanc fraîchement construits.

Quand celle-ci s'immobilisa, le chauffeur n'eut pas besoin de sortir s'occuper des clients. Quatre hommes costauds vêtus de costumes noirs s'avancèrent vers les portières arrière, les ouvrirent et saluèrent les trois hommes. Ils les accompagnèrent jusqu'à l'entrée du bâtiment, quelques mètres seulement, mais sous haute protection. Frederick, Jürgen et Anton se regardèrent interrogatifs. Ils n'avaient pas imaginé la nécessité de tant de surveillance. Après tout, sur ces terres, ils étaient bien loin de la guerre. Mais ils ne dirent rien, muets devant le bâtiment d'une exceptionnelle immensité. La fulgurante montée en puissance de l'industrie états-unienne se révélait dans ce gigantisme. Bien sûr, Jürgen avait entendu parler de ces gratte-ciel qui poussaient par-delà l'Atlantique et qui probablement allaient envahir l'Europe. Il avait vu des photographies de ces monstres de béton et d'acier. Mais être là, face à l'un d'eux, lui sembla être un bouleversement. Une expérience qui lui rappelait la petitesse de l'être humain.

— Plus de vingt étages ! 87 mètres de hauteur ! Je te présente le Flatiron Building mon grand ami !

Thomas était sorti du bâtiment et s'approchait les bras grands ouverts pour accueillir Jürgen et ses collègues. Il les accueillit dans son allemand natal, mais l'accent américain en avait modifié quelque peu les sonorités. Anton, Jürgen et Frederick ne purent s'empêcher de sourire. C'était inhabituel pour eux.

— Thomas, ça fait une éternité que nous ne nous sommes pas vus. Je suis tellement heureux de te revoir. Même si nous avions pu trouver une meilleure occasion pour nos retrouvailles quand même !

— Quelle meilleure occasion peut-il exister que de se rencontrer pour travailler sur la paix future ? Tu peux me le dire, Jürgen ?

Thomas embrassa fermement son ami, surpris, en alternant tapotement sur les épaules et recul pour le regarder.

– Je te reconnais bien là, Thomas. Toujours positif, quelles que soient les circonstances. C'est ainsi que je t'ai connu la première fois et immédiatement apprécié. Tu n'as pas changé.

Beaucoup d'émotions émanaient des échanges entre les deux hommes. Frederick et Anton participaient à ce moment de joie avec beaucoup de plaisir, et un peu de gêne aussi. Quand Thomas s'en rendit compte, il se tourna vers eux :

– Et vous alors, Messieurs, avez-vous fait bon vol ?

Frederick répondit d'un signe de tête puis ajouta :

– Pour mon premier essai, Monsieur Trosman, je dois dire que je ne m'en suis pas trop mal tiré. Mais je ne vais pas vous cacher que j'ai eu malgré tout quelques petites frayeurs.

Thomas sourit et d'un geste de la main, il tint à le rassurer :

– Ne vous inquiétez pas, vous allez vous habituer. Ce sont surtout les trous d'air qui sont impressionnants entre New York et l'Europe. Mais c'est assez courant quand on vole au-dessus de l'Atlantique.

Ces paroles confirmèrent à Frederick ce qu'il supposait déjà de Thomas Trosman. C'était un très grand homme d'affaires. Sa connaissance des péripéties des voyages aériens illustrait son habitude et par conséquent les nombreux vols qu'il avait dû exécuter, alors même que l'aviation civile était balbutiante. Cela le mit un peu mal à l'aise.

– Vous devez être épuisés, reprit Thomas. Je vais vous accompagner jusqu'à vos chambres. Enfin, ici ce sont nos bureaux. Mais nous en avons transformé quelques-uns pour que vous puissiez y dormir confortablement. Il y a de la place dans ce bâtiment.

Thomas souriait. Remarquant l'ébahissement de ses invités devant la structure exceptionnelle, il prenait un malin plaisir à en rajouter. Il était fier de sa réussite et certainement encore plus de celle de son pays, sa patrie, celle qui lui avait offert la possibilité de réussir après avoir quitté l'Europe. Il lui en serait toujours reconnaissant.

— Vous savez, celui-là, c'est mon bébé. Nos bureaux sont le reflet de la réussite de l'entreprise. Et tout le monde doit pouvoir le remarquer. Mais des gratte-ciel, il y en a de bien plus imposants encore. Peut-être aurons-nous l'occasion de nous y rendre, ce n'est pas si loin. De la fenêtre, vous pourrez en apercevoir quelques-uns. Heureusement que votre Gustave Eiffel n'est plus de ce monde, il serait vert de jalousie ! Le Singer building est deux fois plus haut que nous. Pourtant, il n'est pas beaucoup plus jeune. C'est juste que l'entreprise Singer vient de brasser beaucoup de capitaux qu'il fallait bien investir quelque part afin de limiter les impôts. Nous ne sommes pas rentrés dans la course à la *skyline*. Cela aurait épuisé toutes nos ressources financières. De toute façon maintenant, aucun gratte-ciel ne peut rivaliser avec le Monstre, l'Empire State Building. Enfin, nous pourrons en parler plus tard. Je parle, je parle, mais j'oublie que vous avez fait un très long voyage sous tension.

Ses trois invités étaient littéralement abasourdis devant la beauté intérieure du bâtiment. Les prouesses de technicité se dessinaient à chaque étage. L'ascenseur les avait menés jusqu'au ciel en quelques secondes. Ils suivirent Thomas le long d'un couloir étroit puis celui-ci ouvrit trois portes proches les unes des autres.

— Voilà. J'espère que vous serez bien ici. Dans chaque chambre il y a de quoi grignoter un peu. J'ai préféré organiser ainsi plutôt qu'un long repas. Ainsi, chacun de vous est libre de gérer sa fatigue comme il l'entend. Cependant, demain nous nous réunissons à huit heures. Le Président est inflexible sur la ponctualité. Bonne nuit à tous.

— Merci, Thomas, bonne nuit à toi aussi. À demain, pour une journée éprouvante !

Sur ces derniers mots de Jürgen, tous se saluèrent d'un geste rapide de la tête et chacun disparut. Quand Jürgen regarda sa montre, il était presque minuit. Dire que la veille, il était à Hambourg. Le monde allait beaucoup trop vite à son goût. Malgré la fatigue, il prit le temps de s'approcher de la grande baie vitrée. Comment avait-il pu ne pas le voir ?

Même en pleine nuit ? Là, de la pointe du Flatiron, il apparaissait, majestueux au milieu d'autres géants qui semblaient finalement bien petits. On aurait dit qu'il était né pour protéger la ville. Jürgen n'arrivait pas à décrocher les yeux du bâtiment, essayant de vérifier la véracité des chiffres souvent lus dans les journaux en comptant les fenêtres une à une de bas en haut. Une obsession. À chaque erreur, il recommençait. Hypnotisé par ce labeur, son cerveau en profitait pour s'éloigner dans les méandres de l'histoire. C'était donc ainsi que se révélait la force des Européens qui avaient choisi de fuir la pauvreté, la xénophobie, l'antisémitisme ? Par d'impressionnantes constructions de leurs nombreuses mains prouvant à tous qu'ils avaient eu raison ? Ces hommes et ces femmes avaient eu confiance en l'Amérique pour une nouvelle vie, et l'histoire continuait de se répéter. Le temps figé dans une guerre qui n'en finissait pas, c'est vers l'Amérique libre qu'on se tournait.

Une bouffée de chaleur envahit Jürgen qui choisit de faire de ce signe de fatigue le point de départ de sa nuit et, il l'espérait, d'une vie nouvelle.

6 décembre 1941, New York

Le marbre du hall d'entrée et la stupéfiante hauteur de plafond laissèrent sans voix Jürgen, Frederick et Anton. Ils gardaient pour eux leurs nombreuses questions et tous les trois suivirent machinalement Thomas Trosman qui s'était bien gardé de leur dire, la veille, que la réunion se déroulerait dans le plus haut gratte-ciel du monde. Une question de sécurité. Depuis que le rendez-vous avait été programmé, la garde rapprochée du Président des États-Unis d'Amérique préparait le lieu. Quand la porte de l'ascenseur s'ouvrit, ils découvrirent une immense salle tout en longueur avec des baies vitrées sur tous les côtés donnant l'impression de flotter dans le ciel. Une personne sujette au vertige aurait pu se sentir mal. Au centre de la pièce, une longue table rectangulaire en verre. Des pieds en acier finement travaillés. À l'opposé de la pièce, le Président siégeait. Sa posture révélait une confiance déconcertante, mais rassurante. Il était entouré de six conseillers, aux regards sévères. Tous étaient vêtus à l'identique. Costumes noirs. Chemises blanches, impeccablement repassées. Cette austérité vestimentaire marquait le ton solennel de la journée de travail qui s'ouvrait. Derrière, au moins tout autant d'hommes debout pour assurer la sécurité. Mais Jürgen osait à peine les regarder. Il se concentrait afin de contrôler sa nervosité. Tout impressionné qu'il était, il voulait garder son sang-froid dans un moment qu'il ne vivrait qu'une seule fois. Anton et Frederick, postés derrière lui, semblaient aussi très troublés. Après approbation du Président, Thomas invita ses homologues allemands à s'avancer. Tous les quatre s'installèrent aux places qui leur avaient été soigneusement attribuées, comme l'indiquaient les porte-noms posés sur la table parfaitement préparée.

Dans un silence déconcertant, le Président Roosevelt ouvrit la séance. Très direct, il montra le ton franc et efficace avec lequel il souhaitait que les échanges se fassent :

— Cela fait plusieurs mois que je suis persuadé que mon pays doit entrer en guerre.

Il marqua une pause renforçant ainsi l'importance de ses paroles. Puis il reprit :

— Cependant, vous savez bien que dans notre Constitution, je ne suis pas seul décideur, bien au contraire. Il me faut l'aval du Congrès. Cela fonctionne de cette manière depuis 1783. Mais, les isolationnistes sont majoritaires au Congrès. Entendez-vous ce que cela signifie ?

La question du Président n'était que pure rhétorique, car il n'attendit même pas un signe d'acquiescement de la tête pour continuer.

— Par un long processus de négociation, j'ai déjà pu faire modifier la loi Prêt Bail afin de faciliter l'acquisition d'armement et d'argent à l'URSS depuis juin. Cela n'a pas été simple. Après la Grande Dépression, le Congrès est frileux. En septembre, nous avons eu des débats houleux autour de l'affaire du *Greer*, un de nos destroyers torpillé par un sous-marin allemand. Nous avons réussi à mettre en place une escorte permanente de tous nos convois et ceux de nos confrères canadiens vers le Royaume-Uni. Heureusement, pour cette décision, j'ai largement été soutenu par les médias et l'opinion publique qui ont usé de tous les moyens pour argumenter auprès du Congrès. Les isolationnistes ont grincé des dents. Pour aller plus loin et motiver le Congrès à s'engager dans la guerre, il faut des preuves irréfutables de la barbarie nazie, et du risque qu'encourt l'humanité, ce qui inclut évidemment les États-Unis.

Autour de la table, l'attention était réelle. La voix de Roosevelt était calme, mais ferme. Il savait expliquer simplement les rouages de la vie politique américaine. Il savait étayer ses discours afin d'aller à l'essentiel.

— Justement, Monsieur le Président, mes collègues ici présents sont venus de Hambourg pour vous exposer l'ampleur de la déshumanisation qui se diffuse dans toute l'Europe. Et même au-delà, car les Japonais ne sont pas les derniers à commettre des exactions. On ne peut pas oublier avec quelle violence ils s'en sont pris aux Chinois à Nankin[29]. Aux soldats et aux civils. Aux femmes et aux enfants.

Les paroles de Thomas étaient fluides et posées. Aucun signe de nervosité ne transparaissait dans sa voix. Il parlait au Président comme à un égal. À plusieurs reprises, Thomas avait travaillé aux côtés du Président, et encore très récemment sur la création de deux nouveaux outils devenus indispensables : un ministère de l'Information et de la Propagande et d'un office de services secrets.

— Monsieur Trosman, effectivement, nous surveillons les Japonais depuis qu'ils ont commencé leur conquête du Pacifique. Pendant un temps, l'État-major a pensé qu'ils attaqueraient l'URSS par l'est, mais finalement, ils opèrent suivant une autre stratégie. Or, ils se rapprochent de nos bases. Nous restons sur nos gardes. Notre office de renseignements récemment créé, en partie grâce à votre contribution, est déjà sur le qui-vive.

Thomas, outre son rôle de stratège auprès du Président, soutenait financièrement ses projets politiques et militaires. Il en avait les moyens et il avait foi en cet homme empreint de sagesse.

— Monsieur le Président, Monsieur Staub ici présent est accompagné de Messieurs Frederick Foltz et Anton Braker. Ensemble, ils dirigent le plus grand réseau de résistance sur le territoire allemand et hors du Grand Reich.

Thomas associait ses paroles à un geste de la main afin de présenter le groupe. C'était davantage une façon de les intégrer plus aisément aux échanges qu'une présentation. Il se doutait pertinemment que le Président savait déjà l'essentiel

---

[29]. Le Sac de la ville de Nankin a lieu en décembre 1937. Plusieurs centaines de milliers de civils et soldats chinois sont massacrés par l'Armée impériale japonaise. Entre 20000 et 80000 femmes et enfants ont été violés.

sur ces hommes avant même qu'ils ne pénètrent sur le sol américain.

— Monsieur Staub a entre ses mains des éléments qui permettent de confirmer que de trop nombreuses atrocités sont commises, bien au-delà des frontières de l'Allemagne. Aucun état n'est à l'abri depuis la progression de la Wehrmacht. La mer n'est pas une protection suffisante, le Royaume-Uni en est la preuve. Attaqué, bombardé, il a su riposter. Mais combien de temps va-t-il tenir ? Ces messieurs ont fait un long voyage, en bravant les dangers, afin de vous convaincre d'apporter de l'aide à l'Europe sous le joug nazi.

Thomas examina Jürgen dont les mains tremblotaient en tenant une grande enveloppe épaisse tirée de son porte-documents. Il n'était pas tout à fait prêt. Alors Thomas reprit :

— En septembre, des navires de l'Axe sillonnaient illégalement nos eaux territoriales. En octobre, deux de nous navires de guerre ont été torpillés par des sous-marins allemands. Malgré ces agressions répétées, le Congrès n'a pas voulu entrer en guerre. Nous avons quand même réussi à faire voter la mise en place du service militaire obligatoire et nos usines sont réquisitionnées pour se préparer à intervenir. Il nous faut un élément déclencheur.

Thomas regarda à nouveau son ami de longue date, mais cette fois avec insistance. C'était à lui de jouer maintenant. Après une hésitation et une profonde respiration, Jürgen prit la parole dans un anglais presque parfait :

— J'ai pu constater avec émerveillement la puissance de votre pays, à travers la construction de ces gigantesques gratte-ciel. Si votre vigueur est mise au service de la lutte contre la barbarie et la défense des libertés et des droits humains, il est incontestable que nous serons vainqueurs. Je suis allemand, mais pas nazi. J'aime mon pays, mais pas Hitler. J'aime mes frontières, sans besoin de les voir s'agrandir. J'aime l'humanité, pas la discrimination. Et quand je vois ces gratte-ciel, construits par votre peuple, des émigrés d'Europe à qui vous avez ouvert les portes, des exilés qui ont pour beaucoup encore de la famille en Europe, je pense que vous avez tout à gagner à venir nous soutenir. Quel regard les émigrés devenus des citoyens américains porteront sur leur terre d'accueil si vous ne faites rien pour empêcher les atrocités en Europe, si l'Amérique laisse mourir leurs familles ? Car quand la guerre sera finie, quel que soit le vainqueur, la vérité éclatera et tout le monde réglera ses comptes. Vous devez agir pour défendre votre modèle universel.

Jürgen s'arrêta net et baissa la tête. Il avait parlé d'un coup d'un seul, sans préparation et s'était subitement rendu compte que l'émotion avait dépassé la raison. L'ambiance était électrique. Il eut soudain très peur d'avoir été trop agressif ou offensant et chercha quelques approbations en levant doucement ses yeux vers ses collègues. Le visage de Frederick était rouge vif, ses yeux humides, un mélange d'appréhension et d'humilité. Quant à Anton, il semblait séduit par le discours de Jürgen, mais malgré tout gêné, comme le laissait supposer la façon dont les doigts de sa main gauche grattaient sa main droite. Tous les trois attendaient la réaction du Président. Deux gardes du corps s'étaient avancés vers Jürgen, prêts à intervenir. Celui-ci apaisa l'assemblée.

— Vous prêchez un convaincu, Monsieur Staub. Cependant, comme je vous l'ai déjà spécifié, nous ne sommes pas en dictature ici. Je ne suis donc pas le seul décideur.

Soulagé, Jürgen ouvrit l'enveloppe qui l'accompagnait, l'objet de leur voyage. Il en sortit deux carnets. L'un était celui d'Aleksander. L'autre le rapport d'Arnold fait au retour de Ravensbrück, qu'il avait réussi à transmettre à Willy quelques jours auparavant. Il demanda la permission de se lever et de s'approcher du Président, ce qui lui fut accordé.

Encouragé par la profonde conviction que son action et sa présence en ce lieu étaient légitimes, Jürgen tendit les carnets au Président Roosevelt qui les prit soigneusement, écoutant les premières explications :

— En feuilletant ces deux cahiers, Monsieur le Président, vous allez réaliser à quel point il est indispensable d'agir vite. Jamais les Européens n'avaient connu de telles violences. Des femmes, des enfants sont enfermés et tués dans des camps.

Des Juifs, des communistes sont fusillés puis sommairement enterrés dans des fosses. Tous les droits humains sont bafoués. Les libertés anéanties.

Le Président remercia Jürgen et l'invita, ainsi que ses deux confrères, à quitter la pièce. Il préférait être seul pour consulter ces pièces à conviction. Pour faciliter la traduction, avait-il ajouté. Mais, il souhaitait surtout ne pas être submergé par les émotions devant des témoins. C'était le Président de la première puissance mondiale, mais c'était néanmoins un homme sensible.

Thomas sortit aussi de la grande salle de réunion. Il accompagna ses invités à travers les nombreux couloirs de l'immeuble jusqu'à une autre pièce. À l'intérieur, une table basse entourée de fauteuils Chesterfield. Le salon semblait petit par rapport à l'endroit qu'ils venaient de quitter, mais tellement plus convivial. Les quatre hommes s'installèrent confortablement. Jürgen souffla. L'anxiété de la rencontre l'avait épuisé. Thomas ouvrit un petit tiroir encastré dans la table en bois et sortit une boîte de cigares cubains. Il en proposa à ses amis. Aucun ne refusa. Ils avaient fait ce qu'ils avaient pu. Maintenant, il fallait attendre. Longuement… Patiemment…

Dans la grande salle de réunion, une escouade d'experts et de traducteurs s'évertua à traduire les informations contenues dans les documents, sans en minimiser l'impact par des traductions simplistes. Il fallait en respecter l'esprit, et surtout ne rien galvauder.

Vers quatorze heures, quelqu'un frappa à la porte du petit salon, brisant l'ambiance détendue qui s'y était lentement installée. Thomas et Jürgen n'avaient pas cessé de raconter à Anton et Frederick toutes les affaires et les ruses dont ils avaient usé quand ils travaillaient ensemble à Hambourg. En allemand, évidemment. De bons souvenirs qui tranchaient avec l'inquiétude de la journée. Le conseiller du Président Roosevelt fut quelque peu décontenancé et balbutia :

– Excusez-moi de vous déranger… Le Président vous attend.

Les quatre hommes dans la pièce se redressèrent. Anton éteignit un cigarillo à peine entamé. Le conseiller constata d'un regard furtif vers la table que le cendrier était rempli. Il pensa que lu aussi aurait aimé tirer goulûment sur une cigarette, mais ne dit rien. Frederick vida son verre d'eau et tous se levèrent et se dirigèrent vers la grande salle. Quand ils entrèrent, Jürgen fut surpris par l'atmosphère pesante qui y régnait. Pourtant, le Président était impassible. À nouveau, les quatre hommes furent conviés à s'asseoir.

Puis, Roosevelt s'exprima.

— Déjà fébrile, la tristesse m'envahit à la lecture de toutes ces horreurs. Les États-Unis ne pourront pas se regarder en face s'ils restent inactifs. Nous ne pourrons reconstruire des relations commerciales indispensables si nous laissons faire de telles exactions. Nous ne pourrons imaginer une paix durable. Je vais donc vous demander de me mettre à disposition ces documents précieux, que j'estime indispensables pour convaincre le Congrès avec lequel une réunion est organisée dans deux jours. Si je suis convaincant comme vous l'avez été avec moi, le 8 décembre marquera un tournant dans la guerre. Messieurs, je vous remercie pour ce que vous faites.

À la fin de ce monologue, les membres du 07 furent simplement congédiés. Visiblement, le temps n'était plus à l'échange. Soulagés, ils avaient réussi. Ils allaient pouvoir se reposer sereinement avant de préparer leur retour en Europe. En revanche, Thomas fut invité à rester avec le Président. Il semblait évident qu'ils étaient bien plus que des collaborateurs.

8 décembre 1941, dans la *Wolfsschanze*

La forêt était couverte de neige, mais cela ne gênait en rien les activités du Führer. Enfermé dans une paranoïa destructrice depuis l'enlisement de la Wehrmacht en URSS, il ne quittait quasiment plus son bunker. Tous les équipements de communication nécessaires au commandement de son armée et de son pays étaient à disposition dans sa tanière. La guerre à distance était devenue le quotidien du Führer depuis cet été, depuis que l'armée subissait des pertes de plus en plus nombreuses face aux Soviétiques. L'échec de l'opération Typhon n'avait rien arrangé. Depuis que Hitler avait donné l'ordre de prendre Moscou, les soldats peinaient. L'encerclement de la ville était difficile. Des tireurs d'élite soviétiques surentraînés faisaient des dégâts. Et Goering contestait de plus en plus les décisions de son supérieur. Selon lui, il fallait battre en retraite, mais pour Hitler, un recul était inimaginable. Loin du front, les morts allemands n'étaient rien que des chiffres pour le Führer.

Mais ce matin-là, c'était un autre sujet qui le tracassait. Une pensée obsédante lui avait volé une bonne partie de sa nuit. Au saut du lit, il ordonna à un de ses gardes du corps de préparer Telex, le bâtiment des communications. Il exigeait 22 degrés, d'ici quinze minutes. En plein hiver, c'était une mission périlleuse qu'il ne fallait surtout pas rater. Deux manutentionnaires accélérèrent le fonctionnement du groupe électrogène, organisant une rapide déviation électrique pour concentrer la production de chaleur en un seul point. Quand le Führer arriva à huit heures précisément, la chaleur enveloppante le satisfit. Tout en réclamant une tasse de café, il s'installa à son poste privilégié et appela Goebbels.

— Bonjour Josef. Comment te portes-tu ?

Josef Goebbels était le seul haut dirigeant que Hitler tutoyait. Depuis le temps qu'ils travaillaient ensemble, une véritable amitié était née entre les deux hommes. Goebbels se souvenait parfaitement de la première rencontre avec celui qui allait diriger l'Allemagne et même une grande partie de l'Europe. C'était en 1925 lors d'un grand meeting de campagne électorale organisé à Weimar par le Parti, minoritaire à cette époque. Le 12 juillet plus exactement. Il avait littéralement été subjugué par l'éloquence de Hitler lors de son discours. « Quelle voix ! Quels gestes ! Quelle passion ! Je suis suspendu à chacun de ses mots ! » avait-il dit à ses amis à la fin du rassemblement. La force de cet homme s'était révélée à lui comme une évidence et depuis ils avançaient côte à côte. Leurs désaccords sur certains points avaient été un atout pour construire le Grand Reich, chacun écoutant l'autre avec un profond respect. Ils souhaitaient tous les deux la suprématie de la race aryenne alors même que l'un et l'autre étaient très loin de l'apparence du canon esthétique nazi : grand blond aux yeux bleus. Peut-être était-ce une blessure inavouée qui renforçait leur lien. C'était toujours un plaisir pour Goebbels d'échanger avec le Führer, quelles que soient les difficultés de la situation.

— Bonjour, Adolf, je vais plutôt bien. Je te remercie. Même s'il y a énormément à faire ici, avec la parution hebdomadaire de *Das Reich*.

— Je ne doute pas de la charge de travail que ton statut t'impose. Et j'ai pleinement confiance en toi. Tu as déjà tant apporté. Ce nouveau journal sera une réussite. Et dans un tout autre registre, es-tu au courant des événements d'hier ?

— À propos du Japon ?

— Absolument ! Hirohito nous a mis dans une situation plus que délicate. Voilà qu'il a fait une belle bourde !

— C'est incontestable, mon Führer.

Goebbels ne souhaitait pas trop s'avancer dans la conversation. Il connaissait bien Hitler et préférait attendre que celui-ci donne le ton de la conversation. Un faux pas et il pouvait se faire passer un sacré savon, et cela, malgré leur amitié.

Dès le matin, il préférait l'éviter et laissait le Führer maître de la conversation.

— Maintenant que les Japonais ont attaqué Pearl Harbor, il n'y a plus aucune raison pour que les Américains refusent l'entrée en guerre.

— Je suis tout à fait d'accord avec toi. Ce qui est très inquiétant pour nous. Les Soviétiques, les Britanniques, nous pouvions le gérer. Difficilement. Mais avec les Américains à leurs côtés, les forces basculent en notre défaveur. J'en ai bien peur.

— Après les rares échanges avec Hirohito, nous avions pensé que les Japonais attaqueraient les Soviétiques par l'est. L'Armée rouge aurait été obligée de se diviser. Cela aurait été très bénéfique, facilitant le travail de la Wehrmacht. Comment ont-ils pu changer d'avis si radicalement ?

— Je ne sais pas, Adolf. Si Hirohito est imprévisible, le général Tojo l'est encore plus. Le Japon est un allié idéologique, mais pas technique. Nos conflits sont complètement différents. Nous ne pouvons compter que sur nos forces. Même Mussolini ne peut pas nous soutenir. Il a déjà du mal en Afrique du Nord. Enfin, avec tout le respect que je te dois, je te rappelle que je ne suis pas la personne la plus adaptée pour les stratégies militaires. Était-ce de cela que tu souhaitais me parler ?

— Non, c'est vrai. C'est autre chose. C'est *Amerika*. Ce train ne peut plus continuer à s'appeler ainsi. J'avais choisi le nom avant la guerre, l'anéantissement des Indiens sur le continent comme symbole et soutien de mon objectif en Europe. Mais il est évident que nous devons trouver un autre nom.

— Tu as tout à fait raison, mais pour le moment tes déplacements étant limités, il n'y a pas d'urgence. Nous avons un peu de temps devant nous afin d'y réfléchir.

— Je préfère anticiper. Il y a la conférence qui se prépare. Elle devrait avoir lieu d'ici quelques semaines. Et j'ai déjà trouvé un nom. J'y ai pensé toute la nuit…

Goebbels savait pertinemment l'inutilité de passer outre le sujet, même si cela ne semblait pas être une priorité.

— Je reconnais bien là ton obstination. À quel nom as-tu pensé pour *Amerika* ?

— Je pensais à *Brandebourg*. Beaucoup d'Allemands se reconnaissent dans ce nom.

— *Brandebourg* ! Cela me paraît effectivement être une excellente idée. Mais ce qui compte le plus aux yeux des Allemands, à mon sens c'est de te revoir dans ce fameux *Führersonderzug*[30]. Surtout en ce moment. Il faut te remobiliser pour apparaître en public. Pour que la population continue de te soutenir malgré la difficulté de notre armée. Sans cela, elle ne comprendra pas pourquoi envoyer des fils, des maris au front.

— Je partage ton sentiment, mon cher Josef, mais… C'est trop risqué… Je ne me sens pas à l'aise.

L'inquiétude de Hitler était à la fois légitime et mystérieuse. Légitime, car on avait déjà essayé d'attenter à sa vie plus d'une fois. Mais mystérieuse, car Hitler lui-même se sentait protégé par la providence, et intouchable. D'ailleurs, toutes les actions menées contre lui avaient échoué.

— Je ne te demande pas un bain de foule. Uniquement quelques apparitions. Du train, en plus. Aucun contact direct. C'est important pour garder la confiance du peuple. *Amerika* est bien plus sécurisé que n'importe quel moyen de transport. Si on cherche à l'attaquer par voie aérienne, nos huit canons sont prêts pour la riposte. Par le sol, ils ont une portée de plus de quatre kilomètres. Et les wagons antiaériens te protègent. S'il le faut, en ville, nous pouvons compléter le dispositif. On posterait un soldat tous les 100 mètres. Tout est possible. Rappelle-toi, à Montoire, la rencontre avec Pétain. Des soldats étaient en poste tous les vingt mètres…

— Tu as raison, Josef. Je ne me suis pas du tout senti en danger ce jour-là. Je vais réfléchir à ta proposition. De ton côté, je te prie de bien vouloir faire de même avec la nouvelle identité d'*Amerika*. C'est la condition sine qua non pour que je reparte en campagne. Il est hors de question dans ce nouveau

---

30. « Le train spécial du Führer ».

contexte que nos outils de propagande servent à nos futurs ennemis.

— Évidemment, mon Führer.

Ainsi, la conversation s'acheva. Comme souvent, difficile de savoir lequel des deux avait eu le dernier mot. La plupart du temps, l'un et l'autre composaient avec leurs caractères.

Fin décembre 1941, Ravensbrück

Cela faisait bientôt un mois qu'Anna avait été déchargée au camp de Ravensbrück. Déchargée était le mot approprié. Ici, en dehors des SS, il n'y avait pas d'humains. Uniquement des morceaux, des « *Stücks* ». C'est ainsi que les gardes appelaient les prisonnières. Quand ils ne les sifflaient pas.

Depuis son arrestation à l'Ahnenerbe, Anna vivait constamment dans la peur. Pour elle. Pour lui. Pour eux. Malgré les jours qui s'étaient écoulés, Anne continuait de s'interroger. Une force intérieure inconnue jusque-là s'était révélée subitement pour la faire tenir. Ne rien divulguer. Ne pas dénoncer. Ces mots avaient tourné en boucle dans sa tête. Après l'avoir surprise en train de fouiller dans le bureau du docteur Stumpf, on l'avait traînée jusqu'à la Gestapo. Par les cheveux. Traverser le long couloir principal de l'université avait été une première humiliation. Puis, jetée violemment dans une cave au sous-sol du Palais de Wittelsbach, trois SS avaient usé de divers moyens pour lui extirper des informations. En vain. Ne rien divulguer. Ne pas dénoncer. Les coups qui s'étaient abattus sur son dos l'avaient mise à nu, des traces de fouet qu'Anna garderait probablement tout le reste de sa vie. Puis, les SS s'étaient lassés. Cette mise en scène avait été un jeu pour eux. Quand on l'avait fait monter dans un wagon, Anna avait été soulagée. Elle savait pourtant que cela n'augurait rien de bon.

Dès le départ, le voyage en train avait donné le ton. Six cents kilomètres pour s'éloigner de Munich qu'Anna avait quitté de force, dans la précipitation, n'emportant rien de plus que les vêtements portés le jour de son arrestation et son sac à main. Six cents kilomètres parcourus en deux jours dans des wagons à bestiaux, telles des marchandises. Aucune nourriture, ni d'eau. Pas d'espace pour la toilette ou les besoins.

Rien qui puisse permettre le repos. Et un chauffage inexistant en pleine période hivernale. L'objectif était clairement annoncé : la souffrance. Entre nécessité et obligation, l'entassement des corps apparaissait comme la seule solution pour survivre au vent glacial qui traversait les wagons par de petites ouvertures répétées.

Depuis son arrivée dans le camp, Anna vivait en permanence avec la peur au ventre. Probablement comme toutes les autres femmes présentes, se disait-elle. Pour tenir, elle se remémorait quotidiennement ses meilleurs souvenirs. Elle pensait alors à Willy d'abord. Leur rencontre. Leurs baisers. Les retrouvailles à Munich. Elle chérissait chaque seconde qu'elle avait passée avec lui et contre lui. Elle fermait les yeux parfois et s'imaginait dans sa petite chambre, au-dessus de Beate. Visualisant tous les détails, son lit bien fait, les objets précieusement rangés dans les tiroirs de la petite commode… Elle souhaitait surtout que rien ne soit arrivé à Beate. Elle espérait n'avoir laissé aucune trace du réseau et de ses contacts dans son ancien lieu de vie. Sur ce point, elle était relativement sûre d'elle, car les consignes que Willy lui avait données avaient toujours été scrupuleusement respectées. De longues balades à disperser des morceaux de papier çà et là dans les différentes poubelles de la ville. Cela lui avait permis de rapidement connaître Munich. Elle pensait aussi très souvent à ses parents qui devaient sérieusement s'inquiéter. Aucun moyen de les prévenir. Peut-être qu'Arnold avait pu le faire, mais Anna en doutait. Silvie et lui devaient être sous surveillance depuis son arrestation. Et puis le bébé. Sa raison de vivre depuis près de quatre semaines.

Dépossédée de ses maigres affaires dès la sortie du train, Anna avait enfilé un uniforme gris qu'une gardienne lui avait tendu. Sur le haut, on lui avait accroché un triangle rouge. Elle n'était pas la seule, dans le camp, à être marquée de ce signe distinctif. C'était d'ailleurs le plus courant. Le rouge pour les ennemis politiques, héritage du communisme antifasciste. Des triangles verts, Anna en avait croisé aussi beaucoup. Mais les violets étaient rarissimes. Catégorie « Tzigane ou témoins de Jéhovah ». Anna avait eu beau réfléchir, elle n'avait pas réussi à savoir si c'était un fait de proportionnalité ou des ennemis en tête de liste des exécutions. Parfois, les uniformes étaient décorés de plusieurs triangles. Mais finalement, vert, rouge, noir ou violet, le résultat était identique. Le même traitement était infligé à toutes les prisonnières. Anna n'eut pas d'autre choix que de prendre le pli comme les autres pour s'en sortir.

Tous les jours, la même routine meurtrière. À quatre heures du matin, l'appel. Impossible de le manquer. Les chiens aboyaient déjà si fort depuis plusieurs minutes. Près de trois mille femmes, à demi endormies, debout, dans le froid, attendant attentivement d'entendre les quelques syllabes de leur identité. Surtout, ne pas se tromper. Sinon les *Aufseherinnen*[31] prenaient un malin plaisir à recommencer. Trois longues heures interminables étaient le triste record d'un appel matinal chaotique. Anna en avait eu les pieds et les mains gelés, mais elle s'en était sortie plutôt bien alors que d'autres avaient perdu l'usage de leurs membres inférieurs. Impossible dans ces conditions de les faire travailler. Alors, elles disparaissaient. Ensuite, c'était la sélection. Les SS dispersaient les prisonnières et leur attribuaient des tâches plus ou moins utiles. Les préposées à la construction des routes étaient presque enviées tant les autres travaux étaient horribles. Construire les routes était très physique, d'autant plus que la cadence s'élevait au rythme des coups de gourdins des SS, mais les journées loin du camp, loin de l'odeur de la mort étaient ce qui s'approchait le plus de la liberté.

Chaque matin depuis son arrivée, Anna était envoyée à la *Kammer*[32]. Presque le pire. Le pire, ramasser les mortes et les emmener au crématoire, à l'extérieur du camp. Dans le dépôt de vêtements, le rôle d'Anna était bien défini : trier. Physiquement, la tâche n'était pas trop éprouvante, mais mo-

---

31. « Les gardiennes » SS dans les camps de concentration nazis.

32. « Le débarras », entrepôt où étaient déposés les vêtements des victimes dans le camp de concentration de Ravensbrück.

ralement, c'était simplement horrible. Surtout avec les émotions exacerbées par les hormones de grossesse. Anna essayait de ne pas avoir les larmes aux yeux quand elle imaginait la jeune fille qui allait porter quelque part en Allemagne le chemisier vert qu'elle venait de poser sur les affaires à vendre. L'écœurement, en plus de la fatigue et de l'angoisse, rongeait lentement le cœur d'Anna. Bien plus que la faim à laquelle elle avait fini par s'habituer. Au camp, il n'y avait qu'un seul repas par jour. Le midi. Un bol d'eau noire dans lequel flottait une rondelle de rutabaga. Bien sûr, pas de couvert. Il fallait laper le breuvage dans une écuelle posée à même le sol, comme des animaux. Même pire que les animaux. Parfois, les gardiennes ne distribuaient qu'un unique bol pour quatre. Volontairement. Dans l'espoir de voir les animaux se battre pour survivre. Cela pouvait arriver, mais la plupart du temps l'entraide était un meilleur remède contre ces humiliations répétées.

Jusqu'ici, Anna avait été relativement épargnée. En revanche, les quelques amies auprès desquelles elle avait pu trouver un peu de soutien avaient eu beaucoup moins de chance. Roslinde était certainement celle qui subissait le plus d'humiliations. Un jour, on l'avait puni de vingt-cinq coups de schlague, car elle avait partagé son quart de pain avec Anna. La punition était exécutée publiquement. Anna avait été mise au premier rang afin de décupler sa culpabilité. Chaque coup porté dans le dos de son amie lui transperçait les entrailles. Ses yeux se voilaient et son esprit divaguait. S'ils essayaient de les rendre folles, les dirigeants du camp étaient sur la bonne voie. Une autre fois, Roslinde avait été jetée nue dans le camp des hommes – ils étaient beaucoup moins nombreux – avec des croix gammées tamponnées sur le front. Les SS avaient crié que c'était « un cadeau ». Quand elle en revint, personne ne sut ce qui s'était réellement passé. Certains jours, c'étaient les hurlements des chiens lâchés sur elle qui servaient à entretenir les souffrances et la peur. Puis, Roslinde disparut. Pas morte pourtant. Car toutes les victimes étaient soigneusement annoncées comme un triomphe du

Grand Reich. On parlait d'un départ pour un château pour les folles, quelque part en Autriche, mais peu d'informations fuitaient. Seuls le bruit hebdomadaire du camion dans la nuit silencieuse et les respirations étouffées des demoiselles alimentaient cette hypothèse. Une douleur supplémentaire.

À 18 h 30, à nouveau l'appel. Encore plus éprouvant que celui du matin, car le poids de la journée de travail faisait vaciller et tomber les plus faibles. Elles étaient alors envoyées au Revier, mais les infirmières propageaient plus de maladies qu'elles ne prodiguaient de soin. On les surnommait les punaises de la santé. De petites plaies gangrenaient comme si le poison avait été volontairement injecté. Et la mort suivait. Fréquemment. Après l'appel, un maigre repas puis les détenues étaient rangées tels des objets dans différents baraquements pour y passer la nuit. Si elle avait conscience des risques de son engagement dans le 07, jamais Anna n'avait pu imaginer de telles conditions d'enfermement. Dans les dortoirs, des échafaudages de planches composaient trois étages de caisson, de soixante-cinq centimètres de large et un mètre quatre-vingt de long. Pour trois. En guise de matelas, une paillasse composée de sciure de bois. Une seule couverture à partager. Des cages pour enfermer les lapins. Et l'hiver était vraiment rude. La première fois, Anna n'avait pas réussi à fermer les yeux une seule seconde. Puis, au fur et à mesure que les nuits passaient, elle s'était habituée. Pas le choix. L'instinct de survie. Dormir pour ne pas mourir. Et chaque matin, le triste spectacle de celles qui avaient baissé les bras. Des corps sans vie probablement jetés dans une fosse commune encore, anonymement. Des vies qui ne comptaient pas.

En raison de l'atrocité de ces traitements, le ventre d'Anna ne s'arrondissait que très lentement. Une chance pour elle, mais le fruit de son amour pour Willy était en danger. Pourtant vint ce jour où des vomissements la trahirent en plein milieu de l'appel matinal. Sortie du rang par un hurlement, elle fut directement traînée au Revier. L'angoisse permanente d'Anna arriva à son paroxysme quand elle aperçut

Schwester[33] Vera sur le seuil de la porte, une seringue à la main. Elle supposait que c'était *Schwester* Vera car si elle en avait trop souvent entendu parler, elle ne l'avait jamais rencontrée. Les prisonnières qui avaient survécu à un passage entre ses mains l'appelaient l'empoisonneuse. Visiblement, elle ne souffrait pas du même régime alimentaire que les détenues du camp tant son embonpoint était marqué. Encore un mépris traduit en injustice. De longs cheveux gras, un visage disgracieux, un menton poilu ajoutaient au personnage un air machiavélique. Car *Schwester* Vera aimait son métier. Le sourire plaqué sur son visage à l'arrivée d'une nouvelle proie ne trompait pas.

Le SS balança si violemment Anna dans l'infirmerie que celle-ci s'effondra sur le sol pavé. Il lui fallut quelques secondes pour reprendre sa respiration. La première chose qu'elle perçut fut les pieds de *Schwester* Vera, lourdement chaussés, plantés devant elle. Elle attendait qu'Anna se relève sans lui apporter la moindre aide. Impatiente, la vicieuse souleva son panard droit et vint lui écraser les doigts. La douleur intense encouragea Anna à se lever, tête baissée. *Schwester* Vera la prit dans ses bras :

– Ma pauvre enfant, tu sembles bien pâle. Mais ne t'inquiète pas, je vais bien m'occuper de toi.

En disant ces mots, l'infirmière tapota le dos d'Anna et ricana de plus en plus fort. Elle était folle. Était-ce le Revier qui l'avait rendu ainsi ? Ou était-ce inné chez elle ? Anna restait muette, complètement tétanisée.

– Le SS me dit que tu as vomi pendant l'appel. Ne me dis pas que la nourriture n'est pas à ton goût ici ? Dans les cuisines, travaillent pourtant les meilleurs personnels…

Un ton sarcastique confirmait que *Schwester* Vera n'avait pas du tout l'intention de bien s'occuper d'Anna. Cela la paralysait et aucun mot ne pouvait sortir de sa bouche. La mégère reprit d'un ton sévère :

– Déshabille-toi et allonge-toi sur cette table !

---

33. « Sœur » ici infirmière

Anna obéit mécaniquement. Une docilité indispensable.

— Mais on dirait que la demoiselle a un polichinelle dans le tiroir, ma foi !

Mise à nue, malgré la maigreur, un petit ventre rond pointait. Anna essaya de lui prouver le contraire et feint l'étonnement.

— Enceinte ? Vous êtes sûre ? Ce n'est pas possible. Je… Je… suis vierge.

En entendant ces mots, l'empoisonneuse éclata de rire.

— Tu es aussi vierge qu'une fille de bordel. Et menteuse en plus. J'en ai vu tant des filles comme toi !

Anna ne s'attendait pas à autre chose qu'à ces paroles pleines de cruauté.

— Tu sais ce qu'on fait dans le camp aux filles enceintes ?

Schwester Vera marqua un long temps de pause en regardant Anna, d'un air méprisant. On eut dit qu'elle attendait une réponse qui n'arriverait pas. Non, Anna ne savait pas ce qui survenait aux femmes enceintes à Ravensbrück. Elle supposait aisément qu'il ne leur advenait rien de bien. Elle en avait vu partir au Revier sans jamais revenir. Et elle avait bien constaté qu'il n'y avait aucun nourrisson dans le camp. Aucun nourrisson vivant assez longtemps. Car dans les baraquements, des accouchements étaient assez fréquents. Et parfois, de véritables élans de solidarité se mettaient en place, pour essayer de nourrir ces bébés, de les maintenir en vie. Mais dans la saleté, le froid, les efforts étaient bien souvent vains. Cela ne laissait entrevoir rien de bien heureux. Alors, devant son mutisme, l'infirmière reprit lentement :

— Tu as plusieurs possibilités. Tu meurs maintenant avec ton mioche dans le ventre. Ou tu avortes et tu risques de mourir de l'opération. Ou je ne fais rien. Je ne dis rien. Tu accouches et là, on prendra ton bébé et tout simplement, on le noiera sous tes yeux. Il mourra d'asphyxie en une vingtaine de minutes. D'interminables minutes pour toi qui mourras de chagrin.

Le visage d'Anna se décomposait à mesure que les mots faisaient sens dans son esprit. Elle comprenait que ces possibilités n'en étaient pas et que l'issue était inévitablement fatale. Hésitante, elle chercha une échappatoire en balbutiant doucement :

— Et le château d'Hartheim ?

— Au château d'Hartheim, on y envoie les folles. Visiblement, tu pourrais y aller vu ce que tu proposes. Mais tu oublies qu'ici ce ne sont pas les détenues qui proposent. Tu n'as pas d'autre choix que ceux que je t'ai évoqués. Allez. Relève-toi et monte sur cette balance.

Se redresser fut difficile. Elle était comme sonnée. Pourtant il ne fallait pas faiblir maintenant, même si toutes illusions se perdaient à chaque fois que la Punaise ouvrait sa bouche. Anna parvint finalement à se remettre debout et à se diriger vers la balance :

— Quarante-sept kilos…

Anna n'avait jamais été très regardante sur son poids, mais à l'évidence, cela faisait au moins six de moins qu'à son arrivée au camp. L'inquiétude grandissait.

— Quarante-sept kilos ? C'est un nombre intéressant.

En ricanant devant l'air hébété d'Anna, elle ajouta :

— Quarante-sept kilos, c'est dix de plus que la dernière que nous avons ouverte. Le docteur voulait peaufiner ses croquis sur l'évolution des fœtus. Il a bien travaillé, on peut le dire.

Malgré l'arrêt des vomissements, Anna était de plus en plus nauséeuse. L'espoir s'amenuisait. *Schwester* Vera lui ordonna d'attendre dans la pièce. Elle allait chercher Fritz Fischer. Bien que très occupé, il avait été très clair. Il devait être prévenu de toute détenue potentiellement enceinte. Et surtout, aucune intervention sur elle sans son aval. Le sadisme de Vera l'avait souvent amenée à imaginer les pires atrocités sur certaines patientes, mais jamais elle n'aurait désobéi à un ordre du médecin. Même les Aryennes pouvaient être condamnées. Dans le Revier, elle trouvait toujours d'autres malades pour assouvir ses penchants sadiques. Anna non plus ne prit le risque de désobéir et attendit patiemment, à demi-nue, dans la froideur de l'instant.

Fritz Fischer avait l'apparence d'un homme bon. Probablement, l'avait-il été et certains le considéraient encore comme tel. Mais depuis que Karl Gebhardt l'avait choisi comme assistant pour participer à des expériences médicales sur les *Kaninchen*[34] de Ravensbrück, son engagement le transformait peu à peu en monstre. La plupart du temps, les *Kaninchen* étaient sélectionnées parmi les Polonaises, majoritaires dans le camp après les Allemandes. Le docteur Gebhardt et Fritz Fischer prenaient un malin plaisir à jouer avec leurs cobayes, arguant des recherches indispensables qui sauveraient des vies aryennes. D'ailleurs, c'est grâce à cet argument que le Führer autorisait le financement de ces essais. Les expériences médicales étaient nombreuses et très diversifiées : propagation de virus et usage de sulfamide en guise de médicament prometteur, greffes de peau, transplantation d'os… Bien sûr, les patientes utilisées à Ravensbrück ne guérissaient jamais. Depuis quelques semaines, Fritz Fischer pratiquait seul au Revier. Karl Gebhardt, qui était un médecin de grande réputation, était demandé çà et là dans le Grand Reich.

Quand Fritz Fischer entra dans la pièce, accompagné de *Schwester* Vera, la panique submergea Anna. Sans préambule, il la somma de s'allonger. Puis, il ordonna à l'infirmière de quitter la pièce. Elle s'exécuta sur-le-champ non sans montrer sa contrariété. L'assistant-docteur s'approcha d'Anna et vint disposer une série de petites diodes sur le ventre qu'il fixa avec une matière collante. Ces diodes étaient reliées par des fils de plusieurs couleurs à une grosse machine qui bipait. Pour la jeune fille, la scène était irréelle. Elle n'avait aucune idée de ce qui était en train de se passer. Elle ne sentait aucune douleur, mais plutôt des petits picotements. Le docteur, quant à lui, semblait d'une concentration exceptionnelle. Il fixait le ventre d'Anna sur lequel les diodes étaient installées,

34. « Les lapins », femmes utilisées pour les expériences des médecins nazis.

puis l'écran en haut de la machine. Mystérieusement, cela rassura un peu Anna. Impossible pour elle d'interpréter ces multitudes de points qui apparaissaient à l'écran et qui ne cessaient de bouger. En revanche, Fritz Fischer semblait maîtriser son sujet. Anna pouvait lire l'assurance sur son visage.

Au bout de quelques minutes, deux lignes bien distinctes s'affichèrent à l'écran. Cela semblait satisfaire davantage le Docteur qui redoubla d'attention. Quand l'image fut stable, il appuya sur une pédale reliée à la machine, et un document en sortit par une fente discrète sur le côté droit. Anna n'avait jamais vu un appareil aussi sophistiqué. Même à l'Ahnenerbe. Fritz Fischer secoua le papier de sa main droite, puis le scruta longuement. Ensuite, il coupa la machine d'un geste brusque. Il retira une par une les diodes sans précaution, en tirant sur les fils, ce qui fit hurler Anna, qui reçut en retour un coup au visage. Choquée, mais docile, elle se tut.

Toujours sans dire un mot, le docteur nettoya soigneusement ses outils. Ensuite, il se prépara un café. Puis il se servit un verre. Vraisemblablement un alcool à en juger par l'odeur. Et le but d'un trait. Enfin, il réinstalla les diodes sur le ventre d'Anna qui était restée allongée, abasourdie. Il ralluma l'appareil et à nouveau deux lignes bien distinctes apparurent. Elles provoquèrent chez lui d'abord un sourire, puis un rire qui se transforma en un éclat de rire. Il était soulagé. Encore une fois, il arracha les diodes du corps d'Anna qui se mordit l'intérieur des joues pour se retenir de hurler. En revanche, elle ne réussit pas à contrôler ses larmes qui coulèrent malgré ses efforts. Cette expérience avait bien duré deux longues heures durant lesquelles Fritz Fischer n'avait presque pas parlé. Anna, qui avait encore du mal à digérer les paroles de *Schwester* Vera, s'était accommodée de ce silence imposé.

Finalement, le docteur lança :

— Je crois bien, Mademoiselle, que vous avez de la chance. En tout cas, moi j'en ai aujourd'hui.

Et il quitta la pièce le sourire aux lèvres, sans aucune explication. Anna resta seule, dans l'angoisse la plus profonde, toujours nue sur la table froide.

Quand *Schwester* Vera revint, son attitude avait changé. Toujours aucune empathie et encore moins de délicatesse. En revanche, plus aucune parole haineuse. Plus aucun mot d'ailleurs. Elle autorisa Anna à se rhabiller, ce qu'elle fit très rapidement. Puis, elle prit Anna par le bras et ensemble elles quittèrent l'infirmerie en claquant la porte. Elles traversèrent la cour centrale qui était déserte en pleine journée et entrèrent dans le quartier réservé aux SS. Plusieurs maisons proches les unes des autres, toutes identiques rappelèrent à Anna la vie de village qu'elle menait quelques mois auparavant. Ses pauvres parents... Elle eut un pincement au cœur. Elle était leur unique enfant. Elle se devait de rester en vie pour eux. Anna essayait de comprendre ce qui lui arrivait, mais il était impossible pour elle de savoir si la découverte faite par le médecin était une échappatoire ou une accélération de sa descente vers les enfers.

Quand elles arrivèrent devant la dernière maison, La Punaise sortit une clé rouillée de sa blouse et ouvrit une petite porte de service. Quand la lumière du jour éclaira la pièce, le luxe s'offrit aux yeux d'Anna : un lit, une table, une chaise et un petit évier. *Schwester* Vera somma Anna d'entrer et ouvrit un volet en bois. La fenêtre était renforcée par des barreaux métalliques. Quand l'infirmière quitta la pièce l'abandonnant à son nouveau destin en l'enfermant, Anna sentit la solitude la gagner. Le confort d'un lit ne remplacerait pas le réconfort de ses amies du camp.

Fritz Fischer commença par se servir un verre de schnaps à la mirabelle, vestige d'une expédition en Moselle au début de la guerre. Puis il s'affala dans son fauteuil en cuir en regardant le précieux liquide tournoyer. La première gorgée le soulagea d'un poids. La deuxième gorgée le revitalisa. La troisième gorgée lui donna le courage d'appeler. Il se redressa alors de son siège, tendit son bras et décrocha le combiné. Il composa le numéro qu'il connaissait par cœur tant il avait dû rendre des comptes. Plusieurs tonalités se firent entendre avant la voix :

— Karl Gebhardt à l'appareil.

— Bonjour mon Gruppenführer. Ici Fritz Fischer.

— Ah bonjour, Fritz. J'espère que vous m'apportez une bonne nouvelle ?

Pour une fois, l'assistant put répondre avec fierté :

— Une très bonne nouvelle, même. Ça y est. Je l'ai trouvée.

Un long soupir d'apaisement rassura Fritz Fischer. Après tout, tous les deux jouaient leur peau.

— Enfin… Dieu merci ! Je commençais sérieusement à m'inquiéter. Et dans quel état est-elle ?

— Elle est assez pâle, un peu fiévreuse, mais elle a l'air plutôt solide. Jeune. Très jeune même.

Karl Gebhardt sentit un poids s'envoler. Pour confirmer cette réussite, il demanda des précisions :

— Je suppose qu'elle n'est pas juive, Fritz ? Dites-moi que non.

— Évidemment non. Les Juives ne vivent pas longtemps à Ravensbrück. C'est une opposante politique.

— Et combien en a-t-elle ?

— D'après l'appareil, deux. J'ai testé deux fois. Nous n'en sommes qu'au début des recherches, mais l'imagerie par ultrasons semble être efficace. De toute manière, hormis une intervention chirurgicale très risquée, nous n'avons pas d'alternative.

— Deux, en bonne santé ! C'est un travail parfait ! Vous égayez ma journée, Fritz !

Le docteur Karl Gebhardt venait juste d'apprendre que les subventions pour les recherches médicales allaient être réduites en raison de l'effort de guerre à intensifier. Il était très déçu avant cet appel.

— Quel âge les fœtus ont-ils ? Vous avez pu poser un diagnostic ?

— Bien sûr. Les fœtus ont environ cinq mois.

Une pause dans le téléphone révélait un calcul mental rapide.

— Cinq mois, oui ça devrait aller pour mars ! Je vais vous faire confiance, Fritz. Vous avez fait du bon boulot ! En attendant, faites ce qu'il faut pour qu'elle ne tombe pas malade. Ça fait près de quatre mois que le Reichsführer Himmler est sur mon dos pour cette marchandise. Il ne doit rien lui arriver.

— Je ferai tout mon possible, mon Gruppenführer.

Les deux docteurs raccrochèrent leurs combinés respectifs. L'un vida son verre d'un trait, comme le point final de ce projet. L'autre ouvrit un petit tiroir de son bureau, sortit un cigare assez long, l'alluma et inspira fort. En fermant les yeux, il souffla lentement. Un nuage de fumée enveloppa son visage. Le tabac fit son effet. Deux manières bien distinctes de se libérer d'une tension.

18 décembre 1941, dans la Tanière du loup

C'était le troisième voyage qu'il faisait vers la Tanière du loup pour échanger avec le Führer. Cette fois, la donne avait radicalement changé. Très loin de l'enthousiasme de la lancée de l'opération Barbarossa en juin, l'ambiance était plutôt à la désolation. Les défaites s'accumulaient sur le front russe et il fallait accélérer l'épuration afin d'éliminer toute menace contre la race aryenne. Si Himmler et Hitler n'étaient pas toujours d'accord, sur ce dernier point, ils se rejoignaient. Tous les deux prêts à tout, à l'inimaginable. L'enjeu de ce rendez-vous était de taille et Himmler l'avait bien préparé. Ainsi, quand les roues du Junker-Ju se posèrent sur le tarmac à proximité de la clairière, il était prêt depuis longtemps. Depuis qu'il avait entouré la date du 18 dans son agenda, soigneusement relevé l'importance de la rencontre par un trait rouge vif très épais, et ajouté un ordre horriblement clair « Question juive — à exterminer comme partisans », son cerveau bouillonnait d'idées. Il allait enfin pouvoir les partager. Habitué des lieux, il passa tous les contrôles sans grand étonnement, constatant néanmoins que la surveillance avait été très largement renforcée. Des SS étaient positionnés tout le long de la route qui menait au QG du Führer. En revanche, le contraste climatique était saisissant. Incontestablement, la chaleur étouffante de l'été avait disparu, laissant place à un manteau épais de neige qui accentuait l'isolement du lieu.

Quand Himmler arriva devant les appartements du Führer, il frappa à la porte. Un garde lui ouvrit et l'amena jusqu'au bureau. Hitler, assis dans son fauteuil, ne prit pas la peine de se lever et fit simplement un geste de la main en guise de salut, invitant par la même Himmler à se joindre à lui. Himmler fut surpris en apercevant le Führer. Il ne s'attendait pas à voir son visage aussi marqué. D'habitude plutôt amical à son égard, le Führer semblait complètement renfermé. Un sentiment de satisfaction parcourut l'invité qui réussit à le cacher efficacement.

— Bonjour Heinrich. Avez-vous fait un bon voyage ?

L'étonnement marqua le visage d'Himmler. Il n'était pas habitué à ce genre d'entrée.

— Bonjour mon Führer. C'était un trajet saisissant. Du ciel, la vue sur nos terres en expansion est exceptionnelle.

— J'ai bien peur que cela ne soit plus qu'une chimère. La Wehrmacht est mise en difficulté. Nous sommes à un tournant…

Devant ce constat froid et sans appel, Himmler ne sut que répondre.

— Je vous ai fait venir, Heinrich, parce que, comme vous le savez, il faut que nous trouvions ensemble une solution plus diligente à notre problème.

— Bien sûr. J'ai déjà commencé à réfléchir à la question et des tests sont en cours à Ravensbrück.

— Ah oui, Ravensbrück, c'est votre camp non ?

— Ce n'est pas exactement ce que je dirais, mon Führer…

Himmler laissa sa phrase en suspens. Le Führer reprit :

— Et, pardonnez-moi si je me trompe, mais c'est bien vous qui avez demandé et piloté sa construction, non ?

— C'est vrai, mais j'ai eu votre aval, et je n'étais pas seul décideur ni du lieu ni de sa fonction si particulière.

Se sentant sur un terrain glissant qu'il n'avait pas du tout envie d'emprunter, Himmler chercha à couper court à cette discussion. Il avait bien compris ce que Hitler souhaitait vouloir lui faire dire, mais il ne s'agissait pas ici de parler de tout cet argent qu'il accumulait à chaque fois que le camp louait des prisonnières aux usines et aux mines voisines. Chaque prisonnière était louée entre 6 et 8 marks par jour, auxquels il fallait soustraire 0.70 mark pour la nourriture et l'amortissement des vêtements. Si une détenue en moyenne avait une durée de vie de neuf mois, elle rapportait 1 431 marks. Elles étaient des centaines à aller travailler à l'extérieur du camp. Cela faisait un profit loin d'être négligeable. Et une grande partie de ces sommes lui revenait. Même si Himmler n'en avait pas honte, ce n'était pas l'ordre du jour. Ainsi, il décida de rentrer directement dans le vif du sujet :

— Depuis cet automne à Ravensbrück, nous sélectionnons les femmes en incapacité de travailler. Et nous organisons les « transports noirs » vers le château de Mauthausen. Vous savez j'imagine que c'est dans ce château que la question des malades mentaux est en partie réglée. Nous intégrons donc les infirmes dans ce dispositif « 14f13 » qui sont gazés dans des chambres en arrivant. Je pense que nous pourrions généraliser ce système en élargissant l'usage des chambres à gaz. D'ailleurs, la construction d'un bâtiment spécifique à Ravensbrück est en cours.

Leur persévérance dans le mal était telle que les deux hommes pouvaient aborder ces sujets sans aucun malaise.

— Sur le front de l'Est, il y a beaucoup plus de personnes à éradiquer avant que l'URSS ne reprenne le territoire de la Pologne. Car je suis persuadé que cela arrivera.

— C'est pour cette raison que j'ai pensé à organiser des camps dont le seul but serait l'extermination. Les corps brûlés dans de grands fours crématoires.

— Et comment ne pas s'inquiéter des exhalaisons nidoreuses ? Elles vont forcément alerter.

— Pas si nous construisons à l'écart des villes et villages, toujours à l'Est, dans le sens du vent. Comme nous le faisons dans nos villes : quartiers huppés à l'ouest, usines et habitats précaires à l'Est. De toute manière, l'opinion et les interrogations de ces gens nous importent-elles vraiment ?

— Vous avez raison Heinrich, comme souvent. Vous m'inquiétez, vous savez parfois. J'ai un peu peur que vous ne souhaitiez ma place.

Himmler ne dit rien, évidemment, mais le Führer n'avait pas tout à fait tort. À un détail près, vivre reclus dans une forêt humide et glaciale alors qu'on pouvait vivre dans le luxe, c'était un choix impossible à envier.

— En parlant de banlieue huppée, qu'en pensez-vous si nous organisions une réunion sur la Question juive à Wannsee ? Vous et moi donnerons des directives sans avoir besoin de tout piloter.

– Une boucle bouclée. Depuis le début de la guerre, beaucoup de nos officiers se sont approprié ces luxueuses maisons qui appartenaient principalement à de riches entrepreneurs juifs emprisonnés. Choisir ce lieu pour une réunion aussi déterminante marquerait un autre pan de l'anéantissement.

– Oui, enfin… C'est surtout pratique, puisqu'ils sont tous proches les uns des autres. J'ai arrêté la date : le 20 janvier. Heydrich présidera la réunion sous vos instructions et Eichmann sera le secrétaire afin de pouvoir organiser en parallèle sa stratégie logistique.

– Très bien. Je vois que vous avez travaillé le sujet autant que moi.

Himmler n'aimait pas ces moments où Hitler reprenait tellement confiance en lui que n'importe qui à ses côtés pouvait se sentir soumis. Il l'avait préféré comme à son arrivée, abattu et terne. Se relancer dans un projet qui lui tenait à cœur le revigorait.

– J'ai aussi bloqué la date du 20 mars. On s'y retrouve.

– Oui, les préparatifs avancent.

– C'est parfait ! Nous nous retrouverons donc à cette occasion. En attendant, laissez-moi seul, je vous prie, j'ai besoin de me reposer.

– Bien, mon Führer.

Himmler salua Hitler et sortit. Déjà une voiture l'attendait pour l'emmener à l'aérodrome. Incontestablement, il n'était pas le bienvenu plus longtemps à la *Wolfsschanzee*. Hitler, quant à lui, se servit un verre d'alcool qu'il avala cul sec.

19 décembre 1941, Moscou

Le téléphone sonna dans le QG provisoire de la Wehrmacht. Le sous-officier en charge de la télécommunication blêmit en entendant son interlocuteur. Il posa le combiné et courut chercher un général. En un éclair, le général Erfurth reprit l'appel, sous le regard médusé d'une grande partie de la division :

– Général Erfurth à l'appareil. Je vous écoute, mon Führer.

D'habitude, les directives reçues par la Wehrmacht provenaient de Goering.

– Par cet appel, je vous informe qu'à partir de ce jour, c'est moi et moi seul qui prends les commandes de la guerre sur ce front.

Le général Erfurth ne sut que dire, médusé. Hitler reprit :

– Général Erfurth ? Est-ce que vous m'entendez ?

– Oui, mon Führer. L'ordre est bien reçu.

Hitler aurait pu s'arrêter, mais excédé par la tournure de la guerre, il en profita pour vider une partie de sa colère :

– J'en ai assez de voir nos troupes se ridiculiser. La Wehrmacht s'est préparée à ce conflit depuis près de dix années. Et vous n'êtes pas foutu de prendre la ville ?

Pris par surprise, le général avait du mal à répondre, ce qui agaçait davantage le Führer.

– Je comprends votre déception, mon Führer. La Wehrmacht fait tout ce qu'elle peut.

– Faites encore plus ! ordonna le Führer. Je n'accepterai aucun recul. Grossissez les troupes. Acheminez des armes. Débrouillez-vous, mais je ne veux aucune capitulation. Vous m'entendez ?

La colère du Führer jaillissait à travers le combiné. Les militaires autour du général Erfurth se regardèrent, incrédules. À leur tour, ils pestaient. Des ordres, toujours des ordres, lointains. Avancer, encore. Mourir, encore. Beaucoup dans la Wehrmacht étaient las de ces objectifs qu'ils ne comprenaient plus. L'Allemagne n'avait aucune nécessité de s'encombrer des territoires froids et impropres de l'URSS. Les discordances entre la Werhmacht et les SS étaient de plus en plus marquées. Les soldats de la Wehrmacht pensaient défendre une cause légitime en se battant et les massacres perpétrés par les SS après eux sur des civils leur paraissaient incompréhensibles.

— Mon Führer, je vous entends très bien.

— Alors c'est parfait !

Hitler coupa la conversation sans salutation. Agacé par ce qu'il définissait comme de l'incompétence, il n'acceptait pas la défaite. Il fallait accentuer les offensives. Maintenant. Sept jours plus tôt, Mussolini et lui-même avaient officiellement déclaré la guerre aux États-Unis. La victoire se jouait au temps. Ne comptant sur personne d'autre que lui-même pour mener le Grand Reich à la réussite, il avait ordonné qu'on protège la côte ouest de l'Europe en prévention d'une éventuelle attaque. Depuis le 14 décembre, des militaires étaient mobilisés afin de construire un gigantesque système de défense. De l'Espagne jusqu'au nord de la Norvège, l'Allemagne s'emmurait.

10 janvier 1942, entre la Tanière du loup et Munich

Hitler décrocha le téléphone et fut mis en relation directe avec Himmler. D'un ton ferme, il ordonna :

— Nous allons devoir avancer la date de la cérémonie.

— Mais vous n'y pensez pas. C'est inimaginable. Ce n'est pas un mariage. Il y a des règles à respecter.

— Non. Il nous est impossible d'attendre. La situation militaire est très inquiétante. Nous perdons notre avance. Nous avons de plus en plus d'ennemis. Des nations se rattachent aux Britanniques et aux Américains. Il faut gagner la guerre avant que tous ces hommes ne débarquent sur le continent.

— Vous avez une vision bien pessimiste du combat.

— Je suis plutôt réaliste.

— Sauf votre respect, mon Führer, nous n'avons pas encore avancé tous nos pions sur cet échiquier. Depuis hier, Von Ribbentrop négocie avec Horthy afin de renforcer l'aide de la Hongrie sur le front est. C'est non négligeable.

— Vous savez bien que s'ils le font, le Régent Horthy réclamera des contreparties. Et le Grand Reich ne peut rien leur offrir de plus que les territoires envahis en Transylvanie ou en Slovaquie. Au Sud, Horthy lutte aux côtés des troupes italiennes, mais ils revendiquent les mêmes terres. Le soutien de Mussolini est bien plus précieux. Les Hongrois ont du mal à livrer les Juifs, et l'envoi de soldats est de moins en moins nombreux. L'Axe est une alliance bien plus solide.

— Justement, la Wehrmacht n'est pas en difficulté en Méditerranée. Bien au contraire. La stratégie de bombardement est efficace contre les Britanniques. À Malte, les raids aériens s'intensifient et les infrastructures ennemies sont fragilisées. L'approvisionnement des navires de guerre et de l'armée britannique est très menacé.

– Cela ne suffit pas. Vous le savez bien. Je refuse de croire que vous êtes ignorant à ce point sur les stratégies militaires. Le front de l'Est est le plus important. Physiquement et moralement. Et c'est celui que nous avons le plus de mal à tenir. Nous perdons de plus en plus d'hommes. La Wehrmacht est épuisée. On rapatrie des soldats de l'ouest vers l'est. Mais ça prend du temps. Et ça nous affaiblit aussi en France. La Résistance s'organise. Un certain Moulin commence à faire parler de lui.

– Malgré tout, nous avons encore la supériorité en armement. Et les usines continuent de produire.

– Les chaînes de montage américaines sont bien plus performantes. Des espions infiltrés nous ont fait part d'un effort massif. Ils prévoient la production de 60 000 avions dans l'année. 125 000 l'année suivante.

– Les Japonais aussi…

– Arrêtez de vous comporter comme un gamin capricieux ! Par votre entêtement, vous perdez tout sens des réalités. Les Japonais sont des forces trop éloignées. Nous ne pouvons pas compter sur eux en Europe. Et depuis quelques jours, des unités chinoises ont réussi à stopper leur progression dans la province de Houan. Nous sommes à un tournant majeur et il faut prendre la bonne direction.

Himmler bouillonnait intérieurement, l'oreille figée sur le combiné. « Un gamin capricieux ! ». Comment le Führer pouvait-il lui parler ainsi ? Il avait l'air de quoi lui avec sa moustache tel un Charlot prêt à tout pour amuser la galerie ? Ces mots étaient insupportables. Mais s'il souhaitait arriver à ses fins, il devait contenir sa colère. Alors Himmler reprit, le plus posément possible :

– Malgré tout, je pense qu'il ne faut pas décaler la cérémonie. Une mauvaise interprétation mettrait en péril nos années de préparation à la guerre. Pour le moment, les dieux sont avec nous, soucieux de préserver la domination de la race aryenne. Vous n'y croyez plus ?

En entendant ses propres mots, Himmler sut qu'il avait été trop loin. Une sensation de fragilité l'envahit. Une détestation. Il serra les deux poings fermement le long du corps et attendit une réaction. Il patienta de longues secondes. À l'autre bout du fil, Hitler n'en croyait pas ses oreilles. La colère lui était montée d'un coup, faisant accélérer son cœur, machine que lui seul savait imparfaite. Il éloigna le combiné du téléphone et le posa sur le bureau. De sa main gauche, il tâta son pouls sur le poignet opposé et inspira puis expira lentement. Il refit l'opération plusieurs fois. Quand il eut l'impression que son cœur battait à nouveau à un rythme régulier, il reprit le combiné et répondit fermement :

– Je ne vous fais pas part ici d'une proposition, mais d'un ordre. Soit on avance, soit on annule. Et quand je dis « on », il est évident que je parle de vous. J'ai beaucoup d'autres points à travailler en ce moment. Je ne supporterai pas une seconde fois que vous contestiez mes ordres. Je vous ai permis d'être ce que vous êtes aujourd'hui. Mais je peux aussi tout vous reprendre. Vous comprenez. Tout.

Et le Führer raccrocha. Ce n'était pas la peur qui bouleversait Himmler, mais la honte. Il se sentait humilié par le Führer. Tout, mais pas Sarah. Il était éperdument amoureux d'elle, malgré ses origines. Une fille née de mère juive. Jamais il n'aurait imaginé cela. Mais jamais Hitler ne lui reprendrait Sarah. Par sécurité, il lui avait préparé une nouvelle carte d'identité. C'était Clara depuis quelques mois. Pour se changer les idées, il alluma le poste de radio :

Les soldats de la Wehrmacht défendent leurs positions « dans un mur de sang ».

Himmler n'était pas naïf. Il savait l'horreur de la guerre. Les troupes soviétiques progressaient rapidement au nord-ouest de Moscou, malgré une résistance féroce des soldats allemands. Sûrement pas naïf, bien au contraire. Mais déterminé, certainement. La victoire du Reich était une victoire divine. Il fallait l'honorer.

12 janvier 1942, Munich

Ce n'était pas une journée comme les autres. Pour la première fois depuis son arrivée à Munich, Silvie sortirait ce soir. Voir un spectacle. Une chanteuse de renommée mondiale. Silvie était tout excitée. Elle passa de longues heures à se promener dans les rues, à flâner devant les vitrines des boutiques afin de se choisir une robe de soirée qui lui permettrait de ne pas se sentir différente. Car Arnold l'avait prévenue : les plus hauts dirigeants et leurs épouses seront présents aussi pour cette représentation exceptionnelle. Toute la société mondaine bavaroise regroupée au Théâtre national. Quand sa tenue fut enfin trouvée, elle décida de profiter du temps qui lui restait pour se faire coiffer dans un salon de beauté. À dix-sept heures, Silvie patientait dans l'appartement, toute souriante. Jamais elle ne s'était sentie aussi jolie et pleinement heureuse. Elle en avait même oublié la guerre... Dans les rues de Munich, les combats n'existaient pas. Les fronts étaient loin. Les informations semblaient irréelles.

Quand elle vit la poignée de la porte d'entrée s'abaisser, son cœur se mit à battre. Elle avait hâte de la réaction de son futur époux en la voyant. Elle se précipita au bout du couloir et attendit sans bouger. Avec ses deux mains, elle tenait des bouts de tissus de sa robe volumineuse, comme prête à faire une révérence. Ce jour, elle était une princesse.

Arnold franchit le seuil de la porte, tête baissée. Il lâcha son sac qui glissa le long du mur. Puis il ouvrit les fermetures de ses lourdes bottes pour se déchausser. Ensuite, il se libéra d'un épais manteau. Et alors, il leva les yeux vers Silvie. Un sourire se dessina sur son visage un court instant puis celui-ci s'assombrit à nouveau. Silvie était désemparée. Partagée entre déception et compréhension. Elle savait que les journées de son compagnon étaient de plus en plus dures à supporter, son inquiétude grandissait au fur et à mesure de son implication forcée à la Gestapo. Elle ne dit rien et laissa Arnold venir vers elle. Il s'approcha lentement, posa sa main droite sur la hanche charnue de Silvie et lui embrassa le front longuement. Enfin, il prit la parole :

— Je suis épuisé…

Silvie regarda son amoureux tristement. Parfois, elle se sentait impuissante. Elle aurait presque pu pleurer, mais choisit de se retenir. Arnold se dégagea du corps chaud de sa femme et, reculant d'un pas, la regarda :

— Tu es magnifique Silvie. Vraiment ! Je suis si heureux que tu sois là avec moi.

Ces mots sincères réconfortèrent Silvie qui prit Arnold dans ses bras. Elle décida de détourner la conversation afin d'essayer d'égayer un peu le moment :

— Je ne sais pas si je suis magnifique, mais cela m'a demandé beaucoup de travail ! dit-elle en s'amusant. Tu ne me verras pas tous les jours ainsi, alors profites-en.

— C'est vrai que ce soir, nous sortons. J'avais oublié jusqu'à ce que j'entende la secrétaire en parler au Palais. Je vais me changer et j'arrive.

Silvie ne patienta pas très longtemps avant qu'Arnold ne revienne, vêtu de l'uniforme civil obligatoire. Même si elle détestait les valeurs que cette tenue représentait, elle ne pouvait s'empêcher de trouver Arnold très beau habillé ainsi.

Ensemble, ils sortirent de l'appartement. Arnold s'apprêtait à fermer la porte quand Silvie le retint :

— Attends ! J'ai oublié quelque chose…

Silvie passa sous le bras d'Arnold qui tenait la porte entrouverte et fila vers la cuisine par le long couloir. Elle ouvrit un gros pot en céramique décoré de fleurs vives et fouilla l'intérieur de sa main droite. Elle attrapa une gourmandise, referma le pot et ressortit de l'appartement satisfaite. En revoyant sa belle, Arnold sourit et s'émut. Elle avait toujours une petite pensée pour les autres. Silvie accrocha le bâton de sucre d'orge en forme de canne à la poignée de la porte d'en face. Puis ils descendirent les escaliers, et marchèrent dans la rue, bras dessus bras dessous. Le théâtre national était à deux pas de leur lieu d'habitation, sur la *Max-Josef Platz*, l'une des plus animées de la ville. Silvie hésita d'abord, mais finalement décida de profiter de cet instant sans surveillance pour avoir quelques explications avec Arnold :

— Tu sais, Arnold. Je suis triste de te voir ainsi. Tu sembles si confus. Je ne sais pas comment t'aider…

— Tu m'apportes déjà énormément en étant près de moi. Je pense que je ne te le dis pas assez souvent.

À moitié assuré, il ajouta :

— Je suis fatigué, Silvie. Je n'y arrive plus. Je ne sais pas comment retrouver ma motivation. Je ne comprends plus le sens de ma fonction.

Il baissa la tête et passa plusieurs fois sa main restée libre sur le crâne, comme pour essayer d'effacer ses mauvaises pensées. Évidemment, ces gestes n'eurent aucun effet.

— Tu es bien trop exigeant et dur avec toi-même. Depuis plusieurs mois que nous sommes ici, je t'ai vu évoluer au palais et à l'extérieur. Tu as pu donner des informations indispensables au 07 sans lever aucun soupçon sur toi. Le Reichsführer te fait entièrement confiance.

— J'ai impression que tout se mélange dans mon cerveau. Que la folie s'empare de moi. À force de côtoyer majoritairement des SS, je ne sais même plus quel est mon camp. Hier par exemple, vingt-six états se réunissaient à Washington pour réfléchir à une alliance afin de « contribuer à la lutte contre l'hitlérisme ». Je l'ai lu ce matin dans un journal anglais. La Gestapo les utilise afin de développer des contre-informations.

— C'est vrai ? Mais c'est une excellente nouvelle !

— C'est ce que j'aurais dû penser aussi. Comme toi, l'information aurait dû me réjouir. Mais…

— Mais quoi, Arnold ?

Silvie était incrédule face aux sentiments de son amoureux.

— Eh bien… j'ai honte, mais je ne peux le dire qu'à toi… Je n'ai rien ressenti. Pas de joie. Pas de colère. Je ne me sens pas nazi. Je ne me sens plus du tout résistant. Je ne suis peut-être rien… Terne. Triste. Perdu. Finalement, j'aurais mieux fait de partir au front, et pourquoi pas d'y mourir…

Désemparée, Silvie cherchait les mots pour le guérir de ces obscures pensées.

— Ton combat, c'est la liberté. Tu es allemand. Comme moi. Mais nous ne sommes pas nazis. Nous sommes nés sans Hitler. Nous ne l'avons pas choisi. Il n'y a pas une nation contre une autre. Il y a des hommes, des femmes, contre d'ignobles barbares. Notre combat, c'est la lutte contre l'oppression. La lutte pour l'égalité. Toi et moi, nous sommes fiers de notre Allemagne, mais pas de nos dirigeants. Comme ils sont arrivés, ils doivent pouvoir être évincés. Et quand la guerre s'achèvera, il faudra nous montrer Arnold, il faudra montrer une autre image de l'Allemagne…

Au fur et à mesure des phrases, la voix de Silvie vacillait. Derrière une profonde gravité, un mélange de tendresse, de tristesse, de colère et de courage apparaissait. Arnold tourna la tête pour la regarder. Elle était belle. Belle d'humanité.

— Pour moi aussi tu sais c'est très difficile, Arnold. Je suis là, à t'attendre. Je me sens tellement inutile. Je te vois toi, avec Willy. On n'a pas de nouvelles d'Anna. Ma famille me manque et tous ces morts… Et puis j'ai envie d'un bébé… Et j'ai peur…

Entre stupéfaction et incompréhension, Arnold ne sut pas vraiment comment réagir. Sans s'en rendre compte, ils s'étaient arrêtés au milieu de la place qui grouillait déjà de monde. Il faisait nuit. Il faisait froid. Et Silvie pleurait. Arnold regrettait ce qu'il venait de lui dire. Elle ne pouvait pas tout supporter, il devait le savoir. Il se reprit et lui caressa les cheveux pour la calmer. Mais Silvie était tombée dans un engrenage, le besoin d'extérioriser tout ce qu'elle retenait depuis des semaines lui était vital, comme un exutoire.

— Et le couple qui vivait juste en dessous de notre appartement ? Ils ont disparu la nuit dernière… Où sont-ils, Arnold ? Où sont-ils ?

Collée contre lui, elle frappa sur son torse de ses poings fermés. La colère de Silvie jaillissait. Arnold était démuni.

— Et Josef ? As-tu des nouvelles de Josef ? Dis-moi, s'il te plaît.

Lentement, les sanglots de Silvie devinrent de petites larmes, une rivière, puis un ru, puis l'été. Sec. Alors Arnold hésita, mais il ne pouvait pas lui mentir.

— Oui j'ai des nouvelles de Josef. Josef, il… Il est mort.

Il l'avait appris récemment. Les incidents dans les Einsatzgruppen étaient rapportés directement à la Gestapo. Et par un pur hasard, il avait eu entre ses mains le douloureux papier.

— Il est mort ? répéta Silvie.

— Oui, il est mort.

— Alors Arnold, c'est pour lui, en son honneur que tu dois poursuivre ton engagement dans le 07.

Le ton de Silvie était d'une fermeté déconcertante. Comme si elle avait tout oublié de leurs échanges houleux. C'est cela qu'Arnold appréciait chez elle. Elle savait raison garder en toutes circonstances et le remobiliser. Ils restèrent encore quelques minutes dehors, le temps d'évacuer l'angoisse qu'ils avaient partagée.

Quand ils reprirent l'un l'autre leur esprit, ils constatèrent qu'ils étaient au pied du bâtiment. Encore un chef-d'œuvre architectural. De larges escaliers permettaient d'accéder au théâtre construit comme un temple grec. Huit colonnes soutenaient un fronton massif sur lequel étaient sculptées des statues mises en scène en représentation. L'une chantait, l'autre jouait d'un instrument de musique. Arnold et Silvie ne réussirent pas à distinguer lequel, la luminosité était insuffisante. D'autres semblaient répéter des pièces de théâtre. Main dans la main, ils empruntèrent les escaliers. Arnold tendit ses invitations à l'ouvreur puis ils furent autorisés à entrer. La salle était grandiose. Les fauteuils recouverts d'un noble tissu rouge velours étaient cousus d'un fil d'or qui rappelait le plafond paré de fines feuilles du métal précieux. Il y avait de part et d'autre de la salle quatre étages de loges, toutes déjà occupées. Arnold remarqua rapidement le Reichsführer Himmler, installé confortablement au premier balcon. Il était accompagné de deux autres hommes, mais sans sa femme ni sa maîtresse. Les deux amoureux s'assirent aux places qui leur avaient été attribuées. Silvie regarda autour d'elle. Sans aucun doute, l'artiste faisait salle comble. Elle prit la main d'Arnold et la serra fort dans la sienne.

À l'heure prévue, sans aucun retard, les rideaux s'ouvrirent sous une foule d'applaudissements. Joséphine Baker apparut, dans une tenue d'une exceptionnelle originalité. Un maillot proche du corps tacheté tel un léopard et des plumes autour de la taille. Des plumes encore dans les cheveux. Sous les yeux des spectateurs, elle étincelait. Dans le pays de la domination de la race aryenne, personne ne semblait dérangé par la couleur de sa peau, un tendre chocolat où étaient incrustés des yeux noir profond. Elle était un peu l'Amérique, un peu la France, mais ce soir, c'est en Allemagne qu'elle enflammait la scène.

Le spectacle dura près de deux heures qui passèrent excessivement vite. À la fin de la représentation, Arnold et Silvie réussirent à se faufiler au milieu de la foule dans le hall pour rentrer rapidement. Ils étaient épuisés. Et mal à l'aise malgré tous leurs efforts. De son côté, Himmler quitta le balcon duquel il avait pu observer tout le spectacle. Il se dirigea vers la loge de Joséphine Baker. Il voulait échanger avec cette femme. Il voulait cette femme. Quand il frappa à la porte, Joséphine était toute dévêtue, prête à enfiler une robe plus confortable. Elle entrouvrit la porte, sortit sa tête. À peine surprise, elle demanda au Reichsführer de patienter. Sa célébrité le lui permettait. Sous sa robe, elle enfila un bas qui lui montait jusqu'au milieu des cuisses. À l'intérieur de sa cuisse droite, elle utilisa l'élastique de son collant pour y incruster un petit émetteur. Ensuite, elle se redressa et jeta un coup d'œil dans la glace. Elle était parfaite. Parfaitement prête. Elle prit une grande respiration, afficha un très large sourire et ouvrit la porte.

– Monsieur Himmler, je suis ravie de faire enfin votre connaissance.

Elle tendit sa main gantée au Reichsführer afin qu'il y porte un baiser. Puis elle ajouta :

– Allons nous installer au bar du théâtre, ils font d'excellents cocktails, paraît-il.

Himmler suivit Joséphine Baker sans aucune animosité. Ils passèrent plusieurs heures à discuter. Plusieurs verres furent vidés. Quelques caresses échangées.

Vers une heure du matin, le jeune homme posté à l'extérieur du théâtre put enfin rentrer chez lui. Grâce à Joséphine, il avait obtenu une information essentielle.

Fin janvier 1942, Ravensbrück

Aucune fille du camp n'avait vraiment compris la disparition d'Anna. Une jeune femme assez menue, mais plutôt en bonne santé, rieuse malgré l'angoisse et la peur, travailleuses. Certaines avaient uni leurs forces pour fouiller les moindres recoins du baraquement alors même que leurs corps attendaient les précieuses heures de sommeil qui leur permettaient de tenir. Malgré la simplicité sordide du lieu, chercher jusqu'au fond des cagettes à lapins sans lumière n'était pas si évident, et même très décourageant. En dehors des baraquements, plusieurs étaient attentives lors des sorties, attentives, mais discrètes. Leurs yeux furetaient à droite, puis à gauche, cherchant un éventuel corps abandonné. Puis, elles arrêtèrent de chercher. Anna était probablement morte au Revier.

Pourtant Anna n'était pas loin. Quelques dizaines de mètres à peine. Dans l'une des petites maisons réservées aux SS du camp. Une privilégiée, lui avait craché à la gueule *Schwester* Vera, en la traitant de prostituée. Cracher n'était pas une image tant les postillons avaient recouvert le visage d'Anna. Des postillons de haine, de mépris, et même de jalousie. Anna était devenue chasse gardée du médecin et cela, l'infirmière ne le supportait pas. L'Empoisonneuse s'était emmourachée de Fritz Fischer. Une relation à sens unique. Sauf les soirs d'orgie. Ils étaient récurrents. Coincée dans sa demeure, Anna se trouvait alors spectatrice des nuisances sonores des gardiens complètement saouls qui étreignaient les gardiennes dans la plus grande indifférence.

Ces soirs-là particulièrement, Anna se sentait vide de tout. On lui avait retiré les derniers brins d'humanité qui la maintenaient en vie. Ses dernières bouffées de liberté piétinées. Ces élans de solidarité partagés avec les autres femmes n'étaient plus que des lointains souvenirs, et celui de Willy se confondait avec un rêve éveillé. Quelques coups de pied dans le ventre donné par un bébé en développement rappelaient à la jeune femme que non, ce n'était ni un rêve ni un cauchemar qu'elle vivait. Une tragédie sans fin heureuse. Seule, elle ne pouvait plus croire à un dénouement chanceux. Quand ses pensées étaient si sombres, seules ses deux mains posées sur son ventre la calmaient.

Les journées étaient si longues et monotones qu'Anna regrettait le travail misérable à la *Kammer*. Ici, elle n'avait rien d'autre à faire qu'attendre, s'écouter respirer, distinguer les bruits qui lui parvenaient de l'extérieur de la maison. C'étaient ces sons qui lui permettaient de maintenir un rythme journalier lui évitant de s'abandonner à la mort. En quelques jours, son ouïe s'était fortement développée. Quand elle distinguait les sirènes de l'appel du matin, elle fermait les yeux et essayait de se remémorer la masse de fantômes à demi éveillés rassemblés au milieu de la cour. Elle s'efforçait de compter dans sa tête les rangées qu'elle visualisait et cherchait à estimer le nombre de personnes qui survivaient si près d'elle.

En journée, le calme était pesant, l'enveloppant d'un frisson glacial. Le calme, c'était la mort. Les vivantes étaient parties travailler. Dans ce silence tétanisant, Anna percevait parfois le couinement d'une roue en bois mal huilée qui traversait lentement et péniblement la cour, ralentie par les graviers et le poids des cadavres à décharger dans la fosse. Elle n'avait perçu qu'une seule fois cette scène, justement en sortant du Revier pour se retrouver enfermée dans cette cage dorée. Mais ce fut bien assez pour la graver dans sa mémoire. Et depuis, cette foutue mémoire s'associait à son imagination débordante pour pousser l'horreur à l'extrême. Des bras si maigres bringuebalant par-dessus les bords de la brouette qui se désossaient sous les coups répétés donnés par le chemin caillouteux, jusqu'à se désolidariser intégralement et rouler jusqu'à la porte de sa maison. Son isolement était incompréhensible. Physiquement à part. Socialement à part. Apeurée.

6 février 1942, Hambourg

Marian Rejewski avait admirablement travaillé. Grâce à lui, les Britanniques disposaient d'informations précieuses pour déjouer les plans des stratèges allemands. Heureusement qu'ils avaient réussi à exfiltrer ce mathématicien polonais et ses collègues Rozycki et Zygalski. Ensemble, les cryptologues avaient permis aux Anglais de lire les messages codés que les Allemands cryptaient en passant par Enigma. Ainsi, ils pouvaient prévoir les dates des attaques aériennes et maritimes de l'armée allemande sur l'île et parfois même le positionnement des navires de guerre. Une avance considérable sur le Grand Reich qui motivait les troupes de Churchill. Depuis quelques semaines, le Premier ministre britannique avait négocié avec son homologue américain, le Président Roosevelt, l'intensification des ponts entre les États-Unis et les îles anglaises. Les premiers contingents américains débarquaient au Royaume-Uni pour renforcer les troupes alliées.

En Allemagne, c'était la débâcle. Le ministère de la propagande avait choisi d'officialiser l'abandon de l'opération Seelowe. Celle-ci visait à envahir l'Angleterre, mais surpris par les contre-attaques répétées des Britanniques, Goering avait renoncé. Les relations entre le chef des armées et Hitler étaient de plus en plus tendues. Ce choix douloureux de Goebbels avait porté un coup au moral de nombreux Allemands qui s'interrogeaient davantage sur les tenants et les aboutissants de ce conflit interminable. On leur avait promis une guerre courte. Mais elle s'éternisait. On leur avait promis du travail, de la richesse. Mais l'effort de guerre pesait durement sur le quotidien. Les Allemands subissaient le rationnement comme les vaincus. Beaucoup ne comprenaient pas cette situation. Le blocus organisé par les Britanniques en mer du Nord empêchait les échanges de marchandises entre l'Allemagne et ses partenaires. Et la production nationale servait essentiellement à satisfaire les besoins de l'armée. Mais Goebbels ne pouvait pas humilier son peuple en lui mentant sur une réalité flagrante. C'est pour cela que, fait rarissime, il avait choisi d'officialiser les faiblesses du régime. Le vent tournait et cela profitait pleinement au 07.

À Hambourg, les réunions répétées étaient de plus en plus longues. Ce matin, Willy était convié à l'une d'elles. L'ordre du jour était exceptionnel et la mission du jeune homme encore davantage. Le 07 allait servir de liant entre deux nouveaux alliés. Maxime Litvinov avait été désigné par Staline lui-même comme Ambassadeur soviétique aux États-Unis. Évincé une première fois du pouvoir, il avait d'abord hésité, puis finalement accepté le poste qui lui permettait certainement de se maintenir en vie. Fils de banquiers, Juif, et pacifiste, les menaces avaient pullulé depuis 1939. Des ennemis intérieurs et hors des frontières soviétiques.

Le biplace atterrit aisément et l'Ambassadeur s'en extirpa. Willy, impressionné, chercha à le cacher et professionnellement s'approcha de Maxime Litvinov. Deux générations face à face, déterminées dans la même lutte. Le moment était d'une intensité rare. En se saluant d'une poignée de main ferme, ils échangèrent quelques mots :

– Monsieur Litvinov, nous sommes honorés de votre transit par nos bureaux qui nous permettront de renforcer notre coopération avec les Alliés.

– Je suis moi-même ravi d'avoir la confirmation que tous les Allemands ne sont pas nos ennemis.

Litvinov avait répondu spontanément, avec beaucoup d'honnêteté. Dans son ton, le mélange d'humour et d'anxiété avait étonné Willy. Surtout, Willy ne s'attendait pas à une réponse.

– J'ai appris votre langue grâce à ma famille. Le monde de la banque est un monde sans frontières. Si je ne les ai pas suivis dans leurs convictions politiques et économiques, ils m'ont inculqué la nécessité d'être capable de comprendre le monde par soi-même. Je parle aussi le polonais, et l'anglais, évidemment. Ça, c'est grâce à ma femme.

Encore une fois, son sourire étonna Willy. Maxime Litvinov semblait être un homme simple et chaleureux, malgré sa fonction prestigieuse.

Ensemble, ils montèrent dans une berline qui les conduisit sans difficulté devant la porte des bureaux du 07. Willy consulta sa montre. Dix heures précises. Une réunion de courte durée était prévue en attendant l'organisation d'un vol vers Washington. La guerre aérienne s'intensifiait et les trajets étaient de plus en plus risqués.

Ensemble, ils entrèrent dans le bâtiment et se dirigèrent directement vers le bureau principal. Jürgen, Frederick et Anton étaient déjà présents, installés autour d'une longue table rectangulaire. Il y avait aussi trois autres hommes que Willy connaissait beaucoup moins bien. En réalité, pas du tout. Il les avait déjà aperçus, mais sans vraiment comprendre qui ils étaient. Tous se levèrent pour saluer leur hôte, et se rassirent sur-le-champ. L'ambassadeur Litvinov s'assit en bout de table, guidé par le porte-nom qui lui était affecté.

Frederick Foltz ouvrit la réunion :

— Monsieur Litvinov, bienvenue. Vous êtes ici en sécurité. En attendant votre vol, nous serions très curieux d'avoir des nouvelles du front dans votre pays. Malgré notre réseau en développement, les lignes de l'Est sont insaisissables, les informations superficielles et souvent erronées.

Litvinov ne connaissait personne, mais était très à l'aise. D'un geste de l'index, il remonta ses petites lunettes rondes qui avaient glissé sur son nez, puis leva la tête et prit la parole :

— C'est très difficile pour les Soviétiques. Aucun des deux camps n'est prêt à lâcher. Nous renforçons chaque jour nos troupes par des arrivées de camarades, enfin, de soldats, venus du sud et de l'est. Mais la Wehrmacht fait de même. Après de durs et sanglants combats, l'Armée rouge a réussi à encercler plusieurs bataillons allemands dans la région de

Démiansk. Ce succès est glorifié par la presse stalinienne, mais les forces sont en souffrance.

— Nous aurions pensé que les nouvelles seraient plus réjouissantes. Effectivement, c'est un succès contre Hitler, mais si nous souhaitons la défaite du nazisme, nous ne la souhaitons pas au prix de tant de morts. Beaucoup d'Allemands sont résignés. Ils sont tenus par la peur plus que par la conviction. Une avancée rapide de vos forces permettrait finalement d'épargner des vies.

— Je suis entièrement d'accord avec vous. Mais pour le moment nous sommes à jeu égal. Nos hommes sont plus nombreux, mais nos équipements, bien que croissants, sont inférieurs à ceux de la Wehrmacht. Numériquement. Et aussi, il faut le dire, bien moins performants. Nous n'avons pas réussi à protéger nos meilleurs scientifiques qui pour beaucoup ont fui le pays.

L'intelligentsia avait massivement été supprimée par Staline et ses acolytes dans les années trente, pour éviter toute forme de contestation. Litvinov en était conscient. Cette période avait été particulièrement douloureuse pour lui, évincé à plusieurs reprises du Parti. Mais ce n'était pas l'objet de la réunion. Dans un contexte de guerre mondiale, il fallait se ranger derrière le pouvoir et faire corps. Il reprit, sous les yeux attentifs de l'assemblée :

— C'est pourquoi, afin d'assurer la victoire, je vais proposer la semaine prochaine au Président des États-Unis l'ouverture d'un second front en Europe. À mon sens, seule une offensive simultanée sur deux ou plusieurs fronts permettrait de détruire les forces armées de Hitler.

Tous les hommes autour de la table se regardèrent avec surprise. Le plan de Litvinov était très audacieux. Jürgen demanda des précisions afin d'être certain d'avoir bien compris :

— Vous voulez qu'une nouvelle offensive soit déclenchée en Europe… Une offensive qui serait donc dirigée par les Américains, si je vous comprends bien ?

– Oui, c'est exactement cela que je souhaite négocier avec le Président Roosevelt. Les autres troupes alliées sont déjà trop engagées, en URSS ou en Afrique et les dirigeants, notamment Churchill, peuvent difficilement dégager des hommes pour une percée.

– Mais les Américains sont déjà très présents dans le Pacifique. Et du renfort arrive chaque jour par bateau ou par avion pour soutenir les Britanniques. Pensez-vous réellement qu'ils soient prêts à engager une offensive de grande ampleur ?

– Tout est une question de négociation et de temporalité. Sont-ils prêts aujourd'hui ? Non, évidemment, non. Le seront-ils demain ? Oui. La loi Prêt Bail ne suffit plus. Et ils le savent. C'est mon rôle aussi de les convaincre. Nous n'avons pas d'autre choix pour gagner cette guerre. Mon pays est trop affaibli. Il peine déjà à résister.

Alors que Willy écoutait attentivement, un courant frais vint caresser son dos. Il se retourna et aperçut une fenêtre entrouverte. Il se leva pour la fermer correctement. À nouveau, le vent s'y engouffra. L'idée de cet Ambassadeur était ingénieuse. Willy sentit la liberté arriver. Il se rassit au moment où son père prit la parole :

– Avez-vous déjà une idée du lieu de ce nouveau front ?

– Pour fragiliser la Wehrmacht, il faudrait qu'elle soit prise en étau entre l'Armée rouge à l'Est et une armée alliée venant de l'Ouest. Un débarquement sur les côtes françaises serait d'une efficacité certaine. Hitler devrait rapatrier du front Est beaucoup de soldats, et les troupes dispersées garantiront notre réussite.

Les interlocuteurs du 07 restèrent un moment sans voix. Le changement d'échelle et le recentrage franco-allemand ne faciliteraient probablement pas le retour d'une amitié entre les deux pays. Mais Litvinov ne laissa pas l'appréhension s'installer.

– Nous sommes en pleine accélération. C'est maintenant que la victoire se joue. Il faut prendre les bonnes décisions afin d'anéantir le fascisme en Europe. Ma proposition peut vous paraître ambitieuse, mais elle sera soutenue par des actions massives déjà engagées. Vous devez savoir, j'imagine, qu'à Londres Churchill laisse le Bomber Command sous les ordres du général Harris. Les bombardements stratégiques vont s'intensifier sur l'Allemagne, pour épuiser le moral de la population. De votre population. Engager un front en France peut préserver vos civils. En tout cas, en atténuer les pertes.

— Et qu'en est-il des massacres perpétrés par les Einsatzgruppen ? Les retours nous sont extrêmement difficiles. Nos cryptoanalystes ont réussi à déceler des messages codés en, mais les nazis sont très prudents. On a entendu parler d'une réunion solennelle à huis clos. Une réunion pour la « Solution finale de la question juive ». Mais impossible d'infiltrer la réunion. Même les locaux.

— C'est de pire en pire. C'est tout ce que nous avons constaté. Nos Tchetcherikov, les MDR-6, qui sont nos avions de reconnaissance les plus performants, ont survolé nos territoires pris par l'ennemi. Des photos de qualité modeste montrent des corps entassés dans des fosses. Et des camps qui se construisent. Je vous le répète : tout s'accélère. C'est le moment de concentrer nos forces et nos stratégies.

Pendant ces échanges, Willy écoutait passionnément. Lui aussi devait, à son échelle, multiplier les fronts. Cela faisait près de trois mois qu'Anna était aux mains des SS. De source sûre, il la savait vivante. Mais jusqu'à quand ? Il fallait qu'il trouve une solution pour la libérer.

Quand la réunion s'acheva, Willy raccompagna Maxime Litvinov à l'aérodrome. Depuis l'entrée en guerre des États-Unis, tous les vols aériens étaient coupés. Maxime Litvinov s'installa à nouveau dans le biplace qui l'avait conduit jusqu'ici. Le pilote déposerait l'ambassadeur à Stockholm. De là, Maxime Litvinov pourrait quitter l'Europe et s'envoler vers l'Amérique. Willy regarda l'avion décoller. Il le fixa jusqu'à ce qu'il disparaisse dans un épais nuage. À voix basse, Willy encouragea Maxime Litvinov dans son projet.

8 février 1942, Ravensbrück

Le réveil fut si brutal qu'Anna sombra dans l'effroi. La gardienne avait secoué sa tête si violemment en lui tirant les cheveux qu'une mèche lui était restée dans la main.

— Allez, bouge-toi, hurla la surveillante. C'est fini pour toi les vacances.

Tétanisée, Anna ne réussit pas à se lever. Ne comprenant pas ce qui lui arrivait, elle chercha à se recroqueviller dans le coin de son lit, tirant la maigre couverture vers elle comme pour disparaître en dessous. Ce geste énerva davantage la gardienne qui leva son gourdin, prête à la frapper. Fritz Fischer arriva à temps pour l'arrêter et la pria de déguerpir rapidement. Il fallait tout faire soi-même, râla-t-il.

— Habillez-vous, Mademoiselle. Vous partez.

Devant le désarroi d'Anna, il précisa :

— Rassurez-vous, vous ne mourrez pas. Enfin... Pas maintenant. Moi, je dois juste m'assurer que vous arrivez en bonne forme à destination. Le reste n'est pas de mon ressort.

Aucun son n'était sorti de la bouche d'Anna depuis des lustres. Elle ne se rappelait même pas la tonalité de sa voix. Pendant qu'elle enfilait son uniforme, hésitante, elle osa :

— Mais, puis-je vous demander quelle est ma destination ?

— Bien sûr, vous le pouvez. Mais je ne vous répondrai pas. Ce sont les ordres. Vous êtes prête ? Alors, allons-y.

Fritz Fischer empoigna Anna fermement, et la tira dans l'obscurité de la nuit. Alors que la jeune femme ne distinguait rien du tout, son geôlier semblait savoir exactement quelle direction prendre. L'appel n'avait pas été sonné, il devait être probablement aux alentours de deux ou trois heures du matin. Le vent glacial fouettait le visage d'Anna qui, fragilisée par la peur, avançait difficilement. Fritz Fischer était alors obligé de serrer davantage le poignet d'Anna. C'était si fort qu'elle voulut crier sa douleur, mais elle se retint. Ses yeux commençaient à s'accoutumer à la noirceur de la nuit et Anna finit par distinguer une énorme masse métallique. À cet instant, Anna comprit qu'elle retournait dans l'un de ces wagons qui l'avaient emmenée jusqu'au camp quelques mois plus tôt. Son corps entier frissonna à cette perspective inattendue. Encore quelques mètres parcourus dans le froid de l'hiver et ses craintes se confirmèrent. Un SS attendait devant un wagon ouvert.

– Voilà la marchandise, dit Fritz Fischer. Vous devez en prendre soin, sans pour autant la considérer. Simplement, ne vous en occupez pas. Mais assurez-vous occasionnellement qu'elle se porte bien… Du mieux qu'elle peut en tout cas.

Le SS acquiesça d'un signe de la tête et salua Fritz Fischer. Celui-ci tourna les talons, rebroussa chemin et retourna se coucher. Il lui restait quelques heures de sommeil avant le lever du jour et il comptait bien en profiter. Maintenant que la marchandise n'était plus sous sa responsabilité, les nuits seraient certainement moins agitées. Le SS poussa Anna dans le wagon puis referma solidement la porte. Un imposant cadenas assurait la sécurité. Seule dans ce nouveau lieu, Anna ne savait plus comment appréhender sa peur. Affaissée le long de la paroi du wagon, elle posa ses mains sur son ventre. Un léger coup de pied l'apaisa instantanément. Elle allait essayer de dormir un peu. C'était la seule maîtrise qu'on lui permettait encore de posséder.

9 février, Château de Wewelsburg

Le train s'arrêta à nouveau. Pour la troisième fois. Si Anna était loin d'être certaine du temps qu'elle avait passé dans ce maudit wagon, le nombre de ses arrêts était une information qu'elle connaissait avec exactitude. Trop malade, trop inquiète pour s'endormir profondément, elle n'aurait pas manqué une halte. Il faisait noir dans le wagon. Parfois, la lumière jaillissait par de maigres fissures pour l'éclairer quelques secondes. Toujours insuffisamment pour trouver un moyen de s'échapper. En revanche, Anna percevait nettement les bruits qui l'entouraient. Ainsi, elle avait bien compris qu'au premier arrêt, du monde avait été embarqué dans les véhicules accrochés de part et d'autre du sien. Ils avaient voyagé ensemble plusieurs heures avant que le train ne stoppe une deuxième fois. Il s'était alors vidé. Depuis, aucun bruit autre que le ronronnement de la locomotive et des frottements des roues sur les rails n'était parvenu jusqu'à Anna.

Soudain, elle discerna une voix d'homme. Visiblement, on cherchait à ouvrir le wagon. Anna voulut concentrer ses forces pour l'attaquer sauvagement. Un geste qu'elle savait inutile. Mais ne rien faire était insupportable. Cependant, ses doigts l'en empêchaient. Ses ongles avaient disparu, la peau si fine de ses extrémités aussi tant Anna avait gratté les parois du wagon dans l'espoir d'agrandir un trou minuscule. Sa peine avait été vaine. Il lui aurait fallu bien plus de temps pour cela. En plus, la faim la tiraillait. Quand la porte s'ouvrit, la lumière du jour l'aveugla brutalement. Ses narines furent enveloppées d'une odeur de fraîcheur et d'humidité qu'elle associa au parfum d'une forêt. Mais la prisonnière n'eut pas l'occasion d'en avoir le cœur net. L'homme qui venait à peine de la libérer du sombre wagon la rejoignit. Il l'aida à se relever puis lui banda immédiatement les yeux. À nouveau, elle replongea dans la pénombre. Ensuite, il prit les maigres bras de la demoiselle et les menotta dans son dos. Le fer brûla ses poignets encore endoloris par la violence de Fritz Fischer. Anna reçut l'ordre d'avancer. « Tout droit » avait crié la voix masculine. Le simple fait de marcher, de mouvoir ses jambes lui parut extrêmement ardu tant elles flageolaient. La panique l'envahissait. Un coup de pied violent l'encouragea à repousser ses limites et à obéir. Les chaussures abîmées d'Anna laissaient l'herbe haute lui démanger les orteils. Une torture dans son état. Elle trébucha plusieurs fois, sur des cailloux, des morceaux de bois, ou des racines d'arbre qui affleuraient de terre. Ils marchèrent ainsi, l'un derrière l'autre, une bonne demi-heure. Puis l'homme tira un coup sec sur les menottes d'Anna, la stoppant net. Toujours sans rien voir, elle sentit la présence de plusieurs personnes.

— Hum… Je vois que la marchandise est enfin arrivée. Il était temps.

Quelqu'un tourna autour d'Anna et du garde qui l'accompagnait. Cette même personne tâta le corps de la détenue à plusieurs reprises. Les bras, les cuisses, les joues, le ventre. Un moment interminable. Anna transpirait d'effroi et de dégoût. Quand l'inconnu renifla sa chevelure, elle eut envie de régurgiter. La haine l'envahissait. Des envies mortelles la secouaient. Enfin, il se recula de trois pas lourds. Un bref soulagement pour Anna, toujours aveuglée par un bandage opaque.

— Emmenez-la dans le cachot numéro trois au sous-sol. Et ensuite vous lui ôterez ce ruban des yeux. Je souhaite qu'elle profite de ce merveilleux endroit.

— À vos ordres, mon Reichsführer.

Un frisson traversa le corps d'Anna en entendant cette voix familière. Mais difficile d'en deviner le propriétaire. Un homme diabolique, à l'évidence. À nouveau, on la saisit par le bras et on la traîna durant plusieurs dizaines de mètres. On l'obligea à descendre ce qui devait être un escalier en pierre. Très ancien, au regard de son instabilité. Au sol, la terre battue remplaçait les herbes hautes. L'homme ouvrit une lourde grille rouillée et ôta les menottes qu'il avait mises plus tôt aux poignets d'Anna.

— Maintenant, tu peux enlever le bandeau que tu as sur tes yeux. Plus tard, je te ramènerai certainement de quoi te nourrir. J'attends les ordres.

Le garde semblait un peu dépité. Partagé entre violence et empathie. Mais Anna ne voulait rien lui offrir. Pas un regard, pas un sourire, pas une parole. Elle préféra attendre qu'il s'en aille. Là, elle retira enfin le fichu bandeau qu'on lui avait imposé. Où était-elle ? La situation déjà chaotique jusqu'ici avait incontestablement empiré. Coincée entre des murs d'une épaisseur digne d'un château fort, couverts de mousse et de champignons, elle fut presque nostalgique des cages à lapins de Ravensbrück. Ses camarades lui manquaient.

L'homme diabolique n'était plus venu au château depuis la dernière cérémonie de serment des Gruppenführer, en juin dernier, trop occupé par la gestion du conflit. Mais cela ne l'empêchait pas de mener à bien ses différents projets. Il avait travaillé trop dur pour cela, sacrifiant souvent sa famille, surtout sa fille Gudrun. Elle fêterait bientôt ses treize ans et il l'avait à peine vue grandir. Sa femme Margaret aussi avait beaucoup souffert. D'ailleurs leur couple n'avait pas résisté, la séparation était récente. Il en était largement responsable. Il le savait. Profitant de sa notoriété, il avait du mal à s'empêcher de jouer avec les femmes autour de lui. Mais ce n'était pas important. Il n'était pas triste. Rien de Margaret n'allait lui manquer, à part peut-être leur correspondance. Depuis son ascension dans la hiérarchie du Reich, il se déplaçait beaucoup et tous les deux avaient pris l'habitude de s'écrire. C'était un véritable exutoire pour Himmler, il n'y cachait rien de sa haine virulente contre les Juifs, les Polacks et tous les autres parasites. Dans ses lettres, la censure n'existait pas. Et Margaret le confortait dans ses idéaux. Elle les trouvait tous aussi dégoûtants, surtout les Polacks, des gens sales et indisciplinés, comme elle lui répondait. Heureusement qu'Hitler et son mari étaient là pour mettre de l'ordre. C'est elle aussi qui l'avait soutenu dans son projet fou d'acquisition du vieux château de Wewelsburg. Un centre de formation pour l'élite autour du Führer et de lui-même.

Depuis cet achat, Himmler avait façonné le château vieux de trois siècles à son image. Excellent gestionnaire, tout avait été admirablement pensé. Le camp de Niederhagen avait été construit sous ses ordres afin d'accueillir des prisonniers, mains-d'œuvre gratuite et inépuisable pour la rénovation de Wewelsburg. Le résultat se révélait impressionnant. La salle des Généraux surtout. Il fallait marquer le coup lors des cérémonies, rappeler à tous la supériorité incontestable d'Himmler. Parce que c'est ainsi qu'il se sentait : indubitablement supérieur à tous, même au Führer. Il n'avait pas caché son désir de faire du château de Wewelsburg *l'AxisMundi*, le centre du Nouveau Monde dans lequel il serait le guide. Il n'avait pas eu le choix. C'est Heinrich 1er [35] lui-même qui lui était apparu une nuit et lui avait ordonné cette mission. Il fallait qu'il l'accepte. Heinrich l'Oiseleur s'était réincarné en lui et ensemble ils extermineraient les Slaves, et tous ceux qui s'opposent à la puissance de l'empire.

Complètement illuminé par la force ancestrale, c'était un honneur et un devoir pour Himmler de remercier le duc de Saxe à la hauteur de cette destinée. Ainsi, le château du premier devait être à l'image de la grandeur du second. Himmler avait conservé et entretenu le sol en marbre de la salle principale. Au centre de la pièce en revanche, le marbre avait été découpé et remplacé par de la mosaïque. Himmler avait fait appel aux artistes les plus renommés pour ce chef-d'œuvre majestueux. L'œil d'Heinrich l'Oiseleur était représenté sous la forme d'un soleil à douze rayons. Le « Soleil noir ». Dans son château, Himmler s'était chargé personnellement de la formation de ses douze gardes SS. Pour le Reichsführer, les symboles étaient de la plus haute importance. Pris dans un

---

35. Henri 1er de Saxe, dit « Henri l'Oiseleur », duc de Saxe, puis roi de Germanie de 919 à 936.

engrenage passionnel, Himmler espérait profondément qu'Heinrich l'Oiseleur ne soit pas contrarié. Il n'était pas responsable du changement de date de la cérémonie. Le Führer restait imprévisible.

14 février 1942, Wewelsburg, veille de nouvelle lune

Karl Maria Wiligut devait rejoindre Himmler dans la grande bibliothèque. Il connaissait le château comme sa propre demeure. Tellement fier d'avoir été nommé référent mythologique officiel du Reichsführer. Ses recherches sur la préhistoire des peuples germaniques avaient porté ses fruits et participé à son ascension, Himmler lui avait laissé toute l'envergure pour la rénovation de Wewelsburg. Dans un premier temps, les budgets avaient été colossaux, puis les besoins de la guerre les avaient nettement réduits. Mais les deux acolytes étaient toujours décidés à faire du lieu le centre de la nouvelle Allemagne, finançant leurs actions avec leurs deniers personnels. Dans la folie, ils se rejoignaient.

Karl traversa le couloir pour rejoindre la tour nord. Il circulait bras ouverts afin de toucher du bout des doigts les murs froids de la bâtisse. Avançant lentement, il sentait une force supérieure l'atteindre au plus profond de son être. Il jubilait. Il entra dans la salle des Généraux et s'arrêta au centre de la pièce, dans l'œil du Soleil Noir. Levant les yeux au ciel, il remercia les dieux pour ce qu'ils lui apportaient. Ensuite, il poussa une lourde porte en bois et disparut derrière elle. Dans la bibliothèque, Himmler l'accueillit, excessivement joyeux.

— Ah mon Ami ! Je suis si heureux de vous revoir !

— Il en est de même pour moi, Heinrich. Mais je suis certain que vous le saviez avant même que je ne vous le dise !

Les deux hommes, complices autour d'un projet commun, se sourirent promptement. Une accolade furtive réchauffa quelques secondes l'ambiance glacée par la saison. La bibliothèque était une pièce particulière dans le château. De taille modeste, hexagonale, des étagères couvraient tous les murs. Sur ces planches de bois, des centaines de livres collés les uns aux autres apportaient une atmosphère intimiste accentuée par un plancher en bois de chêne. Le seul du château. Mais Karl et Heinrich ne faisaient plus attention à cette décoration. Les ouvrages, ils les avaient tous lus l'un et l'autre. Ensemble, ou chacun de leur côté. Ils avaient passé des heures entières à commenter leurs lectures. Ainsi, ce jour, Himmler ne s'éparpilla pas. Il se dirigea vers le mur qui faisait face à l'entrée. Il se courba légèrement et glissa son index le long des livres. Il s'arrêta sur un manuscrit rouge dont le dos rugueux offrait une alternance de nerfs et d'entre nerfs. Il souffla pour enlever une légère couche de poussière et appuya dessus. Une partie du mur de la bibliothèque coulissa. Un tunnel sombre apparut. Les deux hommes s'y engouffrèrent. La pente était assez douce et Himmler, prévoyant, s'était équipé d'une lampe à pétrole. Après une cinquantaine de pas tête baissée, ils arrivèrent dans une pièce ronde toute simple. Quand Himmler intensifia la flamme de sa lampe, Karl Maria Wiligut put apercevoir un coffre en bois volumineux fermé par un verrou disproportionné.

— Approchez-vous, Karl. Je vais vous le montrer.

Himmler exultait.

Karl aussi.

Il s'avança immédiatement, impatient. Les yeux des deux dirigeants reflétaient leur excitation. Himmler sortit de la poche de son manteau de fourrure une lourde clé qui lui permit d'ouvrir le coffre. Ensuite, comme pour figer le temps et profiter de l'instant, il souleva très doucement le couvercle en bois. Une lumière vive en jaillit. Les deux hommes eurent un mouvement de recul, avant de s'approcher à nouveau, au comble de l'excitation, presque de la dévotion. Himmler sortit l'objet en le tenant fermement des deux mains. Karl Wiligut ferma le coffre et le Reichsführer le posa dessus. À nouveau, ils reculèrent d'un pas, mais cette fois, c'était pour admirer pleinement ce qu'ils considéraient comme leur plus grand trésor. Même la Lance du Destin, qu'ils avaient récupérée à

Vienne lors de l'Anschluss, ne les plongeait pas dans un tel état d'euphorie.

— C'est de l'or ? demanda Karl avec étonnement.

— Oui... Il est entièrement fait en or. Je l'ai fait certifier. Dix kilos d'or dix-huit carats ! Rendez-vous compte, mon ami ?

Karl Wiligut était fasciné.

— J'essaie, mais avouez que c'est difficile. Cet objet doit valoir une fortune !

— Bien sûr, encore bien davantage que tout ce que nous pouvons imaginer. Mais cet objet n'est pas à vendre. Il est bien trop prestigieux.

En disant cela, Himmler caressa du doigt le chaudron, le parcourant sur toute sa circonférence, comme pour s'imprégner d'une énergie supérieure.

— Ne dites rien ! Je devine. Vous avez fait appel à Otto Gahr ? Il est tellement réputé...

— Évidemment ! Otto Gahr, vous et moi-même sommes indissociables. Depuis qu'il réalise les anneaux tête-de-mort que vous avez vous-même inventés, j'ai confiance en son travail.

D'un geste de la main, Himmler fit signe à Karl de s'approcher. Les deux hommes se penchèrent pour en scruter les moindres détails.

— Il ressemble au Chaudron de Gundestrup[36], vous ne trouvez pas ? demanda Karl.

— C'est vrai qu'on y retrouve beaucoup d'éléments de la mythologie celte. C'était quand même l'objectif.

Pointant du doigt un élément particulier, Karl ajusta ses lunettes et, se penchant, il ajouta :

— Ici on reconnaît bien Cernunnos, le dieu de la vie et de la mort, avec ses bois de cerf sur la tête... Et là, Tarannis, dieu

---

36. Le chaudron de Gundestrup porte son nom du lieu où il a été découvert, au Danemark. Datant du 1er siècle av. J.-C., il est exposé au Musée National de Copenhague.

du ciel et de l'orage… avec son spectre et ses esses… C'est incroyable ! Quelle finesse…

— Regardez aussi de l'autre côté… Vous verrez les guerriers et surtout les joueurs de carnyx. Le carnyx est un instrument de musique qui était utilisé par les Celtes pendant les guerres, pour impressionner et faire fuir les ennemis. J'aurais aimé mettre la main sur un original, mais les fouilles archéologiques sont, à ce niveau-là, peu fructueuses, malgré les nombreux chantiers lancés à l'Ahnenerbe.

— Nous pouvons encore avoir de bonnes surprises.

Fasciné par l'objet, Karl Wiligut finit par se souvenir de l'essentiel. Il sortit de sa poche un mètre mesureur afin de vérifier le diamètre du chaudron.

— Hum… cinquante centimètres… Vous n'avez pas peur que ce ne soit un peu juste ?

— Je ne pense pas non ! De toute façon, s'il y a un souci, nous les découperons.

En disant cela, Himmler baissa la tête, pensif. Dans moins de vingt-quatre heures, la cérémonie commencerait. Il restait encore énormément de problèmes logistiques à régler. Et Hitler qui lui mettait encore des bâtons dans les roues avec ce changement de date. Vivement qu'il réussisse à l'éliminer. Karl, quant à lui, réagit par un rire nerveux et froid.

À demi léthargique, Anna ne savait plus comment tenir. Cela faisait sept jours qu'elle était prisonnière dans cet endroit. Peut-être même plus. Ou moins. Elle avait perdu toute notion du temps. Une maigre ouverture dans le mur épais laissait parfois entrer un rayon de soleil, mais le lieu semblait si obscur, qu'Anna distinguait mal le jour de la nuit. Elle s'imaginait dans un vieux château, au milieu d'une forêt dense de conifères, près d'une rivière ou de marécages. Beaucoup de brumes. Des heures interminables.

Par moments, elle voulait mourir. Puis elle se ravisait. Culpabilisait même de ses pensées alors que d'autres n'avaient pas eu le choix. Une fois par jour, la porte de sa cage s'ouvrait dans un vacarme assourdissant. Était-elle la première à utiliser cette pièce depuis des années ? Des siècles ? Un SS certainement – ses yeux habitués au noir profond ne distinguaient plus les couleurs – lui balançait des morceaux de pain et déposait une carafe d'eau. C'est tout. Aucun autre aliment. Aucun autre contact depuis qu'elle avait quitté Ravensbrück. Aucune explication. La nuit, une paillasse au fond du cachot. Elle n'était pas dépaysée. En revanche, le froid était intense. Au camp, au moins, collées les unes aux autres, la nuit il faisait chaud. Ici, la maigre couverture usée suffisait à peine pour lui éviter de grelotter. Pour son intimité, elle avait dû s'organiser. Choisissant le coin derrière la lourde porte, tel un animal, Anna avait creusé un trou dans la terre battue avec ses doigts. Elle le recouvrait ensuite quand c'était nécessaire. Sa sauvagerie se révélait à elle. Pour se faciliter la tâche, elle n'avait pas hésité à utiliser son urine, afin de ramollir la terre. Dans ses moments les plus vifs, elle s'imaginait poursuivre son action en creusant un trou plus profond, plus large, et sortir de cet enfer. Mais ces périodes d'espoir s'effaçaient avant même qu'elle ne commence à agir. Anna était complètement déboussolée. On l'avait sortie du camp, mise dans une maison presque indécemment confortable, puis ici, dans ce cachot moisi. Qu'attendait-on d'elle ? Elle n'en avait aucune idée. Ni la force d'y réfléchir.

Pourtant, ce jour semblait différent des précédents. Mettant tous ses sens en éveil, Anna essayait tant bien que mal de comprendre ce que pouvait signifier cette agitation soudaine. Ce sont les pas lourds qui attirèrent d'abord son attention. Bien plus nombreux qu'à l'accoutumée, ils faisaient vibrer le sol de sa prison. Elle en conclut que le nombre de soldats augmentait.

Cette effervescence l'affola plus qu'elle ne la stimula. Quand un bruit de canon résonna dans son cachot, son cœur se mit à battre la chamade. D'autres suivirent. Blême, à bout de forces, elle s'évanouit…

15 février 1942, château de Wewelsburg

Himmler accueillit le Führer dignement. Il avait ordonné qu'on déroule un tapis rouge depuis le pont-levis jusque dans la cour intérieure du château. De grands drapeaux noirs avec les têtes de mort nazies brodées au fil doré en tapissaient les murs, ce qui satisfit le Führer. Néanmoins, Himmler avait refusé la musique. Il ne souhaitait pas trop en faire pour Hitler. Trop de concessions avaient déjà dû être faites. C'était son moment, son heure de gloire. Hitler pouvait briller tous les autres jours de l'année. Le Führer avait voyagé deux jours à bord de *Brandebourg*. Écoutant scrupuleusement les conseils de son ministre Goebbels, il avait renoué avec la foule, en s'arrêtant d'abord à Berlin, puis à Leipzig et était arrivé le matin même. Néanmoins, il avait préféré se reposer un peu avant de rejoindre Himmler. Cela arrangeait bien les affaires de ce dernier qui put tout organiser à sa guise. Sous ses ordres, une vingtaine de gardes SS étaient postés à l'extérieur du château pour en assurer la surveillance. Tout était réfléchi afin d'apporter les meilleures garanties pour la réussite de la cérémonie.

Bientôt, le soleil, disparaissant lentement sous l'horizon laissant une étrange teinte ocre, annonça l'ouverture de la messe. Himmler invita Hitler à se diriger dans la salle des Généraux. Le suivant de près, il souhaitait pourtant être le dernier à entrer dans la pièce, tel un empereur attendu par ses fidèles. Il s'était vêtu d'une réplique parfaite du manteau royal que portait le duc de Saxe, mille ans plus tôt. Ému et fier, il avançait lentement sur les pas du Führer.

Éclairée aux flambeaux, la salle était spectaculaire. Installés en cercle autour du Soleil Noir selon leurs grades, les SS se levèrent à l'entrée de Hitler et d'Himmler. Au centre, les douze chevaliers d'Himmler avaient été placés selon le rituel ancestral : un sur chaque rayon du soleil. Au milieu d'eux, deux trônes attendaient le Führer et le Reichsführer.

Hitler s'avança et s'assit sur le siège qui lui était réservé. Himmler, quant à lui, resta debout. Le silence régnait. La nuit.

Le Reichsführer s'agenouilla. À ses pieds, le Chaudron en or massif avait été posé avec précaution au centre de la mosaïque. Dessus, la Lance du Destin qu'il saisit vigoureusement. Il la leva au-dessus de sa tête. Elle était extrêmement lourde. Il la tint de sa main gauche pour renforcer son geste. Lentement, il la présenta aux invités qui s'assirent les uns après les autres.

L'heure était venue et Himmler commença...

« *En ce soir de Nouvelle lune, nous sommes tous rassemblés autour de ce Soleil Noir afin d'honorer la mémoire de nos Ancêtres germaniques. Ils nous ont guidés et continuent de le faire depuis des siècles. Grâce à eux, nous avons la force d'imposer la domination du peuple aryen à tous les autres peuples jugés inférieurs. Le sacrifice ancestral que nous nous apprêtons à faire est notre façon de les remercier dignement...* »

À ces mots, une jeune femme entra. Vêtue d'une longue robe noire, elle semblait apparaître des entrailles du camelot. Poussée par une épée qu'un SS pointait dans son dos, elle avançait d'un pas très lent. Ses deux mains étaient liées devant elle et elles tenaient une couronne de roses noires. Autour du cou, un long sautoir déposait un pendentif en forme de svastika sur son ventre arrondi. Le visage blême, elle était épouvantée. Dans la salle, aucun bruit. Quand la jeune femme arriva au centre du Cercle, devant le Chaudron, Himmler poursuivit...

« *Cette jeune femme a été choisie par les dieux qui l'ont mise sur notre chemin. Maintenant, ils attendent son âme. Nous espérons son sang. Les deux êtres qui ont grandi en son sein sont le liant de nos deux mondes. L'un sera sacrifié ce soir pour grandir au milieu des dieux, l'autre sera sous notre protection. Sous ma protection...* »

Himmler s'approcha de l'élue. Puis, il la souleva et la déposa à l'intérieur du Chaudron. Récupérant la Lance du Destin qu'il leva vers le ciel, il se mit à tourner autour de sa victime sacrificielle. Dans la salle, des regards médusés. Certains SS semblaient fascinés, d'autres terriblement horrifiés. Mais toujours, un profond silence. Alors, Himmler, comme possédé, trembla et se mit à proférer des paroles runiques[37], d'abord doucement, puis de plus en plus fort :

Fehu... Uruz... Thurisaz... Ansuz... Raido... Kenaz... Hagalaz...

Anna était pétrifiée. La fin de sa vie était proche. De ses mains, la couronne de roses glissa et tomba dans le Chaudron...

Isa... Jera... Perdo... Algiz... Sowilo...

Dans quelques secondes, elle mourrait... Des sanglots longs secouaient tout son corps et des larmes coulaient jusque dans son cou...

Tiwaz... Berkano... Ehwaz... Laguz...

Elle sentit sur son ventre la lame de la Lance que l'homme en transe pointait sur elle... Elle ferma les yeux et, sans trop y croire, se mit à prier...

Ingwaz... Ingwaz... Ingwaz...

Himmler répéta plusieurs fois ces incantations divines, appuyant de plus en plus fort sur la Lance qu'il tenait à bout de bras. Une entaille commençait à se dessiner quand des hurlements se firent brusquement entendre. Les carreaux des fenêtres se brisèrent. La salle se remplit soudainement d'une immense fumée épaisse.

---

37. En italique, nom des 24 runes originales dans l'alphabet original des runes nordiques.

Deux heures plus tôt, dans la forêt de Teutberg, à proximité de Wewelsburg

Le PPSh-41 permettait 900 coups par minute, avec une portée de près de 150 mètres. Ce pistolet-mitrailleur était l'engin idéal pour leur projet. Simple et léger, l'équipe pourrait se déplacer rapidement. Aleksander en avait récupéré dix de ses assauts précédents dans la forêt de Sossenki. Les Soviétiques produisaient ces pistolets en masse. Ils n'étaient pas vraiment regardants sur la perte de ce matériel. Assis sur une souche d'arbre humide, Aleksander préparait consciencieusement son arme. Nettoyant les pièces une à une, vérifiant la souplesse de la queue de détente et la fluidité de la bouche, il se concentrait. Les autres à côté de lui s'exécutaient à l'identique. Tous étaient silencieux. L'imminence de l'assaut faisait monter la pression dans le groupe. À cet instant, Aleksander se souvint de l'appel qu'il avait reçu un mois plus tôt. Willy était complètement désemparé. Et lui avait accepté de l'aider sans aucune hésitation. Les nouvelles de son ami l'avaient mis dans une colère noire. Il était hors de question qu'on fasse du mal à Anna. Jamais il n'oublierait les risques qu'elle avait encourus pour lui quand elle le protégeait dans la petite écurie de la banlieue de Coblence. Il lui était si reconnaissant. La vie d'Anna lui était aussi précieuse que la sienne. La vie d'Anna lui était plus précieuse que la sienne. Depuis l'appel de Willy, Aleksander n'avait cessé de ressasser jour et nuit le plan qui devait permettre de la sauver.

Depuis trois jours, Aleksander et son équipe maintenaient leurs positions en toute discrétion dans la forêt de Teutberg. Parachutés à quelques kilomètres du site, ils avaient marché discrètement pour se rapprocher de leur objectif. Le froid, la terre boueuse et le poids de tout leur matériel ne leur avaient pas facilité la tâche. Quand enfin ils étaient arrivés, ils avaient construit un abri en utilisant de la toile de tente militaire dont ils avaient amélioré le camouflage avec la végétation locale. Aleksander et son groupe, des amis et des cousins en qui il avait entièrement confiance, maîtrisaient toutes ces techniques de survie. Leurs actions précédentes dans la forêt de Sossenki les avaient entraînés. De leur cachette, ils pouvaient surveiller les allées et venues des soldats au château de Wewelsburg. Ils avaient comptabilisé très exactement le nombre d'ennemis, leurs armements, les horaires de la relève de la garde. Ils étaient parés et attendaient patiemment.

Le brame d'un cerf retentit. C'était le signal. Les dix hommes, armés de leur PPSh-41 s'élancèrent dans la pénombre de la fin du jour. Avec leurs pistolets semi-automatiques, ils éliminèrent rapidement les vingt SS postés autour du château. Les cibles avaient été scrupuleusement attribuées à chacun afin d'éviter que l'alerte ne soit donnée. Tout était minutieusement préparé. Ensemble, ils progressèrent d'abord dans la cour intérieure. De là, ils furent aisément guidés par la lumière qui émanait des chandeliers de la salle des Généraux. Seules ces fenêtres brillaient. Il fallait agir vite. Deux cousins d'Aleksander s'étaient chargés du fumigène. La manipulation du phosphore blanc demandait de la précision et de la délicatesse, deux qualités que la majorité des hommes dans le groupe d'Aleksander ne possédaient pas forcément. Ils étaient vifs, malins, mais pouvaient parfois être brusques et maladroits. Précédemment, ils avaient versé dans un bidon en acier inflammable l'élément qu'ils avaient au préalable chauffé à 250 ° Celsius. Maintenant Igor le vida dans trois longues fioles qu'il ferma précautionneusement avec un bouchon de liège. Il distribua chacune d'entre elles aux trois hommes qui prendraient la salle d'assaut. Aleksander était l'un des trois. Des cordes furent lancées vers les ouvertures de la salle des Généraux. Les grappins attachés au bout s'étaient parfaitement accrochés aux aspérités du mur. Griten se félicita du matériel qu'il avait pu récupérer. Aleksander et deux autres hommes grimpèrent le long des murs épais. Désignés pour leur agilité, ils atteignirent en quelques secondes les fenêtres. Toujours encordés, sécurisés par leurs camarades restés à terre, les trois ôtèrent de leur ceinturon un petit marteau pointu. Un coup vif et sec fut suffisant pour briser la vitre. Ils lancèrent alors les fioles soigneusement préparées. Une épaisse fumée se propagea abondamment dans la pièce. Aleksander entendit le bruit de la panique dans la pièce. Les soldats consternés tournoyaient sans se repérer. Le Führer se protégeait les yeux sous son avant-bras. C'était le moment. Masqué, Aleksander sauta dans la salle. Il se dirigea directement vers Anna qu'il avait repérée avant de lancer les fumigènes. La jeune femme, complètement déboussolée, restait immobile, toujours les deux pieds dans le Chaudron.

Une fois la surprise passée, Himmler se ressaisit, aidé par une sourde colère qui montait dangereusement. Il fallait qu'il aille au bout de ce que les dieux avaient exigé de lui. C'était une question de vie ou de mort, une question d'honneur. Bravant la fumée qui lui brûlait les yeux, il leva la lourde lance au-dessus de la tête d'Anna, prêt à frapper. Aleksander bondit. D'un coup de pied puissant, il envoya le Reichsführer rouler au sol. Dans le même mouvement, il saisit Anna par la taille et tenta de l'extirper du chaudron. Son corps inerte lui compliquait grandement la tâche, mais il raffermit sa prise, banda ses muscles et dans un cri sourd souleva Anna et fonça vers les fenêtres. Restés là pour assurer ses arrières, les deux compagnons d'Aleksander lui prêtèrent main-forte et les équipèrent pour entamer la descente en rappel. La pierre usée par les siècles était lisse et glissante, rendant la descente périlleuse. Le corps sans réaction sous son bras ne facilitait pas les choses. Reprenant ses esprits, Himmler se releva fou de rage et saisit la lance. Malgré l'épaisse fumée qui lui occultait la vue, il se précipita, au jugé, vers les intrus. Dans son élan, il trébucha sur un soldat à terre, perdit l'équilibre et la lance, dans une courbe majestueuse, s'abattit violemment de tout son poids d'or au sol. Le soldat eut beaucoup de chance et échappa de peu à la mort ; Hitler derrière lui un peu moins. Le tranchant de la lance lui effleura le visage. Il sentit une première douleur sur le front et aperçut une goutte de sang tomber sur la mosaïque. Il voulut crier sa colère, mais une entaille sur la lèvre supérieure l'en empêcha. La souffrance était trop intense. Le Führer porta la main à son visage. Sa moustache était son signe fétiche. Il constata avec effroi qu'elle avait en grande partie disparu.

Himmler et le Führer eurent à peine le temps de se précipiter vers la porte de sortie que deux grenades explosèrent dans la pièce. Le Soleil noir s'était définitivement couché.

Dehors, onze individus disparaissaient sous les arbres denses de la forêt de Teutberg.

17 février 1942, Munich

Comme tous les matins, Liselotte traversait le parc pour rejoindre ses amis devant l'école. Comme tous les matins, elle s'était d'abord soigneusement préparée. Après un petit-déjeuner copieux – un grand bol de chocolat fumant et trois tartines de confiture de fraise –, elle avait enfilé l'uniforme obligatoire de l'école. Puis, elle s'était installée devant la coiffeuse dans la chambre de sa maman et avait brossé soigneusement sa longue chevelure blonde. Avec ses petits doigts agiles, elle avait réalisé de chaque côté de sa tête deux belles tresses. En ouvrant un tiroir du vieux meuble, elle avait pris deux jolis rubans verts. Sa maman les lui avait attachés au bout de ses nattes. Comme tous les matins, Liselotte avait posé un doux bisou sur la joue douce et chaude de sa maman et caressé son chat, Grisou. Elle était sortie guillerette de l'appartement, jetant un coup d'œil furtif vers la porte des voisins de palier. Parfois, quand elle avait la chance, elle les croisait et alors la jeune femme lui proposait un bonbon. Même deux. Ou trois. Liselotte était gourmande et la jeune femme l'avait bien compris.

Du haut de ses sept ans et demi, presque huit, Liselotte ne s'était pas du tout préparée à l'horreur qui se dévoilait brusquement à elle dans le parc. La balançoire avait été transformée en échafaud, duquel pendaient deux corps sans vie. Autour de leurs cous violacés, deux pancartes. Liselotte commençait à peine à savoir lire, mais tint absolument à comprendre les messages.

Je… suis un… traî. raître

Je suis la. fffeem. femme d'un..traî… tre.

Liselotte leva les yeux. Choquée, les voisins ne lui donneraient plus de bonbons. Perplexe, elle posa son sac d'école sur le sol, s'agenouilla. Elle ouvrit le sac et en sortit une trousse.

Elle l'ouvrit et chercha sa paire de ciseaux. Courageusement, elle coupa les cordes utilisées pour attacher les mains de chacun des pendus. Elle détacha l'un des jolis rubans que sa maman avait accrochés dans ses cheveux et prit la main droite de Silvie, puis la main gauche d'Arnold. Avec le morceau de tissu, elle lia les deux mains l'une à l'autre.

Alors, elle recula de quelques pas. Elle prit une longue bouffée d'air et leva à nouveau la tête, vers les deux corps sans vie. Ensuite, elle poursuivit son chemin vers l'école.

Jamais plus elle ne ferait de la balançoire au parc. Jamais plus elle ne traverserait le parc.

Mars 1942, Mer Baltique

Anna serra tendrement le nouveau-né contre elle. La petite Silvie cessa immédiatement de pleurer. L'intensité du regard qu'Anna posait sur son bébé révélait l'amour qu'elle lui portait. Bientôt, elles seraient toutes les deux en sécurité dans ce village suédois dont le nom lui avait échappé. Willy avait réussi au prix de longs efforts à obtenir un passeport pour sa jeune famille. Et Anna et Silvie rejoindraient une grand-tante de son futur époux. Tout était bien indiqué sur un papier plié et rangé dans son sac. Pour leur voyage, Anna n'avait qu'une mince valise, mais cela lui suffisait. Dans le bateau de pêche, le bébé attirait quelques regards curieux. Il était si chétif. Et Anna semblait si jeune. Pourtant, elles étaient toutes les deux en bonne santé. Après l'horreur de ces derniers mois, c'est tout ce qui comptait.

Bercée par les vagues, Anna respirait à pleins poumons. Elle retrouvait lentement l'odeur de la liberté. Anna et Silvie n'étaient pas seules dans la chaloupe. Autour d'elles, certainement d'autres vies difficiles fuyaient la rudesse du régime nazi. Une vieille femme d'une maigreur consternante se protégeait du vent sous un grand châle épais. Son visage abîmé laissait deviner des heures de durs labeurs. Ses mains tenaient difficilement les extrémités de la couverture pour la maintenir sur son corps fragile. En cherchant à remonter la couverture au-dessus de sa tête, la manche de son manteau glissa sur son avant-bras. Malgré la rapidité de la vieille dame pour se recouvrir, Anna avait pu entrapercevoir le tatouage sur son bras. Un souvenir qui ne s'effacerait jamais. À Ravensbrück ou ailleurs, les deux femmes avaient une histoire commune. En relevant la tête, leurs yeux se croisèrent. Sans échanger aucun mot, l'une et l'autre se comprirent. Épuisée par d'horribles images qui la hantaient continuellement, Anna ferma les yeux un instant, tenant fermement le bébé dans ses bras.

Quand elle les rouvrit, l'homme assis en face d'elle lisait un journal. En Une, une photographie perturbait Anna. Le visage qui apparaissait lui était familier, mais impossible de s'en rappeler davantage. Plissant les yeux, elle essayait de lire les quelques lignes qui accompagnaient la photographie, en vain. Elle abandonna. Silvie se mit alors à pleurer. Elle avait faim. Discrètement, Anna lui donna le sein et l'enfant se calma. Depuis la naissance de Silvie, Anna était bouleversée par ce lien si fort qu'elle n'imaginait pas nouer avec un être humain quelques mois plus tôt. Elle repensa alors à tous les événements auxquels elle avait survécu. Tant d'émotions en si peu de temps. Des peurs terrifiantes, l'angoisse, et l'amour. Tout était mélangé. Elle ne regrettait rien. Si elle était sur ce bateau aujourd'hui, avec cette merveilleuse petite fille dans ses bras, portée vers une vie meilleure, c'était grâce aux choix qu'elle avait faits ou qui lui avaient été imposés. De souvenir en souvenir, elle pensa à ses parents. Elle avait pu les contacter pour leur annoncer l'arrivée de leur progéniture. Elle aurait aimé que ce moment soit différent, elle aurait voulu les voir, les embrasser. Mais cela était trop compliqué. Ils avaient réagi en toute honnêteté : inquiets, mais réjouis. Une vague de nostalgie envahit Anna. Elle la chassa rapidement. Finalement elle ne pouvait avoir aucune certitude de la vie qu'elle mènerait aujourd'hui si elle n'avait pas été mise en contact avec le 07. Dans ses pensées, elle remerciait le Père Ernst de les avoir guidés, Silvie, Josef, Arnold et elle, sur le chemin de l'honorabilité. À cet instant précis, elle eut une lueur de raison qui la fit frissonner si fort que Silvie décrocha sa bouche du sein nourricier. Anna regarda à nouveau le voyageur en face d'elle. Le journal… Sur la photographie, le Père Ernst. C'était évident maintenant. La peur l'envahit. Pourvu qu'il ne lui soit rien arrivé, elle avait déjà perdu trop d'amis ! Timide, mais poussée par le besoin de savoir, Anna demanda au lecteur de lui prêter son journal. En souriant, il accepta et lui tendit. Une vague plus forte que les autres lui fit lâcher le quotidien qui tomba sur le sol humide du bateau. Anna le récupéra rapidement avant qu'il ne se disloque. L'article était encore lisible. Regardant de plus près la photographie, elle ne s'était pas trompée.

La municipalité de Coblence, soutenue par le Reich, a été choquée par l'acte de cruauté dont a été victime le Père Ernst. Assassiné violemment dans son église par un groupe incontestablement ennemi du Reich, c'était un homme de grande valeur qui n'hésitait pas à collaborer avec la police afin de cibler la jeunesse déviante susceptible de menacer la diffusion du nazisme en Allemagne et au-delà des frontières et permettre aux forces de l'ordre d'y remédier.

Anna ne comprit pas les mots qu'elle lisait. Il lui fallut beaucoup d'efforts pour en accepter le sens. Quand enfin elle comprit, tout lui sembla clair. Le Père Ernst avait obtenu sa liberté du camp de Dachau au prix de la mort de nombreux jeunes innocents. À nouveau, ses repères s'effondraient. Elle faillit s'évanouir et s'écrouler au sol, mais l'homme et la vieille dame, observant Anna depuis qu'elle avait récupéré ce journal, la retinrent. « Madame. Tenez bon. Votre bébé a besoin de vous. Ce n'est pas le moment d'abandonner. Madame ! Madame ! ». Secouée, Anna reprit ses esprits. Alors que la vieille dame lui serrait le bras, l'homme portait Silvie. Un pêcheur sur le pont appela les passagers : au loin, les côtes déchiquetées de la Suède apparaissaient au milieu du brouillard.

Quelques jours plus tôt, à Hambourg

Le rendez-vous avait été fixé dans une usine désaffectée de la banlieue hambourgeoise. Willy arriva le premier, impatient et inquiet. Il piétinait, les mains derrière le dos, râlant contre lui-même de n'avoir pas pu être plus près, plus vite. Soudain, il entendit des pas résonner dans l'immense hangar. Il regarda vers la porte et aperçut deux silhouettes marcher dans sa direction. Il se précipita vers elles puis, arrivé à leur hauteur, il s'arrêta net. Trop d'émotions l'empêchaient de dire un mot. Il regarda Anna. Après quelques secondes qui parurent à Willy interminables, elle lui répondit par un sourire qui illumina son visage. Malgré sa maigreur, elle était toujours aussi belle. Il posa sa main sur sa joue et la caressa amoureusement. Puis, il baissa les yeux. Le ventre arrondi d'Anna émut le jeune homme qui eut du mal à contenir ses larmes. Alors, Anna se jeta dans ses bras. Enfin, ils se retrouvaient. Dans ce moment d'intense intimité, Aleksander s'évapora.

Plus tard, Willy avait accompagné Anna jusqu'à l'appartement de ses parents. Le premier jour, la jeune femme s'était enfermée des heures entières dans la salle de bains. Devant un long miroir, elle s'était dénudée et regardée longuement. Puis, elle avait levé sa jambe gauche et posé le pied sur le bord de la baignoire. De ses deux mains, elle avait parcouru ce corps qui semblait ne plus lui appartenir, des orteils jusqu'à la hanche. Sa peau était pâle, ses os apparents. Elle avait renouvelé l'opération avec la jambe droite. Moins à l'aise, elle avait failli perdre l'équilibre et s'était rattrapée en se tenant au bord de l'évier. Le constat était identique. Elle avait fini par poser les paumes de ses mains sur son ventre et avait senti un petit être bouger. À partir de cet instant, des larmes s'étaient mises à couler. Le bruit de l'eau qui s'accumulait dans la baignoire avait permis d'atténuer celui des sanglots qui devenaient incontrôlables. Enveloppée dans la chaleur de l'eau du bain, Anna avait fini par s'endormir. C'est Willy, inquiet, qui l'avait réveillée, en frappant énergiquement à la porte. Ils avaient passé le reste de la journée blottis l'un contre l'autre. Peu de mots étaient venus briser cette parenthèse idéale et nécessaire. La guerre semblait ne plus exister.

Le lendemain, pourtant, elle se rappela brutalement à Anna. Mentir était impossible et Willy lui raconta tout, dans les moindres détails. Pendant qu'il développait les liens entre les États-Unis et les Alliés, Arnold s'était démené jour et nuit pour essayer d'obtenir des indications sur l'emprisonnement d'Anna. Au palais de Wittelsbach, il avait entendu qu'Anna avait quitté Ravensbrück. Il avait fouillé, espionné, manipulé sans relâche. Et une nuit, à Munich, il avait réussi. Himmler, alcoolisé et pris dans un jeu de séduction, s'était vanté de sa puissance à une chanteuse de music-hall. Il lui avait parlé d'une cérémonie. Les micros installés sur Joséphine Baker et Arnold avaient bien fonctionné. Mais Arnold et Silvie avaient donné leurs vies pour sauver leur amie. Willy, quant à lui, avait pu compter sur le soutien sans faille d'Aleksander, qu'il avait réussi à contacter grâce au formidable réseau de journaux souterrains qui s'était développé.

Arnold et Silvie avaient donné leurs vies pour elle. Ses amis étaient morts. La seule information qu'Anna retenait.

Dans la nuit, des contractions précoces avaient surpris les deux jeunes. D'abord irrégulières et indolores, puis de plus en plus fortes. Willy avait juste enfilé une paire de chaussures et s'était dirigé vers la maison voisine. Il avait tambouriné à la porte. Une dame visiblement préparée avait ouvert rapidement, une trousse à la main et avait suivi Willy jusqu'à la chambre d'Anna. Cette amie de la famille était surtout une infirmière expérimentée. À l'aube, le cri d'une petite fille dynamique avait résonné dans la maison. Sans aucune hésitation, elle s'appellerait Silvie. Juste après, un petit garçon sans vie allait se prénommer Arnold. Des sentiments confus avaient envahi la maison, mais la joie l'avait emporté.

2 avril 1942, Londres, Cabinet du Premier ministre

Seul dans son immense bureau, Churchill décacheta soigneusement le courrier qu'on venait de lui déposer. Il savait que cette lettre annonçait une information déterminante pour la tournure de la guerre.

« Cher Winston Churchill, Cher Ami,

Dans ce climat international bouleversant, par cette lettre, je vous annonce l'arrivée imminente dans votre capitale d'Harry Lloyd Hopkins. C'est mon conseiller personnel en matière de politique étrangère. J'ai pleinement confiance en lui, bien plus qu'en quiconque. Il sera accompagné par le général George C. Marshall, chef d'état-major de notre Armée de terre. Ils vous soumettront un plan qui, je l'espère, sera accueilli avec enthousiasme par la Russie. Avec votre accord et votre coopération, nous nous apprêtons à organiser le plus grand débarquement que le monde n'ait jamais connu jusqu'ici. Je vous saurais gré d'accueillir Harry Lloyd Hopkins de la plus noble manière qu'il soit. Il sera en mesure de vous expliquer tous les détails de notre projet. C'est la victoire que nous préparons ensemble. Lors de notre prochaine rencontre, nous organiserons une paix longue et durable.

Mes amitiés,

Franklin Roosevelt. »

Maxime Litvinov avait réussi. Bientôt, une attaque sans précédent allégerait la lourde tâche de l'URSS.

Hitler, quant à lui, n'était pas réapparu en public depuis près de deux mois. Deux mois. Peut-être le temps nécessaire pour camoufler cette humiliante cicatrice.

Bibliographie non exhaustive

Christopher Browning, *Des hommes ordinaires,* Les Belles lettres, 2002.

Peter Longerich, *Nous ne savions pas, Les Allemands et la Solution finale,* Le Livre de Poche, 2011.

Jean Lopez et Lasha Otkhmezuri, *Barbarossa 1941, La guerre absolue,* Éditions Passés composés, 2019.

Germaine Tillion, *Ravensbrück,* édition Points-Histoire, 2007.

Gunther Weisenborn, *Une Allemagne contre Hitler*, édition Le Félin, 2007.

Sitographie

Pour le discours de Staline : www.comite-valmy.org/ spip.php ?article371

Dans la même collection

Clélia — Giuseppe Garibaldi — traduit par Yves Branca — 2010
Dernier Combat — Nathan Saint-Cames — 2013
Entre-deux France — Nathan Saint-Cames — 2013
Sainte Rita de Cascia — Marie Allain — 2013
Madeleine, ou la parole volée… — Nicole Parlange - 2016
Matricule 50820 — Daniel Braud — 2017
Le Chant de Lyvia — Denys Leypold — 2017
La Mystérieuse Kathleen Newton — Gerard Poteau — 2017
Les Larmes de la colombe — Peter Bervore — 2018
Le Sang des uniformes — Denis Leypold — 2018
Gévaudan — Petites histoires de la grande bête — B. Baud'huin & A. Bonet — 2018
Archélaos — Christophe Aubin — 2018
Rudolph Valentino, un amour d'antan — Dominique Choulant — 2018
La Quinzième arche — Daniel Braud — 2018
Un Coquelicot au paradis — Patrice Woolley — 2019
La Vigne maudite du Pont-Charrault — H-Pierre Troussicot — 2019
L'acheteur de laine — Nicole Parlange — 2019
La vie de Violette — Jean-Pierre Paumier — 2019
L'Aigle et la Créole — Gérard Poteau — 2019
Elisa Bison Blanc — Marie-Pierre Hage — 2019
C'est là que j'veux m'asseoir ! — Hanry-Pierre Troussicot - 2019
De gary à Ajar, le voyage de Romain — Valery G Coquant — 2019
Le clos — Pierre Jacquemot — 2020
Tétranébreuses Tome 3 — Marie-Antoinette — de Marie Play-Parlange — 2020
La Trahison du Citoyen Fouché — Patrick Guichet — 2020
Enfin ! Le dénouement de l'affaire Dreyfus — A. Par-lange & V. Raude — 2021
Quand le vent soulève les coiffes — T1 & T2 — B. Delarue & L. La-pointe — 2021
L'Aube du diable — Arnaud Zuck — 2021
Nivôse — An X — Olivier Chartier — 2021
La confrérie de l'echelle — Eric Lambert — 2021
Le tondeur de drap — Michèle Andrieux — 2021

Cet ouvrage a été mis en page par Ex Æquo.

Anne Wernet

La Moustache d'Hitler

ISBN : 979-10-388-0136-3
Collection : Hors Temps
ISSN : 2111-6512

Dépôt légal : mai 2021

Éditions Ex Æquo
6 rue des Sybilles
88370 Plombières Les Bains

www.editions-exaequo.com

Ce livre a été imprimé en France
Par l'imprimerie ICN à Orthez (64300)
Sur des papiers français
dans le respect des règles environnementales.